기억

기억
2

베르나르 베르베르 장편소설

전미연 옮김

LA BOÎTE DE PANDORE
by BERNARD WERBER

이 책은 실로 꿰매어 제본하는 정통적인 사철 방식으로 만들어졌습니다.
사철 방식으로 제본된 책은 오랫동안 보관해도 손상되지 않습니다.

제2막

아틀란티스

(계속)

57

르네는 구급차를 주차한 다음 간호사복을 벗어 쓰레기통에 버리고 건물 출입구를 향해 걸어간다.

비밀번호가 뭐였더라. 아 참, 내 생일이지. 언젠가 아버지처럼 알츠하이머에 걸릴지도 모른다고 걱정을 했더니 관리인이 내 생일을 비밀번호로 해줬었지……. 그런데 내 생일이 언제였더라? 내가 언제 태어났지? 쇼브가 내 해마를 단단히 손상시켜 놓은 게 분명해.

그는 여러 숫자를 시도해 보고 나서 드디어 생일을 기억해 낸다. 사람들이 이른 휴가를 떠나기 시작하는, 날씨가 화창한 여름. 그래, 6월.

뒷자리 숫자는 06인데, 앞자리 숫자 두 개는 또 뭘까…… 아, 하루의 시간과 같았어. 24.

그가 2406을 누르자 건물 출입문이 열린다.[1] 그는 얼

1 프랑스는 보통 일-월-년 순으로 날짜를 적는다. 별도의 표시가 없는 주는 모두 옮긴이주이다.

른 집으로 뛰어 올라간다.

열쇠가 어디 있더라? 어디다 숨겨 놨더라? 문 가까이 어디였는데. 맞아, 바닥 매트 밑이었지.

그는 안으로 들어가는 즉시 이중으로 빗장을 건다.

가면들이 그를 반갑게 맞아 주는 것 같다. 일본 가면들만 무섭게 찡그린 인상을 풀지 않는다.

그는 뜨거운 물로 샤워한 뒤 다행히 깊지 않은 상처부터 소독하고 나서 목욕 가운 차림으로 노트북을 켠다. 그간 겪은 일과 머리에 떠오르는 단상들을 므네모스 파일에 적기 시작한다.

최근 일을 기억해 내기는 여전히 어려운데 전혀 다른 시대, 장소, 상황에서 살았던 오래전 과거의 삶들을, 내 잠재 인격들을 만날 수 있다니 놀랍고도 감격스러운 일이야.

이제 나는 그냥 〈에밀 톨레다노의 아들 르네 톨레다노, 조니 알리데 고등학교에 재직 중인 32세의 독신 역사 교사〉가 아니라 그 이상이야.

111개의 전생이 모두 나야. 하지만 역시 가장 흥미로운 삶은 첫 번째 전생과 현생의 나야.

이폴리트였을 때, 레옹틴, 제노, 피룬으로 살았을 때, 나는 행복과는 거리가 먼 참담한 생을 살았어.

이 생각에 이르는 순간 가슴이 뻐근히 저려 온다.

게브 외의 내 전생들은 하나같이 슬픈 삶을 살았어.

게브와 나 사이에 존재했던 110개의 삶은 빈한하고 한계도 많은 삶이었어. 가장 많은 잠재력을 지닌 건 현생의 나, 르네 톨레다노의 삶이야.

내 과거의 삶들을 지각할 수 있게 된 지금, 나는 한 차원을 뛰어넘었어. 내 정신 깊숙이 숨어 있던 비밀을 발견하기 시작했어. 거기엔 보물과 함정이 공존하고 있지.

그는 자신과 관련한 새로운 뉴스가 더 있는지 확인하기 위해 TV를 켠다.

아나운서는 연일 계속되는 비 소식으로 뉴스를 연다. 그는 센강 범람으로 모든 강변 통행로가 폐쇄되었다고 전한다. 이제 센강 수위는 알마교 동상의 바지 밑까지 도달해 5.2미터를 기록하고 있으며, 2001년 홍수 이후 처음 있는 일이라고 덧붙인다.

뉴스를 보던 중에 르네는 불현듯 조만간 기습적으로 아틀란티스를 덮칠 대홍수에서 아틀란티스인들을 구해야 한다는 생각을 떠올린다. 하지만 한창 사랑을 나누고 있을지도 모르는 게브를 방해하기 싫어 23시 23분까지 기다리기로 한다.

밖에서 초인종이 울린다. 문구멍 너머로 쇼브와 두 명의 간호사가 서 있는 게 보인다.

이런, 집 앞에 세워 놓은 구급차를 발견했구나. 차에 위치 추적 장치가 부착돼 있는 걸 몰랐어. 바보같이! 도망자 신세가 됐으니 앞으로는 더욱 조심해야겠어.

다시 초인종이 울리더니 문을 부수고 들어오려는지

쿵쿵 문에 몸을 부딪치는 소리가 들린다.

르네는 얼른 배낭 하나에 노트북과 갈아입을 옷가지, 세면도구를 넣고 책상 위에 보이는 지폐 몇 장을 챙긴 다음 발코니로 나가 옆 건물로 건너간다. 날씨가 더워 다행히 창문이 열려 있다. 집 안에 있던 남자가 그를 보고 깜짝 놀라 소리를 지른다.

「남의 집에서 뭐 하는 짓이에요? 당신 대체 누구야?」

「바로 옆 건물에 사는 이웃이에요. 열쇠를 잃어버려 여기로 지나갈 수밖에 없게 됐네요.」 그가 얼렁뚱땅 둘러댄다.

남자는 르네가 하는 말의 논리적 연관을 전혀 이해하지 못하지만, 르네가 워낙 확신에 찬 어조로 말하는 바람에 고함을 지르거나 주먹을 휘두르지 않고 멀뚱하니 쳐다보기만 한다. 르네가 거실을 가로질러 지나가며 3+1 기술을 시도한다.

「몇 달 전에 건물 외벽 보수 공사를 했던 거 기억나죠?」

「아…… 그럼요.」

「비계를 설치해 놔서 사방에 먼지가 날렸던 거 기억나죠?」

「당연히 기억나죠.」

「도둑이 들까 봐 우리가 늘 조심했던 거 기억나죠?」

「아…….」

「그거 때문에 지금 내가 여길 지나가는 거예요.」 르네가 당연하다는 듯 결론을 내린다.

남자는 세 확언 간의 연결 고리가 도저히 이해되지 않자 자신이 똑똑하지 않아서라는 결론을 내린다. 그는 르네가 자신의 넓은 아파트를 지나 쪽문을 통해 밖으로 나가는 모습을 그저 바라보기만 한다.

계단을 통해 아래층으로 내려온 르네는 건물 밖으로 나온 뒤 주차된 자신의 차로 가려다 마음을 바꾼다.

쇼브가 경찰에 알렸다면 내 차 번호판을 알아내는 건 시간문제야.

그는 신중을 기하기 위해 택시를 불러 세운다.

「어디로 모실까요?」

「앞으로 곧장, 최대한 멀리 가주세요.」

잠시 어리둥절해하던 택시 기사가 액셀을 꾹 밟는다.

지난 몇 번의 전생에서 도주가 나의 유일한 구원의 방법이었을까? 몇 번의 전생에서 나는 은신처를 찾고 나를 구해 줄 은인과 동지를 만날 수 있었을까?

과연 누가 그에게 도움을 줄 수 있을까. 가족한테는 아무 기대도 할 수 없다.

어머니는 돌아가시고 아버지는 정신이 온전치 못하니까.

그는 노트북을 꺼내 택시의 와이파이에 연결하고, 전화를 건다.

「엘로디? 나야……. 네 도움이 필요해. 집에 들어갈 수 없어서 그러는데, 날 좀 재워 줄 수 있어?」

「르네! 도대체 무슨 짓을 한 거야? 병원에서 도망쳤다며.」

「저녁 메뉴가 마음에 안 들어서.」 그가 긴장을 풀기 위해 농담을 던진다.

「어서 자수해!」

「딱 하루만 날 숨겨 줄 수 없어?」

「그건 널 위한 일이 아니야. 너는 아픈 사람이야, 치료를 받아야 한다고. 네가 병원을 그 지경으로 만든 건 네 안에 웅크리고 있다 튀어나온, 통제 불가능한 여러 인격들 때문이야.」

「병원을 그 지경으로 만들었다니? 그게 무슨 말이야?」

「병원에 불을 질렀잖아! 쇼브 박사가 전화해서 네가 치료를 견디지 못하고 발광을 일으켰다고 얘기해 줬어.」

「날 좀 도와줘, 제발 부탁이야. 나한텐 너밖에 없어.」

「더 이상 도망치는 건 불가능하니까 어서 가까운 경찰서를 찾아가 자수해. 널 위해 하는 말이야. 아직은 어떻게 손써 볼 수 있지만 지금 멈추지 않으면 네 병은 악화될 뿐이야. 아틀란티스의 망상이 네 정신을 잠식해 버리면 돌이킬 수 없게 될 거야. 온전한 기억을 유지하면서 환상의 세계를 차단해야만 우리는 합리성의 세계에 머무를 수 있어. 그렇지 않은 너는 환자야.」

「나는 내 안에 숨어 있던 다른 기억들에 접근했던 것

뿐이야. 그건 병이라고 부를 수 없어.」

「아니, 그건 조현병이라는 병이야.」

「나는 그것을 의식의 확장이라고 믿어. 올더스 헉슬리가 말했듯이 나는 새로운 지각의 문을 연 거야. 그 유명한 록 밴드 도어스의 이름도 거기서 나왔지.」

「지금 농담하는 거야? 〈판도라의 상자〉에서 한 경험이 네게 지각의 문을 열어 줬다고 우기는 거야? 넌 그것 때문에 현실에서 멀어졌어.」

「나는 그 경험으로 지금의 나이기 이전의 나에 대해 알게 됐어.」

「재갈을 물려야 하는 비정상적 잠재 인격들 말이지. 우리는 지각할 수 있고 확인 가능한 하나의 시공간에서, 오직 하나의 생을 살게 돼 있어. 단 하나의 기억, 온전한 작용인으로서 단 하나의 정신을 가진 존재란 말이야. **제발 현실을 살아, 르네! 망상을 멈춰! 너는 르네 톨레다노야, 그게 네 〈전부〉란 말이야!**」

엘로디는 이해 못 해. 합리적으로 설득하기는 불가능하니 감정에 호소해 보자.

「네 도움이 절실해. 제발 부탁이야. 판단하지 말고 날 그냥 도와줘.」

「내가 너를 돕는 유일한 방법은 치료를 받으라고 설득하는 거야.」

「그럼 딱 한 가지만 물어볼게. 지금 너희 집으로 가도 돼?」

그녀는 못 들은 척 할 말을 계속한다.

「네가 엉터리 최면술 때문에 트라우마를 입었다고 내가 증언할게. 모든 일의 발단을 제공한 사람은 나였다고, 이렇게 잘못될 줄 모르고 너를 유람선 공연장에 데려간 내 책임이었다고 말할게.」

「날 그냥 믿어 주면 안 돼?」

「넌 사람을 죽이고 병원에 불을 질렀어. 앞으로 다친 사람이 많이 나올지도 몰라. 변호사 친구한테 네 변론을 부탁할게. 그러니 제발 자수해. 도주하면 죄만 무거워질 뿐이야.」

르네는 순간 마음이 흔들린다.

언제나 포기는 여러 가능성 중 하나지. 체념하고 두 손 드는 것. 싸움을 중단하는 것. 여러 번의 생에서 이미 이 방법을 선택해 봤지만 결론은 만족스럽지 않았어.

「그래, 친구라고 믿었던 네가 도와 달라는 내 부탁을 거절한다는 거야?」

「그래, 친구니까, 널 위해서.」

르네는 전화를 끊고 택시 기사에게 파피용 클리닉의 주소를 일러 준다.

58

〈모든 것은 기억이다.〉

르네 톨레다노는 밤 10시경 요양원에 도착한다. 그가 건물 안으로 들어가 병실로 향하는 사이 출입을 통제하는 직원은 한 명도 없다. 복도를 서성이던 환자 몇이 그에게 다가와 자기 방을 찾아 달라고 하지만 르네는 못 들은 척 걸음을 재촉한다.

병실 문을 열자 TV에 눈을 박고 있는 아버지의 등이 보인다. 역시나 음모론을 다루는 프로그램이 켜져 있다. 그 다큐멘터리는 달 표면에 꽂힌 성조기와 우주 비행사의 그림자 방향이 다르며, 스탠리 큐브릭의 측근 몇 사람이 관련 증언을 했다는 사실을 근거로 내세우며 1969년 인류의 달 착륙을 전면 부정한다.

한편에는 정치인들이 양산하는 소소한 가짜 뉴스들이 있고, 다른 한편에는 그들 못지않게 대중의 심리를 조작하려는 개인들이 만들어 내는 어마어마한 가짜 뉴스들이 있지.

에밀은 아들이 들어오는 소리를 듣지 못했다.

「잘 지내셨어요.」

「식사 시간인가?」 노인이 고개도 돌리지 않은 채 말한다.

「저예요.」 르네가 대답한다.

르네는 방문을 닫는다.

「누구신가? 누구신데 여길 들어왔소? 우리가 아는 사이인가?」 노인이 잔뜩 의심하는 얼굴로 묻는다.

대화를 틀 방법을 고심하던 르네는 기억의 활성화를 위해서는 감정을 불러일으켜야 한다던 의사의 말을 떠올린다.

기억을 완전히 상실한 아버지가 느낄 수 있는 가장 강렬한 감정이 뭘까?

「여기서 음모 사건이 벌어지고 있어요.」 르네가 되는 대로 둘러댄다. 그제야 노인은 고개를 돌려 르네를 바라본다.

「당신은 누구요?」

「비밀 요원입니다. 프랑스 방첩 부대 소속이죠. 이 파피용 클리닉에 해외에서 침투한 스파이들이 숨어 있다는 첩보를 입수했어요. 그들의 임무는…….」

하, 빨리 뭔가 그럴듯한 걸 찾아내야 하는데.

「……파리 수돗물에 망각의 약물을 타는 거예요. 일명 GHB, 감마 하이드록시 뷰티르산 말이죠.」

에밀이 미간을 찌푸린다.

「당신 신분증 좀 봅시다.」

지금까지 성공률이 꽤 높았던 3+1 기술을 한 번 더 시도해 볼까.

「체포 가능성에 대비해 비밀 요원은 신분증을 소지하지 않는 게 유리하다는 건 동의하시죠?」

「아, 그거야 그렇지.」

「최대한 신분을 감추고 활동하는 게 유리하다는 것도 동의하시죠?」

「물론.」

「조금 전 말씀드린 음모가 사실이라면 아무도 모르는 게 당연하다는 데도 동의하시죠?」

「백번 옳은 말이지.」

「음모의 심장부가 이런 병원에 있다고 생각할 사람은 아무도 없겠죠?」

「당연하지! 누가 의심하겠어. 여긴 완벽한 장소지.」

에밀 톨레다노는 그제야 얼굴의 긴장을 푼다. 그가 아들에게 손을 내밀어 악수를 청한다.

「그럴 줄 알았어! 나 역시 가끔씩 깜빡깜빡한다는 느낌을 받았었네. 그게 수돗물 때문이었군! 수돗물에 망각의 약 GBH가 들어 있었던 거야.」

「GHB예요.」 르네가 바로잡아 준다.

「그런데 그 스파이들은 어느 나라에서 왔지?」

「그들은…….」

빨리 지목해야 해.

「……터키 출신이에요!」

「오스만 튀르크 놈들!」

「놈들이 저기, 문밖에 있어요. 급수 탱크에 GHB를 풀어 많은 사람들을 기억 상실에 빠뜨리려는 음모를 꾸몄어요. 그리고 자신들의 음모를 분쇄하려는 우리를 죽이려고 해요.」

「GHB! 당연히 그렇겠지, 흠…… 그런데 그게 뭐라고 했었지?」

「망각의 약이에요.」

「그래 맞아!」

「저들이 왜 그런 짓을 하는지 아세요?」

르네가 허리를 숙여 아버지의 귀에 대고 속삭인다.

「아르메니아 대학살이 사람들의 기억에서 지워지게 만들려는 거예요.」

「그렇지. 틀림없어.」

「터키는 프랑스가 늘 그 대학살을 기억하는 사람들의 편에 서는 게 못마땅한 거예요.」 르네가 설명을 덧붙인다.

「그렇겠지, 당연히 그럴 거야.」

「그래서 GHB로 망각을 퍼뜨리려는 거죠. 하지만 우린 잊지 않을 거예요. 홀로코스트를 잊을 수 없듯이, 르완다에서 벌어진 투치족 학살과 부룬디에서 벌어진 헤레로족 학살을 잊을 수 없듯이.」

「그런데 아무래도 저들이 기억 상실을 일으키는 그 고약한 독약을 이미 퍼뜨린 것 같소. 내가 이따금 뭐가 기억이 안 날 때가 있는 걸 보면 말이야. 내가 이 얘기를 당신한테 아까 했던가?」

르네가 아버지의 말을 자른다.

「아직 초기 단계여서 충분히 막을 수 있어요. 그래서 우리한테 당신이 필요한 거예요, 톨레다노 선생님. 이참에 당신 암호명을 공개하죠.」

「하? 나한테 부여된 암호명이 뭐요? 글잔가, 아니면 숫잔가? 혹시 실존했던 역사적 인물의 이름인가?」

「암호명 〈파파〉.」

에밀이 기억에 각인이라도 시키려는 듯 따라 말한다.

「좀 유치한 이름인 건 분명한데, 그래야 우리 통신이 도청당할 경우 적들을 교란할 수가 있겠지. 그들은 내가 당신 아버지라고 믿을 테니까. 그러는 당신 암호명은 뭐요?」

「저요? 암호명 〈베이비〉.」

「당연히 그렇겠지. 영리하군. 그럴듯한 조합이야. 자, 에이전트 베이비, 적들과의 싸움에 내가 어떤 도움을 주길 바라오?」

「에이전트 파파, 지금 당장 선생님께서 할 일은 저를

여기 숨겨 주는 거예요. 자신들의 음모를 밝혀냈다는 걸 알고 놈들이 저를 추격하고 있어요. 온갖 위장을 하고 저를 잡으러 올 겁니다. 경찰 제복이나 간호사복을 입고 나타날지도 몰라요.」

「아, 교활한 놈들…….」

「상상도 못 할 만큼 교활하죠! 그래서 선생님의 도움이 필요한 겁니다, 에이전트 파파.」

「그런데 나한테 무슨 도움을 달라는 거요?」

아 이런. 정보가 머리에 머무르질 않아.

「절 숨겨 달라니까요.」

「어디에 말이오?」

「여기에요…… 에이전트 파파.」

「좋소. 그런데 당신은 누구요?」

르네는 묘수라고 생각했던 방법의 한계를 느낀다.

아버지의 뇌에 충격을 미칠 만큼 강렬한 감정을 일으키지 못했어.

르네는 결국 포기하고 병실을 나선다.

「에이전트 베이비…….」

그가 혹시나 하는 마음으로 아버지를 돌아본다.

「에이전트 베이비, 당신이 누구라고 했는지 기억은 안 나는데, 혹시 부탁 하나 들어줄 수 있겠소?」

「물론이죠.」

「저기…… 의사한테 가서, 이걸 어디서 들었는지 기억

은 안 나지만 수돗물이 우리 머리에 영향을 줄 수 있다고 하더라고 전해 주시오……. 어떤 영향이라 했는지는 지금 내가 기억이 안 나는데, 아무튼 중요한 영향인 건 맞소. 아니, 심각한 영향인 게 확실해요. 그러니 반드시 경고를 전해 주시오. 글자 G, B와 관련이 있다더라고.」

르네는 아버지의 정신은 나무 한 그루 자라지 않는, 엉성한 가시넝쿨들만 드문드문 바람에 뒹구는 허허벌판 같다는 생각을 한다.

「잊지 않고 꼭 전해 드리죠.」

아버지는 벌써 TV 스크린 앞에 돌아가 앉아 있다. TV에서는 온갖 음모론을 뒤죽박죽 소개한다. 다이애나 왕세자비가 엘리자베스 2세의 사주를 받은 자들에 의해 암살되었다느니, 엘턴 존이 실제로는 이성애자라느니, 메릴린 먼로와 로버트 케네디 사이에 태어난 혼외 자식이 있다느니, 9·11 테러는 이라크 전쟁을 정당화하기 위해 미국 정보기관에서 일으킨 사건이라느니, 백악관 지하에는 외계인들의 은신처가 존재한다느니, 이 세계를 조종하는 실체는 일루미나티라느니, 지구는 원래 평평하다느니.

에밀은 이러한 허위 정보들에 미혹돼 있다.

르네는 사람들의 눈을 피해 파피용 클리닉을 빠져나온다. 면회를 다녀갈 때마다 그렁듯이 흐르는 눈물을 주체할 수 없다.

어쨌든 시도는 해봤으니까.

그는 자신이 흘리는 눈물이 아버지를 향한 연민 때문인지, 유전적인 병의 특성상 언젠가 비슷한 처지가 될지도 모르는 자신에 대한 연민 때문인지 알지 못한다.

시간은 빨리 흐르고 그는 뾰족한 방법을 찾지 못한다. 23시 23분 약속을 위해서는 아무도 방해할 수 없는 조용하고 안전한 곳을 찾아야 한다.

집으로 돌아갈 수도 없고, 경찰은 나를 찾고 있고, 엘로디는 도움을 거절하고, 아버지는 도움을 주는 것 자체가 불가능해. 이 상태에서 내가 갈 수 있는 곳이 어딜까?

늘 그랬듯 원하는 게 구체화되는 순간 해답이 떠오른다.

59

드라큘라가 그를 빈 테이블로 안내한다.

〈세상의 종말을 앞둔 최후의 바〉에서는 뱀파이어들의 파티가 한창이다. 늑대 인간 몇 명이 가세해 롤 플레잉 게임을 하고 있다. 가상의 캐릭터로 분한 이들은 현실보다 더 극적인 현실을 살고 있는 듯 보인다.

긴 이빨이 적잖이 불편해 보이는 드라큘라가 르네에게 식사를 할지 음료를 마실지 묻는다. 그가 레몬 대신 피가 흐르는 스테이크 조각을 장식으로 얹은 〈블러디 메리〉가 오늘의 칵테일이라며 권하기에 르네는 아무 생각 없이 한 잔 주문한다.

사람들은 가면이 필요한 거야.

르네는 죽은 소의 살점을 뽑아 버리고 나서 아무런 감흥 없이 칵테일을 목으로 넘긴다. 전에 받은 명함이 수중에 없어 혹시 여기 오면 오팔을 만날 수 있을지도 모른다고 생각했는데, 바 어디에도 그녀의 모습은 보이지 않는다. 그는 자신들을 서빙했던 웨이터를 찾기로 마음을 바꾸고 주위를 두리번거리다 잭 더 리퍼로 변장한 그를 어렵지 않게 찾아낸다.

「지난번에 오팔 에체고엔이라는 여자분과 같이 온 적이 있었는데, 혹시 기억할지 모르겠네요.」

「물론 기억해요. 오팔은 제 친구인걸요!」

르네가 배낭을 가리키며 말한다.

「그녀가 우리 집에 두고 간 가방을 갖다주려고 하는데, 주소를 가르쳐 줄 수 있어요?」

「그냥 여기 두고 가세요. 오팔이 들르면 제가 전해 드릴게요.」

「귀중품이 들어 있어요, 특히 노트북이. 급하네요.」

르네가 노트북을 가리키자 잭 더 리퍼가 선뜻 주소를 알려 주면서 몇 층인지는 모른다고 덧붙인다. 이때 웨이터 뒤에 설치된 TV 화면에 르네의 얼굴과 함께 자막이 지나간다.

살인 용의자 지명 수배

이어 스킨헤드의 사진과, 마르셀 프루스트 병원에 출동한 소방관들의 화재 진압 장면이 나온다.

르네는 자리에서 일어나 계산을 마친 뒤 이상한 나라의 앨리스 가면을 슬쩍 집어 챙기고 서둘러 출입문으로 향한다.

다행히 가면을 쓴 사람들로 붐비는 시간이어서 그는 들키지 않고 바를 나선다. 그는 최면사의 주소지인 오르페브르 거리 7번지를 찾아간다.

이번에도 역시 필터링을 거쳐야 한다.

첫 번째 관문은 공용 현관 비밀번호.

분명히 기억하기 쉬운 날짜라고 그랬어. 20세기의 역사적인 해였는데, 그게 뭘까?

그는 1914와 1918, 그리고 달 착륙이 있었던 해인 1969를 차례로 입력해 본다.

드디어 기억이 난다.

유급 휴가가 개시된 해. 1936.

그는 건물 안으로 들어간다.

몇 층이라고 했더라?

르네는 계단을 걸어 올라가다가 내려오는 사람과 마주친다. 상대는 가면을 쓴 그를 보고도 별로 놀라는 눈치가 아니다.

그녀한테 확실히 들었으니까 내 정신의 숲 어딘가에 있는 나무에 정보가 저장돼 있긴 할 거야. 쇼브가 그 나무를 불태워 버리지만 않았다면.

그는 눈을 감고 머릿속 숲을 시각화한다.

어떤 나무일까?

불에 타지 않은 키 작은 관목들이 여기저기 눈에 띄는

데 어떤 게 그 나무인지 도무지 알 수가 없다. 그는 일단 끝까지 올라가 보기로 마음먹는다. 4층에 이르렀을 때 구리 명패에 새겨진 오팔의 이름이 기적처럼 그의 눈앞에 나타난다.

초인종을 누르지만 안에서 아무 대답이 없다. 그는 최면사가 돌아올 때까지 기다리기로 하고 문 앞 매트에 주저앉는다. 그간 겪은 우여곡절로 심신이 지친 르네는 앨리스 가면을 쓴 채로 까무룩 잠이 든다. 그는 꿈속에서 하루 동안의 일을 다시 겪는다. 비현실적인 느낌 속에서 한참을 잤다고 생각하는 순간, 손이 하나 다가와 가면을 들춘다.

잠에서 깨 눈을 떠보니 부리부리한 초록색 눈 두 개가 그를 내려다보고 있다.

「48시간 늦었네요, 톨레다노 씨.」

그는 몸을 일으키면서 가면을 벗는다. 눈을 비비고 있는 그를 향해 그녀가 덧붙인다.

「이런 경우에는 화를 내는 게 당연한 반응이겠죠? 약속 시간을 어기는 분야에서는 세계 신기록 감이네요. 학교 수업에는 이렇게 늦지 않길 바라요.」

「미안해요. 뜻하지 않은 일들이 생겨 이렇게 됐어요.」

「그건 그렇고, 이 시간에 대체 여기서 뭘 하고 있는 거죠?」

「신세를 좀 져도 될까요? 괜찮겠어요?」

그녀가 아무 말 없이 그를 안으로 들인다. 그가 가방을 바닥에 내려놓는다.

「순서대로 얘길 들어 봐야겠어요. 어제는 왜 안 왔어요?」

〈내가 노숙자를 죽여서 경찰이 체포하러 왔었어요〉? 이건 말이 안 된다고 생각할 거야. 쓰레기를 버리러 아래층으로 내려간 남자가 이웃 여자를 만나 벌어지는 일에 대한 쇼브의 농담과 똑같아. 현실이지만 신빙성이 느껴지지 않아. 상대를 믿게 만들려면 차라리 거짓말을 지어내는 게 나아. 아니면 애매하게 둘러대거나.

「막판에 급한 일이 생기는 바람에.」

「그럼 그렇다고 연락하지 그랬어요? 조금이라도 교양 있는 사람들은 보통 그렇게 하죠.」

르네는 오팔이 사는 공간을 쓱 둘러본다. 천장이 높고 들보가 노출돼 있는 아담한 아파트다. 현관 입구에는 〈판도라의 상자〉 최면 공연 포스터와 그녀가 어릴 때 부모님과 휴가지에서 찍은 사진이 담긴 액자들이 가지런히 진열돼 있다.

하는 수 없어, 진실을 말하고 나서 그녀가 어떤 반응을 보이는지 보자. 이미 다 알고 있는지도 몰라.

「경찰이 나를 수배했어요. TV에도 뉴스가 나왔어요.」

「그래요? 난 TV가 없어서 몰랐어요.」

그녀가 현관문을 닫더니 거실에 놓인 의자를 가리키

며 앉으라고 권한다. 거실에도 어린 그녀가 생일에, 휴가지에서, 결혼식에서 포즈를 취한 사진들이 군데군데 놓여 있다. 거실 가운데에는 유람선 공연장의 무대를 고스란히 연상시키는 빨간색 긴 소파 하나가 거대한 초록색 눈을 배경으로 놓여 있다. 르네는 집주인의 허락도 구하지 않고 소파에 가서 앉아 재킷을 벗는다.

나도 똑같은 화법을 시도해 봐야겠어.

「날 이해할 수 있는 사람은 당신밖에 없어요, 안 그래요? 임박한 대홍수로부터 내 전생의 아틀란티스인을 구하려면 조용하고 안전한 장소가 필요해요.」

「해일이 당신처럼 느지막이 도착하면 걱정할 게 없을 텐데.」

그는 되받아치지 않고 듣기만 한다.

「당신이 나한테 진실을 말해 줘야 도와줄 거예요. 그게 필수 조건이에요.」

그는 더 이상은 피할 수 없다고 판단하고 모든 것을 털어놓기로 작정한다. 그는 마지막 만남 이후 자신에게 벌어진 일들을 상세히 들려준다.

「그래서 약속을 지키지 못했던 거예요.」

「시간이 늦었는데, 식사할래요?」 그녀가 대답 대신 그에게 묻는다.

그녀가 냉동실에서 꺼낸 피자를 전자레인지에 데워 포도주와 함께 건넨다. 그는 갑자기 허기를 느끼며 지금 자신이 가장 먹고 싶은 게 이것이라는 생각을 한다.

르네는 그녀에게 이루 다 말로 표현할 수 없는 고마움을 느낀다. 가장 절친한 친구가 그를 외면하고, 마지막 남은 가족은 도움을 줄 능력이 없는 사람으로 판명이 난 상황에서, 오팔은 잘 알지도 못하는 자신에게 손을 내밀어 주었다.

「지난번에 나에 대해 미처 말하지 못한 게 있어요.」 그녀가 아리송하게 서두를 꺼낸다.

그는 포도주로 목을 축인다.

「당신이 기억 상실을 걱정한다면 나는 정반대의 증상으로 고통받고 있어요. 기억 이상 증진이라는 거죠. 모든 걸 지나치게 상세히 기억하는 병이에요.」

「당신이 행복한 유년 시절을 보내서 그런 게 아닐까요?」 르네가 입 안 가득 음식을 물고 말한다.

「그 말은 맞아요. 어릴 때 참 행복했었죠. 그 즐거운 순간들을 모두 기억하려고 애쓰다 보니 커서도 그런 습관이 생겼어요.」

「기억력이 얼마나 비정상적으로 좋기에 그래요?」

그녀도 피자 한쪽을 들고 조금씩 베어 먹기 시작한다.

「내 친구들의 전화번호와 생일을 모두 외울 수 있어요. 길 가다 마주치는 사람들 얼굴도 다 기억할 수 있어요. 여럿이 모인 자리에서 잠깐 스쳤던 사람 얼굴까지 기억하는걸요.」

「그럼 학교 공부를 잘했겠네요. 확실히 암송에 유리했을 테니까.」

「노래 가사를 잘 기억하는 것도 장점이죠. 그리고 사람들이 내놓는 카드를 모두 기억할 수 있는 브리지는 내가 단연 잘하는 게임이에요.」

그녀가 그에게 포도주를 한 잔 더 따라 준다.

「당신이 부럽네요.」 그가 한숨을 내뱉으며 말한다.

「그렇게 생각한다면 오산이에요. 장단점이 있거든요. 솔직히 장점보다 단점이 더 많죠. 한번은 이런 일이 있었어요. 전남편이 어떤 파티에 가서 트러플이 들어간 오믈렛을 먹더니 생전 처음 먹어 보는데 정말 맛있다고 극찬하더군요. 옆에서 보는 나는 무척 속이 상했어요. 그는 연애 시절에 내가 만들어 준 트러플 오믈렛을 먹으면서도 똑같은 말을 했었거든요. 이건 아주 사소한 하나의 에피소드에 불과해요. 그는 외부의 자극에 즉각적으로 반응할 줄만 알지 우리에게 소중한 순간들을 기억하지는 못했어요. 그는 우리가 어제 뭘 먹었는지도 기억하지 못하지만 나는 우리가 먹은 음식, 우리가 식사 중에 나눈 대화도 빠짐없이 기억하고 있었죠.」

「평범한 사람은 다 전남편 같지 않나요.」

「나한테 그는 지나치게 평범한 사람이었던 거죠. 그를 사랑했지만, 마치 구멍이 숭숭 뚫린 그뤼에르 치즈 같은 정신의 소유자와 사는 기분이 들었어요. 모든 것을 잊어

버리는 그의 부주의함을 용서해 줘야 했죠. 그는 자신이 한 거짓말조차 기억 못 하는 사람이었어요. 거짓말쟁이의 기본 요건인 기억력을 갖추지 못했던 거죠. 나는 그런 그를 견디지 못하고 결국 이혼했어요. 다시는 재혼할 생각이 없어요.」

「그런 당신에게 방금 전에 한 말도 기억 못 하는 내가 도와 달라고 하는 건 아무래도 무리겠군요. 요즘 들어 나는 〈내가 무슨 얘길 하고 있었더라?〉를 입에 달고 살죠. 그런데 저기…… 우리가 무슨 얘길 하고 있었죠?」

그녀가 까르르 웃더니 한결 편안한 표정이 된다.

「적어도 당신은 인정은 하잖아요. 그리고 당신 아버지처럼 되지 않으려고 노력하잖아요. 하지만 내 전남편은 내 생일을, 게다가 우리 결혼기념일까지 잊어버리고도 아무렇지 않았어요. 자기가 정상이고 내가 너무 속이 좁은 사람이라고 생각했죠.」

그녀가 나지막한 한숨을 내뱉는다.

「아무튼 내가 말한 건 빙산의 일각에 불과해요. 우리가 뜨거운 첫 키스를 나눈 뒤로, 물론 그는 이것도 잊어버렸지만, 그가 부주의와 미숙함으로 내게 상처를 준 일은 정말이지 일일이 열거할 수가 없어요. 기억력이 나쁜 사람을 억지로 용서해 줄 수밖에 없는 것, 이게 절대적인 기억력의 단점이에요, 안 그래요?」

그들은 음식을 먹으면서 서로의 표정을 유심히 살

핀다.

「나는 유년 시절 나를 행복하게 했던 사람들을 모두 기억해요. 나를 슬프게 했던 사람들도 당연히 기억하죠. 내 정신은 무한정 크기가 늘어나는 거대한 가방처럼 느껴져요.」

「실용적이겠네요.」

「너무 무거워요.」

그가 그녀에게 포도주를 따라 준다.

「우린 상호 보완적인 사람들이네요…….」

「대단히 그렇죠. 무의식 뒤편의 기억에 접근할 수 있는 당신한테는 두 번째, 세 번째 기억의 가방이 계속 생겨나지만, 나는 현생의 단 하나뿐인 기억이 한없이 늘어날 뿐이니까.」

「결국 제로섬 게임 아닌가요? 내가 전생의 기억들에 접근할 수 있는 건 어쩌면 단기 기억 감퇴의 대가인지도 몰라요.」

「어쨌든 당신을 보면서 내 다른 〈기억들〉에 접속해 보고 싶어졌어요.」

그녀가 큰 눈으로 그를 뚫어지게 쳐다본다. 혹시 유혹인가 싶어 르네는 그녀를 똑바로 바라보지 못하고 접시만 내려다본다. 그는 피자를 뜯어 포도주와 함께 목으로 넘긴다.

「몸을 회복하고 아틀란티스를 구하는 동안 우리 집에

서 지내도 좋아요. 하지만 조건이 하나 있어요.」

「무슨 조건이죠?」

「알면서 뭘 그래요. 내가 전생들로 거슬러 올라가게 도와줘요.」

그녀가 그에게 커피를 한 잔 따라 주고 나서 욕실로 걸어간다.

「거실에서 기다려요. 금방 올게요.」

르네의 시선이 거실 벽에 걸려 있는 달리의 그림 「기억의 지속」으로 향한다. 황혼 녘의 하늘을 배경으로 해변이 펼쳐져 있고 멀리 절벽이 솟아 있다. 나뭇가지에 늘어진 시계가 하나 걸려 있다. 바로 옆에 당장 녹아내릴 듯한 시계가 하나 더 보인다. 개미들로 뒤덮인 세 번째 시계는 다른 시계와 달리 단단해 보인다. 해변 가운데 긴 눈썹이 달린 감긴 눈이 하나 누워 있다. 그 위에 늘어진 네 번째 시계가 걸쳐져 있다.

오팔이 운동복 차림으로 나타난다.

「아, 이 그림이 마음에 드나 봐요? 달리가 햇볕에 녹는 카망베르 치즈를 보고 영감을 얻어 그렸다고 해요. 그림 속에 나오는 네 개의 시계는 단단하고, 조금 무르고, 아주 무르고, 흐물흐물 녹아내리는, 각기 다른 변형의 단계를 보이잖아요. 그것을 통해 흐르는 시간을 표현하고자 했대요. 기억도 시계처럼 그렇게 단단하고, 부드럽고, 무르고, 흐물흐물한 변화 속에 있다는 것을 말하기 위해

〈기억의 지속〉이라는 제목을 붙였다는군요. 개미들의 공격을 받는 단단한 시계는 시간이 기억을 갉아먹는 죽은 자를 표현한 메타포일지도 몰라요.」

오팔 에체고엔이 거실 군데군데 초를 켜 놓고 불을 끄더니 소파에 눕는다.

「방법은 기억하고 있겠죠, 안 그래요?」

그녀가 말이 끝나기 무섭게 눈을 감더니 바지의 단추 하나를 푼다. 마치 출산이 임박한 사람처럼 숨을 몰아쉬더니 이내 편안한 호흡을 보인다. 그녀가 천천히 숨을 들이쉬었다 내쉬었다 하면서 준비가 됐다는 신호를 보낸다. 그는 괜히 압도당한 기분으로 그녀에게 말한다.

「계단을 시각화할 수 있겠어요?」

그녀가 고개를 끄덕인다.

「좋아요, 그럼 계단을 내려가요. 첫 번째, 두 번째, 세 번째, 열 번째 계단까지. 됐어요?」

「네.」

「무의식의 문이 앞에 있을 거예요. 보여요?」

최면사가 턱을 까닥인다.

「잘했어요. 내가 커다란 황금 열쇠를 줄 테니까 받아서 자물쇠에 찔러 넣어요. 열쇠를 돌리면 짤깍하는 소리가 크게 들릴 거예요. 그러면 손잡이를 당겨요.」

오팔의 몸이 작은 경련을 일으키는 게 보인다. 그녀가 눈썹을 찡그리고 입을 일그러뜨리면서 몸에 힘을 주더니 눈을 감은 채로 말한다.

「안 돼요.」

「조금 더 해봐요. 더 세게 당겨 봐요.」

그녀의 눈동자가 눈꺼풀 밑에서 울뚝불뚝 움직인다.

「움직일 생각을 안 해요. 꿈쩍도 하질 않아요.」

왜 안 되지? 이상해, 분명히 나와 똑같은 걸 보고 있는 것 같은데.

「당기지 말고 한번 밀어 볼래요?」

「밀고 있어요. 끄떡도 하지 않아요.」

「그럼 이번에는 옆으로 밀어 봐요.」

타인의 무의식의 문을 열기 위해 온갖 방법을 시도해 보던 르네는 결국 포기하고 그녀를 올라오게 한다. 그가 천천히 숫자를 세고 나서 손가락을 튕긴다.

그녀가 눈을 뜬다.

「봉인된 것처럼 잠겨 있어요. 그럴 줄 알았어요.」

「뭔가 끔찍한 것이 가로막고 있어 당신의 정신에 접근하지 못할 수도 있어요.」

르네가 이 말을 뱉는 순간 그녀가 갑자기 손목을 긁기 시작한다. 그녀의 손목에 작은 동전 크기만 한 홍반이 보인다.

「나 역시 이렇게 접근이 되지 않는 데는 분명히 이유가 있다고 생각해요. 난 뭐든 보고 들을 마음의 준비가 돼 있어요. 모르는 게 가장 큰 불행인 거죠. 그래요, 오만 가지 불편한 비밀들이 거기 숨어 있는 게 분명해요.」

그녀가 소매까지 걷어 올리고 군데군데 진물이 흐르고 딱지가 앉아 있는 팔뚝을 벅벅 긁는다.

「실패하고 끝내기는 싫어요. 당장 다시 시작해요.」

그녀가 강압적으로 말한다. 그녀가 이번에는 목덜미 아래쪽을 긁기 시작한다.

건선이 심한 모양이구나.

르네는 역시 건선을 앓았던 어머니가 심신증(心身症)인 이 병에는 치료 약이 없다고 했던 말을 떠올린다. 오팔이 손톱으로 긁은 자리가 빨갛게 부풀어 올라 있다.

퇴행 최면이 갑자기 증상을 악화시킨 게 분명해.

「어서요, 다시 해요!」 그녀가 과민하게 반응하며 재우쳐 말한다.

「미안하지만 너무 피곤해서 안 되겠어요.」

그녀가 결국 한숨을 내쉬며 체념한 듯 말한다.

「알았어요. 당신은 여기 소파에서 자면 돼요. 내일 다시 하기로 해요.」

60

르네와 오팔이 식탁에 앉아 아침을 먹고 있을 때 초인종이 울린다.

「누구 올 사람이 있어요?」

「아니요.」

「경찰입니다. 문 열어요!」

르네는 문구멍 너머로 라지엘 경위의 얼굴을 확인한다.

「안에 있는 거 알고 왔소, 톨레다노 씨! 문 열어요, 열지 않으면 부수고 들어갈 거요.」

「당신이 여기 있는 걸 어떻게 알았죠?」 오팔이 의아한 얼굴로 묻는다.

여러 가지 가능성을 떠올리던 르네가 큰 소리로 말한다.

「잭 더 리퍼!」

「무슨 소리예요?」

「지난번에 바에서 우리를 서빙했던 웨이터 말이에요. 당신 주소가 기억이 안 나서 책 더 리퍼로 변장한 그 친구한테 물어봤거든요. 그가 TV에 나온 내 얼굴을 알아본 게 틀림없어요.」

「당장 문 열어요!」 라지엘 경위가 고함을 지른다. **「열지 않으면 부수고 들어가겠습니다!」**

「걱정하지 말아요. 우린 비상계단으로 나가면 돼요.」

「〈우리〉요?」

「무의식의 문을 넘는 걸 내가 이렇게 쉽게 포기할 줄 알았어요?」

그녀가 순식간에 여행 가방 하나에 짐을 챙기더니 부엌에 있는 비상계단으로 르네를 안내한다.

그들은 밖에서 경찰이 공성 망치로 문을 부수는 소리를 뒤로하고 계단을 뛰어 내려간다.

르네와 오팔은 거리로 내려와 냅다 뛰기 시작한다.

「얼굴이 TV에 나왔으니 사람들이 알아볼지도 몰라요.」

「그럼 이런 방법을 쓰면 되겠네요.」

오팔이 각종 부르카와 차도르, 베일, 부르키니[2]를 파는 가게로 그를 데리고 들어간다. 그들은 몸을 최대한 많이 가려 주고 눈 주위에만 작은 구멍이 뚫려 있는 검은색 부르카를 골라 산다. 배 앞으로 돌려 멘 가방까지 가려질

2 부르카와 비키니의 합성어로, 이슬람식 여성 수영복을 가리킨다.

만큼 헐렁한 부르카를 입은 그들은 임산부 같은 모습으로 가게를 나선다.

두 도망자는 경찰이 자신들을 불심 검문이라도 하면 금세 소요 사태로 번질 수도 있다는 것을 알기 때문에 두려움 없이 거리를 활보하기 시작한다. 그들은 마치 유령이 된 기분으로 가장 가까운 지하철역인 샤틀레역으로 향한다.

그들은 추격자를 교란하기 위해 지하철 한 량에 우르르 오르고 있는 한 무리의 검은색 부르카 차림 여성들을 뒤따라 탄다.

「이제 그만 집으로 돌아가도 돼요.」 르네가 말한다.

「아니요, 당신과 같이 있을 거예요.」

「어리석은 소리 하지 말아요. 내가 경찰에 쫓기는 상황에서 당신한테 득 될 게 하나도 없잖아요. 이제 당신은 나한테 빚진 게 없어요. 내가 당신을 찾아갔던 것은 잠시 휴식을 취할 임시 거처가 필요해서였지, 그 이상을 바란 건 아니에요. 첫 번째 최면으로 인한 죄책감 때문에 이러는 게 아니길 바라요.」

「이미 말했잖아요. 내가 퇴행 최면을 하기 위해선 당신 도움이 반드시 필요하다고. 난 무호흡 잠수 챔피언의 도움을 기대하는 아마추어 잠수사의 심정이란 말이에요. 내 안내자가 될 사람을 찾았고, 당신을 신뢰하게 됐어요. 내 정신에 관계된 일을 아무한테나 부탁할 순 없잖아요.」

「우린 이미 실패했잖아요.」

「난 직감적으로 알아요. 당신이 꼭 나를 성공하게 해 주리라는 것을.」

대체 왜 이러는 거지?

「저기, 지금 당신이 상황 파악을 제대로 못 하는 것 같아서 하는 말인데, 잘못하면 내가 당신을 인질로 잡고 있다는 오해를 부를 수도 있어요.」

「내가 말했죠, 당신은 무의식 최면의 대가(大家)예요. 나를 짓누르는 〈심리적 억압〉을 풀어 줄 수 있는 사람은 당신밖에 없어요.」

그녀가 말을 할 때마다 입 앞쪽 천이 앞뒤로 살랑살랑 흔들린다. 부르카에 가려진 그녀의 표정을 확인할 수 없는 르네는 대신 검은 천에 박아 놓은 듯한 초록색 눈동자 두 개를 주시한다. 감겼다 뜨였다 하는 속눈썹이 커뮤니케이션의 도구가 될 수 있다는 사실이 새삼 신기하게 느껴진다.

소용없는 일인데 웬 고집을 이렇게 부릴까.

기억력과 집중력을 향상시켜 학생들의 시험 합격을 도와준다는 약 광고가 부르카에 난 구멍을 통해 눈에 들어온다.

「고집부리지 말고 합리적으로 판단해요. 어서 집으로 돌아가요. 괜히 경찰에 성가신 일이나 당하지 말고.」

그는 몸을 돌려 눈을 쳐다보다가 여태 엉뚱한 사람한

테 말하고 있었다는 사실을 알아차리고 깜짝 놀란다. 열차가 흔들려 사람들이 조금씩 옆으로 움직인 걸 모르고 초록색 눈이 아닌 담갈색 눈에 대고 이야기하고 있었던 것이다.

「죄송해요, 부인. 부인한테 한 얘기가 아니에요.」

대답 대신 상대의 담갈색 속눈썹이 파르르 떨린다.

그는 초록색 눈동자를 제대로 찾아내 다시 간곡히 부탁한다.

「제발 집으로 돌아가요.」

「이제야 알겠군요. 당신은 아틀란티스의 신비를 혼자 간직하고 싶은 거예요. 당신도 다른 남자들과 다르지 않군요. 오로지 자기 쾌락만 중요하고 남들은 안중에도 없는 지독한 이기주의자.」

마침 열차의 덜컹거림이 멈추는 바람에 마지막 한마디가 다른 승객들의 귀에 또렷이 들린다. 당황한 르네가 급히 목소리를 낮춰 대답한다.

「너무 위험해서 하는 말이에요. 어서 집으로 돌아가요.」

「퇴행 최면을 시켜 주지 않으면 안 가요.」

「나랑 같이 있다간 공범으로 몰릴 수도 있어요.」

「당신이 무의식의 문을 넘게만 해준다면 기꺼이 공범이 되겠어요. 내가 말했죠, 난 당신의 얘기를 믿는다고. 아틀란티스를 구하는 일은 위험을 감수할 만한 가치가 있어요. 이건 내 선택이에요. 이성적인, 따라서 당연히 평범한 삶을 살기보다 당신과 함께하는 도망자의 삶을 선택하는 건 내 권리란 말이에요. 이런 게 바로 모험의 부름이죠, 안 그래요?」

부르카 뒤의 눈들이 점점 두 사람을 의심스럽게 쳐다보고 있다. 르네는 문득 부르카의 기원에 관한 이야기를 떠올린다. 그리스의 역사학자이자 지리학자인 헤로도토스는 신체를 덮는 이 옷이 기원전 2000년 메소포타미아의 이슈타르 여신 숭배와 관련이 있다고 말했다. 당시 사람들은 인간 목동과 육체를 결합한 이 사랑의 여신을 숭배하기 위해 1년에 한 번씩 밀리타[3] 신전 뒤에 있는 숲에서 몸을 팔았다. 신분을 노출하기 싫었던 여자들은 스스로 베일을 덮어 몸을 완전히 가렸다. 이 관습은 4천 년이 지나 아프가니스탄에서 부활했다. 살라피스트[4]들은 남자들의 욕망으로부터 여자들을 지키고 퇴폐적인 서양 사회에 여자들의 얼굴과 신체가 노출되는 음란한 일을 원천적으로 막아야 한다면서 부르카 착용을 강제했다.

「당신 덕분에 깨달았어요. 우린 놀이공원의 관람차에 앉아 무슨 일이 벌어지길 가만히 기다리는 어린아이처럼 살기 위해 존재하는 게 아니라는 걸요. 우린 각자에게 주어진 특별한 재능을 가지고 선택하고, 행동하고, 또 그

3 이슈타르의 다른 이름.

4 이슬람 근본주의자.

행동에 책임을 지죠. 전생의 기억에 접근할 수 있는 당신의 능력은 괜히 주어진 게 아닐 거예요. 당신에겐 소명이 있어요. 아틀란티스를 힘 닿는 데까지 구해야 해요. 난 그런 당신이 부러워요. 하지만 내게도 분명히 다른 재능이 있을 거예요. 아직 그걸 못 찾았을 뿐이에요.」

「내 재능을 발견하게 해준 게 당신의 재능이에요.」

「나는 내 삶의 소명을 꼭 발견하고 나서 죽고 싶어요.」

「우리 둘 다 감옥에 가면 함께 실패하는 거예요. 내가 당신을 궁지로 몰아넣었다는 죄책감에 시달리게 될 거예요. 제발, 집으로 돌아가요.」

「표현을 어떻게 해야 할지 모르겠는데, 그런 말을 나한테 한 남자는 당신이 처음이에요. 나한테서 쉽게 도망치진 못할 거예요.」

주변 여자들이 검정 부르카 속에서 키득대는 소리가 들린다. 르네의 눈길이 지하철 벽에 붙은 또 다른 광고로 향한다.

〈그녀와 함께 천년의 과거가 살아 숨 쉬는 나라로 휴가를 떠나지 않으시겠어요?〉

여행사의 이집트 관광 상품 광고가 자신을 향한 메시지라고 느껴지는 순간 르네가 달뜬 얼굴로 말한다.

「정말 나랑 같이 있고 싶어요? 진심으로 내가 당신을 도와 무의식의 문을 열어 줄 수 있는 유일한 사람이라고 믿어요?」

「다른 사람은 상상도 할 수 없어요.」

「좋아요, 그러면 한 가지 제안을 하죠. 최면 도중 일어난 내 퇴행이 진짜인지 아닌지 가서 한번 확인해 볼래요?」

61
므네모스: 궤변

궤변은 허위적 논리, 다시 말해 그럴듯해 보여도 실제로는 이치에 닿지 않는 논리에 근거한 논법을 말한다. 듣는 이를 기만하는 것이 이 논법의 목적이다.

가령 이런 농담이 궤변에 해당한다. 한 사람이 길을 가다 오래전 친구와 마주친다.

「반갑네, 자넨 뭐가 됐나?」

「난 수학 교사일세. 그러는 자네는?」

「아, 나는 논리학 교사네.」

「논리학이 뭔가?」

「자네 수족관이 있나?」

「응. 」

「그럼 자넨 물고기를 좋아하는군.」

「응.」

「그럼 자넨 아름다운 걸 좋아하는군.」

「응.」

「그럼 자넨 여자를 좋아하는군.」

「응.」

「봤나, 이런 게 바로 논리학일세.」

수학 교사는 친구와 헤어져 길을 가다가 또 다른 어릴 적 친구와 마주친다. 그가 논리학 교사인 친구를 만난 얘기를 전하자 이 친구가 수학 교사에게 묻는다.

「자네, 논리학 교사라는 그 친구가 하는 일이 정확히 뭔지 나한테 설명해 줄 수 있나?」

「물론이지. 자네 수족관이 있나?」

「아니.」

「자네가 동성애자라서 그런 거야.」

62

빌랑브뢰즈 성은 18세기 건축의 정수를 보여 주는 아름다운 건물이다. 철책 뒤로 잘 손질돼 윤이 반짝반짝 나는 푸른 잔디가 깔려 있는 드넓은 정원이 눈에 들어온다. 하늘로 치솟은 삼나무들이 두 줄로 나란히 서 있는 길을 한참 따라가면 슬레이트 지붕을 덮은 탑을 양 옆구리에 끼고 있는 흰색 건물이 나온다.

두 도망자는 철책 너머에서 성을 기웃거리는 중이다. 그들은 지하철에서 내린 즉시 부르카를 벗어 버리고 오팔의 이름으로 차를 렌트했다. 그리고 철물점에 들러 목장갑, 손전등, 밧줄, 펜치, 삽, 곡괭이 같은 장비를 구입해 차에 싣고 레옹틴 드 빌랑브뢰즈가 살았던 저택에 도착했다.

그들은 저녁 어스름 속에서 차 지붕에 올라서서 높은 석벽 너머로 성을 들여다본다. 창문마다 환히 불이 밝혀져 있다.

여긴 내가 아는 곳이야. 한때 내 집이었으니까.

「여기 사람들이 살고 있네요.」

그의 말은 〈무단 점유자들이 있네요〉처럼 들린다.

「설마 당신의 레옹틴이 사망한 이후, 내 기억에 아마 1780년대였을 거예요, 이 성에 사람이 살지 않았으리라 기대하진 않았겠죠, 안 그래요?」

「거주자들이 이 시간에는 없었으면 했죠. 신중해야겠네요.」

오팔이 육중한 나무 대문 옆에 걸려 있는 팻말을 가리킨다.

성질 고약한 개들이 안에 있으니 조심하세요.
사후 세계의 존재가 궁금하시면,
주저 없이 담장을 뛰어넘으셔도 됩니다.

담장 위에는 철조망이 둘러져 있다.

「지금 집주인들이 유머 감각이 있는 사람들인가 봐요.」 오팔이 이 와중에 키득거리며 웃는다.

「무기라도 준비할 걸 그랬나. 하다못해 칼이라도 한 자루.」

「그걸로 뭘 하게요? 개들과 맞붙어 싸우기라도 하게요? 개들은 지금 주인들하고 집 안에 있을 거예요. 정원은 인기척 하나 없이 조용한데요, 뭘.」

그간 겪었던 고초가 주마등처럼 머릿속을 스쳐 지나간다. 르네는 어깨를 으쓱해 보인 뒤 오팔이 손을 포개 만들어 주는 짧은 사다리를 딛고 담장 위로 올라선다.

「당신은 여기서 기다려요. 나 혼자 갔다 올게요.」

그는 담장 위에서 펜치를 들고 철조망을 자른다.

슈맹 데 담에서도 이렇게 했었지.

그는 잔디밭에 완벽하게 착지한다.

재빨리 주변을 살피고 나서 달빛 아래서 걸음을 옮기기 시작한다.

레옹틴이 생각한 장소를 기억해 내려고 애쓴다.

어느 위치, 어느 나무일까.

쇼브가 이 기억에 해당하는 뉴런까지 파괴하지 않았다면 생각이 나겠지.

그는 정신을 모은다. 이 기억의 나무를 반드시 찾기 위해 정신의 숲을 샅샅이 뒤진다. 벌써 다시 무성하게 자라나 소중한 기억의 나무로 향하는 길을 막기 시작한 가시덤불들을 헤치며 앞으로 나아간다.

레옹틴의 영혼, 지금 나한테는 퇴행 최면을 할 시간이 없어요. 그렇지만 당신이 분명히 내 안의 어딘가에 있다는 걸 알아요. 그러니 날 좀 도와주세요.

사망 직전에 노부인이 했던 생각이 르네의 머릿속에 어렴풋이 되살아난다.

정원 왼쪽 구석에 있는 아름드리 떡갈나무 밑.

그는 왼쪽으로 걸어가다가 문득 백작 부인이 성 안에서 출입문을 내다볼 때 왼쪽을 가리킨 것이라는 생각이 들자 방향을 틀어 오른쪽으로 향한다. 그는 나무들을 손전등으로 일일이 비춰 확인하면서 떡갈나무를 찾는다. 학창 시절에 역사 과목은 잘했지만 지구과학과 생물에는 소질이 없었던 게 새삼 생각난다.

떡갈나무가 어떻게 생겼더라?

그는 한참 만에 수령이 많아 보이고 둥치가 두 아름 가까이 되는 나무 한 그루를 발견한다. 밑동 아래를 파자 커다란 나무 궤짝 하나가 묻혀 있다. 그는 삽으로 흙을 퍼내기 시작한다.

이렇게 무거운 걸 가지고는 담을 넘지 못할 텐데, 오팔한테 도와달라고 할까? 아니야, 어떻게든 혼자 해보자.

벌컥 용을 써보지만 궤짝은 꿈쩍도 하지 않는다. 그는 들어 올리는 건 포기하고 다른 방법을 찾다가 궤짝에 걸린 맹꽁이자물쇠 고리에 곡괭이 날을 끼운다. 발로 자루를 힘껏 밟아 누르자 자물쇠가 떨어져 나온다.

뚜껑을 들어 올리자 가지런히 놓여 있는 금괴들이 눈에 들어온다. 달빛을 받은 금괴가 찬연히 반짝인다.

고마워요, 레옹틴.

그는 금덩어리 대여섯 개를 집어 들고 다시 담장 쪽으로 향한다. 휘파람을 불어 새 울음 같은 소리를 내자 담장 너머에서 오팔이 똑같은 소리로 응답한다.

「금 조각이 아니라 덩어리네요. 내가 던질 테니까 받아요. 준비됐어요?」

그가 금괴 하나를 힘껏 담장 밖으로 던지자 금방 둔탁한 쇳소리가 들려온다. 오팔이 정확한 위치를 잡지 못했다는 뜻이다. 두 번째 금괴를 던지자 어깨에 맞았는지 작은 비명 소리가 들린다. 어쨌든 이번에는 그녀가 낙하 범위 안에 있었던 모양이다. 르네는 떡갈나무와 담장을 계속 오가면서 궤짝 속 금괴를 밖에서 기다리는 오팔에게 던진다.

마지막 몇 개가 남았을 때 뒤에서 갑자기 으르렁거리는 소리가 들린다. 르네가 몸을 소스라뜨린다. 원시 인류부터 존재한 뇌의 메커니즘이 작동을 시작한다. 양쪽 뇌 반구 중심에 위치한 작은 아몬드 모양의 편도체가 활성화된다. 핏속으로 아드레날린이 분비된다. 심장 박동이 빨라지면서 싸우거나 도망칠 준비를 시킨다. 체온이 상승하면서 근육의 효율성이 증대된다. 적에게 위협적으로 보이기 위해 몸을 부풀리던 영장류 시절의 유산을 간직하고 있는 몸의 털이 곤두선다. 통증을 줄여 주는 코르티솔이 뇌에서 분비된다. 이성을 관장하는 대뇌 피질이 비활성화된다.

때로는 생각이 행동을 가로막기도 해. 지금은 행동이 우선이야. 그러고 나서 나중에, 다 지나간 다음에 내 선택이 좋은 선택이었는지 스스로에게 물어보자.

르네는 마지막 남은 금괴 세 개를 포기하고 냅다 뛰기 시작한다. 성난 저먼 셰퍼드 두 마리가 침을 흘리면서 그를 뒤쫓는다. 컹컹거리는 소리가 갈수록 위협적으로 커진다.

아무리 속도를 내도 개들과의 거리는 좁혀져만 간다. 르네가 뒤를 돌아보면서 앞서 쫓아오는 개의 주둥이를 정확히 조준해 손에 들고 있던 금괴를 하나 던진다. 개가 깨갱 비명을 지르며 멈춰 서자 뒤따라 달려오던 개도 겁에 질려 속도를 늦춘다. 겨우 시간을 조금 벌었다.

지체할 시간이 없어. 지금은 생각을 할 때가 아니야.

그는 달리던 힘을 이용해 그대로 담벼락으로 뛰어올라 담쟁이덩굴을 붙잡는다. 두 번째 개의 공격권에서 벗어나 위로 기어오르기 시작한다. 벌써 집주인들이 손전등으로 개 짖는 소리가 나는 방향을 비추고 있다.

분비된 아드레날린 덕에 르네는 팔 힘으로 몸을 담장 꼭대기까지 끌어 올린다. 그는 담장 반대편으로 뛰어내린다.

웅성웅성하는 소리가 담장을 넘어온다. 〈도둑이야! 파비엔, 얼른 경찰에 연락해요!〉 오팔이 트렁크에 금괴를 차곡차곡 쌓아 놓고 운전석에 앉아 그를 기다리고 있다.

르네가 재빨리 조수석에 올라타자 그녀가 시동을 건다. 성에서 멀어지고 나서야 르네는 겨우 숨을 돌린다. 기억력뿐 아니라 감정에도 작용하는 두 개의 해마가 편도체를 진정시킨다. 핏속 아드레날린 분비가 멈춘다. 심장 박동이 느려지고 체온이 내려간다. 치섰던 솜털이 차분해진다.

「하마터면 팬티 절반을 성에 남기고 올 뻔했어요.」 그가 땀으로 범벅이 된 이마를 닦으면서 말한다.

「영웅을 보는 듯한 기분이었어요.」

이폴리트처럼?

「어쨌든 퇴행 최면이 가능하다는 부인할 수 없는 증거가 생긴 셈이에요. 내가 2백 년도 더 전에 살았던 사람이 혼자 간직했던 정보에 접근했기 때문에 빌랑브뢰즈 성의 이름과 금괴가 묻힌 정확한 장소를 알 수 있었던 거예요.」

「여전히 의심하고 있었다는 뜻인가요?」

「어떤 정보든, 그게 역사적 정보라면 더더욱 의심하는 게 내 직업이에요. 아버지가 이런 말씀을 하신 적이 있어요. 〈모든 역사에는 세 가지 관점이 있다. 나의 관점, 타인의 관점, 그리고 진실.〉 이번 일에서만은 내 관점과 진실이 하나로 포개진다는 걸 알게 됐어요.」

「그게 그렇게 시간이 오래 걸리던가요? 남자들은 긴장을 풀고 편안해지는 데에 왜 그렇게 시간이 오래 걸리는지 모르겠어요.」

「내가 알게 된 정보를 대중에게 알릴 수 없는 게 안타까워요.」

「그러지 못할 이유가 뭐죠?」

「지금 내 신뢰도가 거의 바닥으로 추락한 상태잖아요.」

「나는 첫 피험자인 당신이 자랑스럽기만 한걸요.」

그녀가 그윽한 윙크를 날린다. 르네는 처음으로 그녀가 자신을 진심으로 높이 평가하고 있다고 느낀다. 그는 그녀를 껴안고 싶은 마음을 간신히 누른 채 좌석에 몸을 파묻고 곯아떨어진다.

오팔은 라디오를 켜서 록 음악 전문 채널에 주파수를 맞춘다. 1980년대를 풍미했던 그룹 슈퍼트램프의 「바보의 서곡」이 흘러나온다.

장시간 고속도로를 달리던 오팔은 운전에 집중할 수 없을 만큼 피로가 몰려오자 도로변 호텔을 찾아 주차장에 차를 세운다.

그녀는 트렁크에 실린 금괴를 담요로 덮어 놓고 르네를 깨운다. 그는 잠에 취해 그녀를 따라 내린다. 그녀는 그와 상의하지 않고 모든 것을 즉석에서 결정한다. 침대가 두 개 있는 방으로 르네를 데리고 가서 침대 하나에 눕힌다. 그는 베개에 머리가 닿는 즉시 다시 잠이 든다. 그녀는 그가 코를 골며 자는 모습을 내려다보다가 귀에 대고 속삭인다.

「이렇게 나가떨어지지만 않았으면 자기 전에 퇴행 최면을 하자고 했을 텐데, 아쉽네요.」

그녀는 다정한 손길로 이불깃을 매트리스 밑으로 접어 넣어 주다가 스스로 깜짝 놀란다.

극심한 감정 소모와 눈의 피로로 탈진 직전인 오팔은 시원한 음료수로 목을 축인 뒤 옷을 벗고 침대에 눕는다. 그녀는 발진이 생긴 자리를 한참 긁다가 잠이 든다.

63

한 줄기 햇살이 창문을 넘어 들어와 방 안을 환히 비춘다. 르네가 먼저 잠이 깬다.

자, 나는 지금, 여기에 살아 있어.

눈을 깜박이고 입 속에서 혀를 굴려 본다.

나는 지금 누구의 몸으로 존재하고 있지? 병사, 귀족 부인, 갤리선 노잡이, 승려?

그는 자신의 손과, 팔, 입고 있는 옷을 차례로 확인한다.

나는 스킨헤드를 살해한 뒤 쫓기는 신세가 돼 자동차 트렁크에 금괴를 싣고 도망치는 중인 역사 교사야.

생경하고 야릇한 느낌에 사로잡힌다.

그는 마음속에 자신의 이름을 써본다.

르네 톨레다노.

이 이름을 새기는 순간 그는 문득 자신이 전혀 외부인이 되어 생전 처음 이 글자들을 바라보는 느낌이 든다.

그는 얼굴과 턱, 입술, 코, 광대뼈, 이마를 어루만지면서 이목구비를 기억해 내려고 애쓴다. 겨드랑이에 코를 대고 킁킁거려도 본다.

그래, 이게 바로 이 몸의 냄새야.

르네는 침대에서 일어나 햇빛과 시원한 공기가 들어오게 창문을 열어젖힌다. 밤새 비가 그쳐 유리알처럼 맑은 하늘이 펼쳐져 있다. 그는 오팔의 침대로 다가가 잠든 그녀를 내려다본다.

이 사람은 오팔, 오팔 에체고옌이야.

왠지 그녀를 오래전부터 알아 왔다는 느낌이 들어. 이 기시감은 어디서 오는 걸까? 분명히 그녀를 이전에 만난 적은 없어. 그렇다면 혹시 나와 전생에 인연이 있었던 건 아닐까.

내 화를 돋웠던 그 학생의 경우처럼 〈지난 삶〉에서 만났던 얼굴을 기억하는 게 가능할까? 만약 그렇다면 다른 몸을 빌려 환생한 영혼을 알아볼 수 있다는 의미가 아닌가?

이 질문의 해답을 찾아야 한다는 절박감을 느끼던 중에 그는 갑자기 허기를 느낀다. 어제 하루 동안 겪은 감정의 롤러코스터에서 벗어나 앞으로의 싸움에 필요한 체력을 비축하려면 든든한 아침 한 끼가 필요하다는 생각을 한다.

그는 거울 속에 비친 자신을 바라본다.

각각의 생은 부정적인 지난 경험에 대한 반작용적 소원의 실현 과정이다. 우리는 그렇게 보완을 통해 더 나은 존재를 만들기 위해 노력한다.

우리가 새로운 생을 출발할 때마다 지난 생의 실패를 바탕으로 새로운 그림을 그리는 것은 상대가 가진 구슬의 색깔과 배치를 맞히는 마스터 마인드 게임과 비슷한 원리다. 똑같은 색깔의 구슬들이라도 순서를 다르게 배치하면 게임의 성격이 전혀 다르게 변한다.

캄보디아 승려 피룬의 바로 앞 전생인 110번째 생에서 그는 승려들의 신비주의적 영성이야말로 존재의 진화를 위한 최고의 기회를 제공하리라고 믿었던 것 같다. 병사 이폴리트로 태어나기 직전인 108번째 생에서는 건장한 몸으로 용기를 발휘하는 삶이야말로 바람직한 삶이라고 판단했을 것이다.

레옹틴 백작 부인으로 환생하기 전에는 귀족 여인으로 태어나 저택에서 대가족과 사는 게 행복이라고 믿었을 것이다.

제노로 태어나기 전에는 뜨거운 태양 아래 바다를 누비는 삶을 꿈꿨을 것이다.

새로 시작할 때마다 그는 선택된 재능들의 조합을 통해 성공적인 삶을 살기를 꿈꿨지만, 매번 직접 경험하고 살아 보고 나서야 그 바람들이 가진 한계를 깨달을 수 있었다.

112번째 생인 지금의 르네로 태어나기 전, 111번째 전생인 피룬은 공식 역사와 신화들 뒤에 가려진 진실을 모으기 위해 역사에 대한 깊은 통찰을 갖고 싶었을 것이다. 또 그는 캄보디아인으로 겪었던 비극을 다시 겪지 않아도 되는 민주 국가에서, 평화기에 태어나 〈미망과 착각을 깨뜨리는〉 삶을 살게 되기를 소망했을 것이다.

전생들로 퇴행할 수 있는 능력…….

이 능력은 어쩌면 피룬이 다음 생에 실현하고 싶은 소망 중 하나였을지도 모른다. 담나티오 메모리아이에 처해질 경우 자신에 대한 기억을 되살려 낼 방법이 필요했을 테니까……. 그렇다, 그것이 그가 선택한 망각과의 투쟁 방식이었을 것이다. 결국 한 바퀴를 돌고 다시 제자리로 돌아와 매듭이 지어진 셈이다. 피룬은 자신에 대한 기억이 사라지는 것을 막고자 내게 역사에 대한 호기심과 전생으로 돌아갈 수 있는 능력을 준 것이다.

르네는 안내 데스크에 전화를 걸어 빵과 오렌지주스, 삶은 달걀, 버터와 잼 그리고 크레페와 고프레, 심지어 구운 베이컨까지 곁들인 푸짐한 아침 식사를 주문한다.

이런, 경황이 없어 어젯밤 23시 23분 약속을 놓쳤네.

그는 숨을 크게 들이쉰다.

어차피 게브는 열심히 배를 만들거나 누트와 사랑을 나눴을 거야. 하룻밤은 혼자 보내게 놔두는 게 더 나았을지도 몰라.

오팔이 몸을 뒤척이면서 시트를 아래로 끌어 내린다. 르네의 시선이 팬티와 티셔츠 차림인 그녀에게 가 머문다. 옷을 벗고 화장을 지우자 주근깨가 박힌 그녀의 새하얀 피부가 더욱 도드라져 보인다.

알면 알수록 매력적인 여자야. 지성, 적극성, 독립성, 미모까지. 그녀는 빠르고 분명한 선택을 하면서 살아왔어. 전공을 바꾸고, 새로운 직업에 도전하고, 혼자 무대에 오르고, 지금은 모든 걸 포기하고 나를 따라나섰어. 그녀 같은 사람을 가리켜 영웅이라고 부르는 게 아닐까. 선택할 줄 아는 사람. 그녀와 반대로 나는 자발적으로 무대에 오른 게 아니야. 선택당해 어쩔 수 없이 서게 됐지. 스킨헤드와 싸운 것도 내 선택이 아니라 나를 지키기 위한 방편이었어. 정신 병원도 경찰에 쫓기다 어쩔 수 없이 가게 된 거였어. 난 내 손으로 운전대를 잡고 있는 게 아니라 그저 롤러코스터에 올라타 있는 사람처럼 공포에 떨면서 땀을 흘리고 비명을 지를 뿐이야.

오팔에게 감탄할수록 묘한 좌절감이 느껴진다.

이렇게 멋진 여자가 나 같은 놈한테 관심이 있을 리 없겠지.

그녀가 드르렁드르렁 코를 골기 시작한다. 르네의 귀에는 이 소리조차 감미롭게 들린다. 잠든 그녀를 내려다보고 있자니 문득 그녀가 자신의 영혼의 가족일지도 모른다는 생각이 든다. 아버지가 했던 말을 떠올리는 순간 이 생각은 확신으로 바뀐다.

〈불교에서 말하는 차크라는 우리가 바깥 세계와 맺는 관계를 표현하는 것이다.

우리에게는 7개의 차크라가 있다.

회음부에 위치한 첫 번째 차크라는 지구와의 관계를 뜻하는 것이다. 성기에 위치한 두 번째 차크라는 육체적

쾌락과 생식에 관계된 것이다. 배꼽에 있는 세 번째 차크라는 가족이나 사물과의 관계를 말해 주는 것이다. 심장에 있는 네 번째 차크라는 감정과 감각에 관한 차크라고, 목에 있는 다섯 번째 차크라는 타자와의 소통에 관한 차크라다. 미간에 위치해 제3의 눈이라고 불리는 여섯 번째 차크라는 문화와 아름다움에 관한 것이다. 정수리에 위치한 일곱 번째 차크라는 영성, 그리고 시대와 우주 속에서 자신의 위치를 말해 준다.〉

우리가 누군가를 떠올릴 때 네 번째 차크라에서 떨림이 느껴진다면, 그것은 우리가 그를 영혼의 가족으로 느낀다는 뜻이라고 아버지는 덧붙였다.

돌이켜 보니 오팔을 처음 본 순간, 그녀가 공연을 위해 무대에 오르던 바로 그 순간, 가슴께가 묵직해지는 것을 느꼈었다. 그때는 그게 무대에 연기가 깔리고 플래시라이트가 터지는 속에 최면사가 갑자기 등장하는 모습을 본 관객으로서 느낀 감정이라고 믿었다. 그런데 그가 지명을 받고 무대에 올라 그녀와 시선을 주고받을 때 그의 심장은 빠르게 뛰었고, 4번 차크라는 용암 덩어리 같은 진동을 발산했었다. 막연한 불안감인 줄로만 알았던 것이 사실은…….

그게 아니었다. 그건 오래전부터 알고 있던 사람을 다시 만났을 때 느끼는 감정이다.

르네가 체취를 맡기 위해 허리를 숙이는 순간 오팔이

커다란 초록색 눈을 번쩍 뜬다. 그녀가 눈을 깜빡거리더니 그가 자신을 관찰하고 있었다는 걸 깨닫고도 태연하게 하품을 하면서 기지개를 켠다. 그녀가 시트를 토가처럼 몸에 두르더니 욕실을 향해 걸어간다.

밖에서 문을 두드리는 소리가 들린다.

「룸서비스입니다.」

르네는 햇볕이 내리쬐는 창가로 테이블을 옮겨 아침 식사를 차린다. 샤워를 마친 그녀가 목욕 가운 차림으로 머리에 수건을 둘둘 감은 채 욕실에서 나온다. 르네가 어색함을 없애기 위해 먼저 말을 붙인다.

「드디어 비가 그쳤네요.」

그녀가 재미있다는 듯이 그를 쳐다보더니 테이블 맞은편에 와서 앉는다.

「좋은 아침이에요. 아침 식사를 주문한 건 참 잘했어요. 배가 아주 고프거든요.」

그녀가 커피를 한 잔 따른다.

「어제는, 뭐랄까 참…… 〈다사다난〉했어요, 안 그래요?」

그녀가 크루아상 하나를 집어 버터와 오렌지 마멀레이드를 듬뿍 발라 우적우적 씹는다.

「어떤 순간이 가장 좋았어요?」

그녀가 질문에 다소 놀라는 표정을 짓더니 금세 웃으면서 대답한다.

「당신이 담장 너머로 나한테 금괴를 던질 때가 제일 재미있었어요. 어릴 때 아버지랑 놀던 기억이 났죠.」

그녀가 몸을 일으키더니 고개를 빼서 차가 제자리에 있는지 확인한다.

「트렁크에 금괴가 가득 실린 보물 자동차를 흔한 잠금 장치 하나가 지켜 주고 있다고 생각하니까 기분이 묘하네요.」

그녀가 그를 쳐다보며 기분 좋게 웃는다.

「오늘 일정이 어떻게 되죠?」

「요약해 볼게요. 먼저 호텔에서 잠깐 휴식을 취하고 나서, 아, 그런데…… 여기가 어디에 있는 호텔이죠?」 르네가 묻는다.

「리옹이에요. 밤새 고속도로를 달려 내려왔어요.」

「좋아요. 그러니까 이론적으로 우린 지금 경찰에 쫓기는 중이군요…….」

「사람은 누구나 다 고민이 있어요. 그렇지 않으면 인생이 너무 싱겁고 지루할 거예요.」 그녀가 살짝 비아냥거린다.

「빌랑브리즈 성 주인들이 우리를 신고하진 않았을 거예요. 내가 셰퍼드한테 던진 금괴를 발견하고 좋아했을 테니까. 내가 선물을 준 거나 마찬가지잖아요. 개도 다치진 않았을 거예요.」

「우리 금괴를 현찰로 바꿔 줄 귀금속 매매상을 찾아야

겠어요.」

「연금술을 반대로 해줄 사람이 필요하군요.」

「그러고 나서는 뭘 어떻게 할 건데요?」

「음, 나는 코트다쥐르에 가서 요트를 한 대 사서 지중해를 건너갈 생각이에요.」

「프랑스를 떠나겠다고요?」

「지리적 이동이 모든 문제를 해결해 줄 수 있다고 아버지가 말씀하셨어요.」

「어디로 가려고요?」

그가 잠시 뜸을 들이다 말한다.

「이집트.」

그녀가 삶은 달걀에 후추를 잔뜩 뿌려 맛있게 먹기 시작한다.

「왜 하필 이집트예요?」

「옛날에 아틀란티스인들이 도망친 곳이 거기라고 믿고 있어요.」

「그 말은 이미 벌어진 일을 재현하겠다는 뜻이군요, 안 그래요?」

「요지는 이거예요. 내가 자유 의지를 통해 역사를 다시 쓰고 있는 것인가, 아니면 이미 벌어진 역사를 재현하고 있는 것뿐인가? 그 시기에 대해 우리가 실질적으로 아는 게 별로 없으니 행동하면서 해답을 찾는 수밖에 없어요. 이런 질문으로 다시 치환해 볼 수 있겠네요. 우리에게 선택권이 있는가? 우리는 이미 정해진 부동 불변의 시나리오의 일부일 뿐인가?」

그녀가 생각에 잠긴다.

「그 말은 결국 아틀란티스와 게브의 운명은 이미 정해졌다는 뜻이잖아요, 안 그래요?」

「그 질문의 답을 간절히 알고 싶은 거예요.」

그의 입가에 엷은 미소가 번진다.

「내 마술 중에 당신 〈질문〉에 해답의 실마리를 줄 만한 게 있어요.」

그녀가 호텔 안내 데스크에 전화를 건다.

「트럼프 카드 52장짜리 한 벌을 가져다주시겠어요?」

그가 미간을 모으자 그녀가 걱정하지 말고 기다리라는 신호를 보낸다. 잠시 후 보이가 부탁한 카드 세트를 갖다준다.

「보다시피 이건 새 카드예요, 조작됐을 리가 없다는 뜻이죠. 어젯밤에 내가 느낀 피로감을 생각하면 호텔 직원과 무슨 모의를 했을 가능성도 극히 희박해요.」

그녀가 그에게 카드 세트를 내민다.

「우리 아버지는 이 마술을 〈의지와 무관하게〉라고 부르셨어요. 조금 있다 알게 되겠지만 아주 당혹감을 선사하는 마술이죠.」

지금이 한가롭게 마술이나 할 때가 아니라고 생각하지만 르네는 오팔에게 숨은 뜻이 있는 것 같아 일단 믿고 지켜보기로 한다.

「잘 봐요. 아주 간단한 마술이에요. 여기다 빨간색 카드 한 장, 또 여기다 검은색 카드 한 장을 놓을게요.」

그녀가 몇 센티미터 간격을 두고 앞면이 보이게 카드 두 장을 나란히 놓는다.

「이 위에 당신이 나머지 카드를 쌓아 올려 봐요. 빨간색이라고 느껴지는 카드는 빨간색 위에, 검은색이라고 느껴지는 카드는 검은색 위에. 카드 뒷면이 위로 오도록 말이에요.」

「그렇게만 하면 끝이에요?」

「난 아무것에도 손대지 않고 물러나 있을게요. 당신이 느끼는 대로, 직감에 따라 카드를 나눠 올려 봐요.」

르네는 그녀가 하라는 대로 한다.

잠시 후 52장 카드 전부가 두 줄로 나뉘어 쌓인다.

「아쉬움은 없어요?」 그녀가 얄궂은 표정으로 그를 쳐다본다.

그가 잠시 망설이다 대답한다.

「있어요.」

「그럼 당신 직감에 따라 자리를 바꿔 놔 봐요. 아직 얼마든지 다른 줄로 옮겨도 돼요.」

그가 빨간색 카드 줄에 놓인 카드 두 장을 빼내 검은색 카드 밑으로 옮긴다. 그리고 검은색 줄 카드 네 장을 빨간색 줄로 다시 옮긴다.

「아직도 아쉬움이 남아요?」

그가 카드 세 장을 더 다른 줄로 바꿔 놓는다.

「끝났어요?」

「이제 됐어요. 더 이상 바꿀 마음이 없어요.」

「자, 당신 생각에는 몇 장의 카드가 자기 색깔 밑에 놓여 있을까요?」

「그거야 확률에 따라 절반이겠죠. 50퍼센트는 맞는 색깔이고 50퍼센트는 틀린 색깔.」

그녀가 묘한 눈빛으로 그를 쳐다본다.

「내 생각엔 당신이 확률 이상으로 잘했을 것 같은데.」 그녀가 느닷없이 그에게 윙크를 한다.

「카드를 뒤집어 보지 않는 한 슈뢰딩거의 고양이와 마찬가지예요. 모든 가능성이 열려 있는 거죠. 틀릴 가능성이나 맞을 가능성이나 똑같아요.」

「자, 그럼 검은색 줄에 놓인 첫 번째 카드를 뒤집어 봐요.」

그가 카드를 뒤집자 검은색이 나온다.

「어차피 둘 중 하나의 확률이에요. 이건 운이 좋았네요.」

「다음 카드.」

다음 카드 역시 검은색이다.

「항상 운이 좋은가 봐요?」

이럴 리가 없는데. 말이 안 돼.

그가 카드를 차례로 뒤집어 본다. 도무지 믿기지 않는다. 검은색 줄에 놓인 카드가 전부 검은색이다. 하나도 틀린 게 없다.

다른 줄 역시 마찬가지다. 하나도 빠짐없이 모두 빨간색이다.

어떻게 내가 한 선택이 다 맞게 만들었을까?

「무슨 수를 쓴 거예요?」

「당신의 뛰어난 직관 덕분이에요.」 그녀가 장난기 가득한 얼굴로 얼버무린다.

「내 변심까지 정확히 적중했어요. 이건 말도 안 돼요!」

「어쨌든 당신이 맞혔잖아요. 그게 중요한 거죠.」

「당신은 이게 마술이라고 했어요. 그건 내 재능과는 아무 관계가 없다는 뜻이잖아요.」

「내 의도를 슬슬 이해하는군요. 우리 아버지가 이 마술을 〈의지와 무관하게〉라고 부른 것도 그런 맥락이에요. 이 마술이 당신의 고민을 이런 식으로 다시 질문하게 해줘요. 우리가 선택하는 것인가? 아니면 하나의 큰 장기판 위에서 움직이는 장기짝에 불과한 우리가 어떤 선택을 해도 결과는 달라지지 않는가?」

그는 완벽하게 색을 맞춘 두 줄의 카드에서 눈을 떼지 못한다.

「다시 해봐도 돼요?」

「마술은 한 번으로 충분해요. 백번 양보해 하루에 한

번이라면 또 모르겠지만.」

「대체 어떻게 한 거예요? 하트 퀸처럼 내 정신에 영향을 줄 수도 없었고 멀찌감치 떨어져 있었으니 속임수를 쓰기도 불가능했을 텐데.」

「어쨌든 이 마술은 현실적으로 다른 대안이 존재한다는 걸 보여 주고 있어요. 우리가 스스로 선택한다고 믿지만, 실은 외부의 누구 혹은 어떤 것이 우리가 좋은 선택을 하도록 개입할 수도 있다는 거예요……. 우리 〈의지와 무관하게〉 말이죠. 이 말은 이집트에 가고 아틀란티스인들에게 조언을 해주겠다는 당신의 생각은 이미 완성된 시나리오의 일부일지도 모른다는 뜻이기도 하죠.」

그도 삶은 달걀을 집어 맛있게 먹기 시작한다.

「우리가 이미 결말이 정해진 영화 속에 있는 것과 마찬가지라는 의미예요?」

「우리가 소설 속 등장인물들과 같다는 의미예요. 매 순간 우리는 우리의 자유 의지와 양심에 따라 선택하고 행동한다고 믿지만 실은…….」

「……우리 위에 있는 작가가 우리의 〈의지와 무관하게〉 행동을 결정하고 있다는 말이죠.」

르네는 이 말이 지닌 여러 함의를 곰곰이 생각한다.

「그런데, 당신은 할 수 있지만 나는 못 하는 마술이 하나 있어요.」 그녀가 말끝을 단다. 「퇴행. 이건 당신이 나한테 길을 알려 줘야 해요.」

「〈의지와 무관하게〉의 비밀을 언젠가 나한테 알려 줄 거예요?」

「두고 봐서요. 당신이 나한테 무의식의 문을 넘게 해 주면요. 이렇게 얘기해야 당신에게 동기 부여가 되겠죠.」

그녀가 〈방해하지 마세요〉라는 사인을 문손잡이에 걸어 놓고 방문을 이중으로 잠근다. 커튼을 쳐 방 안을 어둡게 만든 다음 침대에 몸을 쭉 펴고 눕는다. 르네가 그녀 곁에 앉는다.

「눈을 감고 계단을 시각화해 봐요. 계단을 하나씩 내려갈 때마다 그만큼 당신의 무의식으로 깊이 들어가는 거예요. 그렇게 문까지 내려가요. 문이 보여요?」

「네.」

「어떻게 생겼죠?」

「큼지막한 자물쇠가 달린 방화문이에요.」

「열쇠를 가지고 자물쇠에 찔러 넣어요.」

「됐어요.」

「열쇠를 돌려요.」

「됐어요.」

「이제 손잡이를 움직여 봐요.」

그녀가 미간을 모으면서 인상을 쓴다.

「말을 듣지 않아요.」

「조금 더 애써 봐요.」

그녀가 이번엔 비명을 지른다.

그녀는 눈을 번쩍 뜨면서 손을 만진다.

「불이 났어요. 문 뒤에 불이 났어요! 진짜 화상을 입었단 말이에요!」

그녀가 군데군데 물집이 잡힌 손을 내밀어 보인다.

「정신이 신체에 끼치는 위력을 확인시켜 주는군요.」

홍반이 생기더니 이젠 진짜 물집까지 잡혔어!

그녀가 수돗물을 틀어 손을 갖다 댄다.

「내가 계속 힘을 주니까…… 문손잡이가 점점 뜨거워지는 게 느껴졌어요. 그래도 손을 떼지 않았는데 어느 순간 문틈으로 불길이 새어 나왔어요. 손잡이가 노랗게 변하더니 서서히 주황색, 빨간색으로 바뀌었죠. 온도가 계속 올라가도 버티다가 결국 나중에 통증을 견디지 못해 손을 놨어요.」

「당신의 무의식 속 무언가가 접근을 막고 있는 게 분명해요. 당신이 보고 싶지 않은 어떤 게 있거나, 당신 정신이 알고 있지만 확인은 피하고 싶은 어떤 게 있거나.」

「그 말을 들으니까 더 가보고 싶어지네요.」

「당신이 나한테 뭐라고 했죠? 아, 맞아, 〈마술은 한 번으로 충분해요〉라고 했어요. 어쨌든 퇴행은 신중하게 하루 한 번 정도가 적당한 것 같아요. 더 하는 건 마조히즘이에요.」

그녀가 손목을 잡으며 고개를 끄덕인다. 그들은 호텔을 나와 트렁크에 금괴가 가득 실린 차에 올라탄다.

르네와 오팔은 리옹 도심까지 가서 수수료만 넉넉하면 금괴에 보증서가 없어도 개의치 않을 귀금속상을 찾아 거래를 시도한다. 그들은 한 시간 만에 큰 액수와 중간 액수 지폐가 골고루 섞여 5백만 유로가 담긴 여행 가방 두 개를 들고 차로 돌아온다.

「고마워요, 레옹틴.」 르네가 하늘을 올려다보며 속삭인다.

그들은 남쪽으로 한참을 달려 바다가 보이는 이에르에 도착한다.

이름이 〈이에르〉인 건 그저 신기한 우연일까. 내일 일어날 일이 이에르에서의 일에 달렸는데 말이야.[5]

그들은 요트 대여 업체를 알아본다. 신분이 발각될 위험 때문에 르네 대신 오팔이 요트를 눈으로 보고 계약하기로 결정한다. 그녀는 선체 길이가 18미터에 이르는 〈날치〉라는 이름의 요트를 구경한다. 광택이 나는 검은색 선체에 최신식 기계와 전자 설비가 갖추어진 모노코크이다. 파란색 날치가 그려진 하얀 돛이 달려 있다.

요트가 마음에 든 오팔은 즉석에서 자기 이름으로 계약 서류를 작성한다. 요트의 갑판에 오르는 순간 르네는 본능적으로 짜릿한 쾌감을 느낀다.

요트가 이렇게 진화한 모습을 보면 제노가 뭐라고 할까?

5 프랑스의 항구 도시 이에르Hyères는 프랑스어 단어 〈어제*hier*〉와 발음이 같다.

르네는 요트의 내장재와 크롬강 재질, 그리고 마스트를 일일이 손으로 만져 보고 느끼면서 흥분에 젖는다. 은신처인 동시에 자유의 수단.

내 존재의 여정 동안 몇 번이나 배를 타고 도망쳐야 했었을까?

「괜찮아요?」

「이제야 비로소 다시 내 인생을 주도적으로 사는 느낌이에요. 좋은 선택을 하고 있다는 느낌.」

「왠지 모르지만 나도 같은 기분이에요.」

오팔이 가려움을 참지 못하고 뒷덜미를 긁으면서 대답한다.

오후가 끝나 갈 무렵 그들은 금고를 하나 사서 날치호에 설치한 다음 지폐가 담긴 가방 두 개를 그 안에 넣는다. 군자금을 마련해 준 이를 추억하기 위해 그녀가 죽기 직전에 뱉은 〈마르수트〉를 비밀번호로 설정한다.

르네와 오팔은 항해에 오르기 위한 실질적인 준비를 해나가면서 수시로 의미심장한 눈빛을 교환한다.

마침내 우리 존재의 목적을 위해 나아가고 있는 느낌이 든다. 이 생각만으로도 가슴이 너무 벅차.

항해 준비는 착착 진행된다. 그들은 항해 동안 필요한 식료품과 음료를 구입해 배에 싣는다. 렌터카를 반납하고 요트에 오르자 더 이상 아무도 그들을 가로막을 수 없다는 확신이 든다.

오팔이 선미 조타석으로 향한다. 그녀가 조타 휠을 어루만지면서 바다를 내다본다.

「요트 항해에 대해 좀 알아요?」 르네가 묻는다.

「휴가 때마다 아버지와 요트 여행을 했어요. 당신은요?」

「나도 마찬가지예요. 요트 경기에 나가 입상하기도 했어요. 노 젓기는 끔찍이 싫어하는데 요트 항해는 친숙하고 편안해서 좋아해요.」

「내가 제노를 안다는 걸 깜빡한 것 같군요…….」

「아, 그러네요, 미안해요. 또 그놈의 건망증이 문제네요. 당연히 그렇죠, 그 이유를 아는 사람은 당신밖에 없는데…….」

「그러면 우리가 번갈아 키를 잡으면 되겠네요?」

「성능이 아주 뛰어난 최신 자동 항법 장치가 있어 그럴 필요도 없어요.」

그녀가 구명줄을 잡고 좁은 통로를 걸어 선수 갑판 쪽 발코니로 향한다.

「정말로 이집트에 갈 거예요?」

「항해에 통상 열흘가량이 걸려요. 바람이 없으면 2주 정도. 지금 내 머릿속에 완벽한 구상이 있어요. 게브와 다시 접촉해서 계획을 확정하기만 하면 돼요.」

그들은 선실 세 개를 차례로 둘러보고 나서 작은 주방이 옆으로 배치돼 있고 벤치 두 개 사이에 테이블이 하나 놓인 식당을 구경한다.

「갑자기 게브가 우리 정신은 생각보다 많은 것을 할 수 있는 잠재력을 가지고 있다고 했던 게 떠올라요. 생각해 보면 지금까지 나와 게브의 만남은 항상 비슷한 시간 구분 속에서 이루어졌어요.」

「여기 하루가 거기 하루에 해당하는 식이었잖아요, 안 그래요?」

「바로 그거예요. 우리는 1만 2천 년 떨어진 시공간을 살면서도 같은 일상의 흐름 속에 있었죠. 당신 마술을 보고 나니까 이런 생각이 들어요. 거기서 일어난 일은 이미 지나간 일이니까, 내 앞의 시간이 미지의 시간이면 게브 앞의 시간도…….」

「……역시 미지의 시간이다?」

「물론 미지의 시간이지만 이미 어떤 식으로 고정돼 있는 거죠.」

대형 여객선 하나가 뱃고동을 우렁차게 울리며 항구 앞 바다를 지나간다. 은퇴자를 대상으로 한 단체 크루즈 관광 여행 상품에 참여한 백발의 승객들이 멀리서 그들을 향해 손을 흔든다.

오팔이 금방 말을 받는다.

「그렇지만 우리는 아틀란티스와 아틀란티스인들한테 어떤 일이 벌어졌는지 모르잖아요.」

「그건 이미 쓰여 있는 거예요. 당연히. 그런데 말이에요, 내가 전생의 어떤 순간을 골라 그때로 돌아가고 싶다고 소원을 말하면 그게 이루어진단 말이죠. 그래서 그 능력을 발휘해 게브의 세계에서 어떤 특정 순간에 한번 도착해 보려는 거예요.」

「이곳과 그곳의 시간을 평행으로 나란히 따라가지 않겠다는 뜻이에요?」

「굳이 첫 만남이 이루어진 시점을 출발점으로 삼지 않겠다는 거예요. 로맨스가 시작되기 전으로 가보고 싶다고 했더니 내 바람대로 됐잖아요. 내가 게브를 처음 만났을 때 그는 누트를 만나기 전이었죠. 이제는 꼭 그렇게 평행으로 시간을 따라갈 필요가 없다고 생각해요.」

「그럼 정확히 어떤 순간으로 가보려는 거죠?」

「게브의 인생에서 가장 결정적인 순간으로 곧장 가볼 생각이에요.」

그녀는 그의 의중을 이미 알고 있다.

「당신이 가려는 순간은…….」

「대홍수 직전이에요.」

머리 위 하늘에 커다란 먹장구름이 하나 걸쳐진다. 르네가 위협감을 느끼며 구름을 올려다본다.

「가서 위기에 대처하는 게브를 도우려고요.」

「실패하면 분명히 자책감에 시달릴 거라는 건 알고 있죠? 그렇죠?」

「내가 방관하고 있으면 그야말로 실패가 확실해져요.

항해 경험이 전무한 게브가 자기 민족을 구하고 바다를 횡단해야 하니까요. 아무리 나이가 많고 심리적으로 안정된 사람이지만 이런 시련에 맞서기엔 경험이 너무 없어요.」

별안간 사위가 어두워진다.

「다시 비가 쏟아질 모양이네. 일기 예보에서는 분명히 쨍한 무더위가 찾아올 거라고 하더니만…….」

「일단 최대한 빨리 이에르 항구를 나가요. 23시 23분에 다시 최면을 해서 대홍수 발발 15분 전으로 바로 가고 싶다고 소원을 빌 생각이에요. 그렇게 해보면 되는지 안 되는지 알 수 있겠죠.」

그녀는 번개가 요란한 소리를 내며 잿빛 하늘에 하얀 줄을 긋고 지나가는 광경을 넋을 놓고 쳐다본다.

「무슨 걱정이 있어요? 날씨 때문에 불안해요? 몇 분 후면 끝날 거예요.」

「내 심층 기억 속에 감춰져 있는 비극이 뭔지 알았어요. 그동안 내가 의도적으로 잊고 있었어요. 그 사건 때문에 퇴행 최면이 번번이 불발로 끝났던 거예요.」

그녀가 오른손에 생긴 물집을 만지면서 몸을 소스라뜨린다.

64
므네모스: 의도적으로 잊힌 순간들

프랑스 역사에는 구멍이 숭숭 뚫려 있다. 교과서에서 대충 다루고 있거나 아예 언급조차 하지 않는 순간들이 무수히 많다. 그중 대표적인 두 개만 예를 들어 보자.

아쟁쿠르 전투. 때는 백년 전쟁이 한창이던 1415년, 영국의 헨리 5세는 왕위를 요구하기 위해 노르망디에 상륙해 프랑스 북쪽으로 진격했다. 당시 아쟁쿠르 숲에서 벌어진 전투는 정신병을 앓던 샤를 6세 대신 그의 신하가 지휘했다. 프랑스군 2만 명과 영국군 1만 명이 격돌한 대규모 전투였다.

프랑스군은 기병대를 주요 전력으로 삼은 반면 영국군은 궁수를 활용한 전략을 수립했다. 그런데 마침 땅이 젖어 기병전에 불리한 상황이 되자 프랑스 병사들은 적진에서 날아오는 화살을 맞고 속수무책으로 쓰러졌다. 기마들이 진창에 빠져 오도 가도 못하게 된 것이다. 이 전투에서 프랑스군은 6천 명의 사망자를 내고 2천 명이 포로로 잡혔으나 영국군의 사망자는 6백 명에 그쳤다.

문제는 이러한 상황이 60년 전 푸아티에 전투의 전략적 실수를 그대로 답습했다는 것이다. 1356년, 프랑스의 장 2세(일명 선량왕)와 우드스톡의 에드워드(일명 흑태자)가 푸아티에에서 맞붙었을 때도 프랑스는 기병을 앞세운 전략을 구사한 바 있었다. 수적으로 우세했던 프랑스 군대의 기병들이 적진을 향해 용감하게 돌진했지만 영국 궁수들이 원거리에서 쏜 화살을 맞아 제대로 싸워보지도 못하고 참패를 당했다. 이 전투에서 장 2세가 적에게 포로로 잡히는 바람에 프랑스는 영국에 엄청난 몸값을 지불해야 했다.

그런데 백년 전쟁에 관해 역사책이 언급하는 것은 오직…… 잔 다르크라는 인물의 존재뿐이다. 1870년을 전후해 그녀가 역사적으로 부각된 것은, 우리가 영국을 물리친 경험이 있으니 당연히 독일도 물리칠 수 있다는 메시지를 전하기 위한 목적이었을 것이다.

1871년 파리 코뮌도 같은 맥락에서 볼 수 있다. 프랑스는 스당 전투에서 패배하고 독일에 막대한 복구 비용을 지불해야 했다. 파리 시민들은 독일의 비위를 맞추기 위해 국민군을 무장 해제하려는 아돌프 티에르 정부에 반기를 들고 자치 정부, 즉 파리 코뮌을 수립했다. 그러자 독일은 베르사유로 옮겨 가 있던 티에르 정부에 〈파리를 청소할 것〉을 요구한다. 이 임무를 맡고 1차로 파견된 정부군은 동포들을 향한 발포를 거부하고 반란군에 합류하기까지 한다. 2차 정부군 역시 똑같은 행보를 보이자 티에르 정부는 전략을 수정해 먼 지방의 군대를 파리로 불러올린다. 방데 반란[6]과 알비주아 십자군 원정[7] 등 그동안 지방이 받은 온갖 모욕과 설움을 환기시키며 그들의 전투욕을 자극한다. 이렇게 파리 시민들과 지방 사람들이 대립하는 일종의 내전이 벌어지자 멀리서 지켜보는 독일만 좋아하는 상황이 된다. 코뮌 참가자들은 거리 곳곳에 바리케이드를 설치하고 전투에 돌입한다. 반혁명군은 게릴라전을 펼친 코뮌과 2개월간 대치한 끝에 1주일간의 대대적인 총격전과 학살극으로 파리를 수복하는 데 성공한다. 이때부터 대규모 약식 재판과 약식 처형이 이루어졌고, 수많은 코뮌 참가자가 뉴칼레도니아로 강제 이주 당했다. 이로 인한 사망자는 2만 명에서 3만 명에 달하는 것으로 알려져 있다.

이러한 이야기는 공식 역사 교과서들에서 아주 간략히 다뤄지거나 아예 언급되지 않고 있다.

6 18세기 프랑스 서부에 있는 방데 지역에서 일어난 농민 봉기.

7 13세기 교황청이 프랑스 남부를 중심으로 형성된 카타리파를 이단으로 규정하고 학살한 사건.

65

거인의 손처럼 생긴 검은 파도가 뱃전을 덮친다. 뾰족한 손끝에서 우윳빛 포말이 솟아오르다 부서진다. 밤하늘이 우르릉거리며 비를 내리쏟는다. 거친 파도에 배가 요동하고 가로돛과 삼각 세로돛이 바람을 받아 한껏 부풀어 오른다. 키를 잡고 선 르네는 이상하리만치 행복감을 느낀다. 비바람이 두렵기는커녕 도리어 마음이 편안해진다.

나는 더 이상 내가 설 자리가 없는 구(舊) 세계를 떠나고 있어.

억센 파도에 갑자기 배가 기우뚱거리자 그가 옆으로 넘어진다. 그가 몸을 일으켜 세우며 하늘을 향해 주먹을 뻗는다. 악에 받친 고함을 지른다.

「이까짓 것 무섭지도 않아! 이보다 더 센 것도 나를 멈춰 세우진 못해!」

다시 불이 번쩍하면서 천둥이 울음소리를 낸다.

난 내 운명을 찾아가겠어. 그게 내가 바랐던 거니까. 진정한 내 길을 찾는 것. 가능한 변화를 모두 시도하는 것. 타인의 시선과 판단에 개의치 않고 진짜 내 모습을 드러내는 것. 이제야 비로소 내 자리를 찾았어. 이렇게 행복할 수가 없어.

오팔이 바람 소리를 누르려고 소리를 지른다.

「이탈리아 해안으로 가는 게 낫지 않을까요? 라디오에서 바람이 더 거세져 7등급[8]이 될 거라고 예보했어요.」

「아니, 괜찮을 거예요. 이대로 방향을 유지해요. 당신은 어때요? 뱃멀미가 나진 않아요?」

얼굴이 종잇장같이 하얀데도 그녀가 고개를 끄덕인다.

「괜찮아질 거예요.」

「바다가 조금 잠잠해지면 당신한테 키를 맡기고 나는 게브를 만나러 가야겠어요. 그래도 괜찮겠어요?」

그녀가 다시 고개를 끄덕인다.

풍랑은 더 거세지고 바다는 날치호를 집어삼킬 듯 요동치지만 르네의 시선은 시계로 향해 있다. 23시 10분, 그는 오팔에게 선실로 가겠다는 신호를 보낸다.

「무슨 말로도 날 방해하지 말아요.」

「지금 거기로 가려는…….」

윙윙거리는 바람 소리가 말꼬리를 삼켜 버린다.

「가서 아틀란티스를 멸망시킨 대홍수를 막아야겠어요. 거긴 여기보다 상황이 훨씬 급박하게 돌아가고 있을

8 바람의 세기를 0에서 12까지 13등급으로 나눈 보퍼트 풍력 계급을 뜻한다.

거예요.」

「응원할게요. 당신은 분명히 그들을 구할 수 있을 거예요.」

「영화에서는 보통 그런 말을 하면 결말이 안 좋던데.」

「설마 미신을 믿진 않겠죠, 안 그래요?」

「상황이 상황이니만큼 솔직히 전혀 아니라고는 말 못하겠어요.」

그녀가 그를 향해 은근한 윙크를 날리자 그의 오른쪽 눈이 멋대로 씰룩거린다. 경련이 나타난다는 건 그가 이미 스트레스를 받고 있다는 뜻이다. 그는 선실로 들어가 침대에 앉았다가 금방 다시 일어나 중앙 통로에 해먹을 건다. 그는 배의 옆질을 상쇄시켜 줄 해먹에 올라가 앉아 눈을 감는다.

그는 흔들거리는 해먹에서 눈을 감은 채 정신을 집중한다. 계단을 시각화한 뒤 무의식의 문을 연다. 111개의 문이 나 있는 복도를 걸어가 1번 문 앞에 서서 손잡이를 돌리며 생각한다.

게브에게 대홍수가 닥치기 직전으로 가자.

66

한낮의 햇살 속에서 사람들이 꽃의 도시 멤세트를 한가로이 산책하고 있다. 게브와 누트는 과일나무가 가득한 테라스에 서서 점심 식사를 준비 중이다.

누트가 손뼉을 쳐서 아이들을 부른다.

「오시리스! 이시스! 세트! 네프티스! 얘들아! 식탁으로 오렴! 점심 준비됐어.」

하늘하늘한 베이지색 튜닉을 입은 남자아이 둘과 여자아이 둘이 나타나 둥근 테이블에 와 앉는다. 게브가 풀뿌리와 허브, 버섯을 섞은 샐러드 같은 음식을 각자의 그릇에 담아 준다. 일가족이 환한 표정으로 식사를 시작한다. 고양이들이 식탁 주위를 맴돌며 식구들의 다리에 머리를 비벼 댄다.

르네가 멀찌감치 떨어져 이 광경을 지켜보고 있다.

고양이들이 꼬리를 세우고 그에게 다가온다. 아틀란티스와 아틀란티스인들이 만들어 내는 조화와 아름다움에 그는 새삼 진한 감동을 느낀다. 갑자기 고양이들이 귀를 세우더니 후다닥 모습을 감춘다.

이내 바닥이 흔들리고 물건들이 떨어진다.

드디어 내가 기다리던 시간이 왔어. 실제로 어떤 일이 벌어졌는지 두 눈으로 확인할 수 있게 됐어.

화산이 잿빛 연기를 쿨럭쿨럭 뿜어내더니 폭발하기 시작한다. 오렌지빛 용암이 하늘로 솟구치더니 산등성이를 타고 형광색 강물처럼 넓게 퍼지며 흘러내려 이내 산허리의 숲들을 뒤덮는다. 불길이 치솟는다.

발밑이 한 번 더 세게 요동을 치자 주변 집들이 슬로모션처럼 주저앉는다. 게브의 집 테라스가 굉음을 내며 쩍 갈라진다. 바닥과 벽과 테라스의 나무들이 한데 뒤엉켜 먼지를 일으키며 무너져 내리고 게브의 가족은 붕괴된 건물 잔해들 사이로 맥없이 떨어진다. 다행히 부상자는 없다.

주변의 건물과 나무들, 도로들이 순식간에 쪼개지고 갈라지고 해체된 자리에 깊은 불구덩이가 생겨난다. 경보 나팔 소리가 고막을 찢을 듯 울려 퍼지는 속에 여기저기서 사람들의 비명이 터진다.

르네는 지금이 과거의 자신과 접속할 때라고 판단한다.

「게브! 나 여기 와 있어요.」

「르네!」

「배는 다 완성했어요?」

「그렇네.」

「그럼 서둘러 배가 있는 데로 가요.」

게브와 누트가 겨우 열 살 남짓한 큰아이를 포함한 네 아이를 데리고 르네를 처음 만났던 해변으로 향한다.

야자수들은 꺾여 쓰러져 있고 성난 바닷물이 해변을 집어삼킬 듯이 꿈틀댄다. 게브 가족에 이어 50여 명이 바닷가 현장으로 모여든다. 어린아이가 장난삼아 막대기로 쑤셔 놓은 개미집 속의 개미들처럼 혼비백산한 모습이다. 해변의 모래가 뿌연 먼지바람을 일으키며 하늘로 날아오른다.

「어서 배를 물에 띄워요.」 21세기 남자가 소리를 지른다.

「너무 무거워서 제때 바다까지 운반할 수 있을지 자신이 없네.」

「지난번에 내가 말한 운반용 수레는 만들었어요?」

게브가 덮개를 걷어 올려 수레에 실려 있는 배를 보여준다.

저들이 해냈어. 방주를 완성했어! 게브가 내 조언대로 했어.

배를 실은 거대한 수레가 천천히 움직이기 시작한다. 수레를 밀고 있는 게브와 아틀란티스인들을 답답하게 지켜보던 르네가 이대로는 안 되겠다 싶어 게브에게 말을 건다.

「속도를 높이려면 내가 당신 몸속에 들어가 당신의 손발을 안에서 직접 조종하는 게 낫겠어요. 그래야 위급한 상황에 보다 신속한 대처가 가능할 것 같아요.」

「난 자넬 믿네, 르네. 어서 내 몸으로 들어와 우릴 구해 주게.」

르네는 즉시 1만 2천 년 전 아틀란티스 천문학자의 몸으로 들어간다.

모래밭에 빠진 수레는 여러 사람이 아무리 당기고 밀어도 좀체 꿈쩍할 생각을 않는다. 게브의 몸속에 들어간 르네는 배 갑판에 올라가 밧줄을 당겨 돛을 펼친다. 돛이 거친 바람을 안아 부풀어 오르자 수레가 조금씩 앞으로 움직이기 시작한다. 배가 서서히 바다를 향해 미끄러져 들어간다. 배가 완전히 입수하기 직전 누트가 밧줄을 던져 뒤에서 수레를 밀던 사람들을 마지막 순간에 뒤쪽 갑판에 태운다.

북새통 속에 1백여 명의 아틀란티스인이 밧줄을 잡고 뱃전에 기어오른다. 배는 해변에서 점점 멀어진다.

헤엄을 쳐서 배를 뒤쫓아 오는 사람들을 발견한 르네는 게브의 입을 빌려, 누트에게 돛을 살짝 감아 그들이 배에 올라탈 시간을 주라고 말한다. 하지만 거대한 선체는 관성의 법칙에 따라 앞으로 나아간다. 르네는 키 역할을 하게 될 막대기를 꽂으라고 지시한다. 그는 고물에 자리를 잡고 배의 진행 방향을 결정하는 키를 잡는다. 몸을 돌리는 순간 멀리서 여태껏 한 번도 보지 못한 집채만 한 파도가 밀려온다. 머리에 은빛 레이스 같은 포말을 단 시커먼 물기둥이 배를 향해 다가온다.

신중히 생각하자. 감정에 휘둘리면 안 돼. 두려움에 사로잡힐 때가 아니야. 지금은 이폴리트의 용기와 피룬의 침착성이 필요한 때야.

이 괴물 같은 바다가 섬에 발을 딛는 순간 모든 것이 해류 속으로 빨려 들어갈 것이다. 더 이상 헤엄쳐 뒤따라오는 사람들을 기다려 줄 시간이 없다. 르네는 모든 사람을 구하겠다는 욕심을 버리고 해안에서 멀어지는 게 시급하다는 판단을 내린다.

분화구가 다시 시뻘건 불길을 하늘로 치뿜는 사이 해저 지각판이 충돌하면서 거대한 닭볏 같은 물기둥들이 배를 에워싸고 솟아오른다.

침착하자. 공포에 압도당해선 안 돼.

밧줄에 매달려 있던 아틀란티스인 몇 명이 마지막으로 갑판으로 올라오는 게 보인다.

이들은 수백 년 만에 처음으로 두려움과 불안감, 죽음의 공포를 한꺼번에 경험하고 있어. 이런 감정들이 사람을 불행하게 만들기 위해서만 존재하는 게 아니라 상황에 따라 사람의 목숨을 구해 줄 수도 있다는 것을 깨닫는 중일 거야. 스트레스는 이유 없이 생긴 게 아니야. 그것은 살아남기 위한 도구지.

누트는 네 아이를 돛대 가까이에 앉힌다. 거친 파도에

배가 기우뚱 옆으로 기울어진다.

「용골을 내려요!」 르네-게브가 파도 소리를 뚫고 소리를 지른다.

몇 사람이 달려들어 나무 거치대에 끼워져 있던 기다란 용골을 아래로 내린다. 그러자 옆질이 줄어들고 속도가 붙은 배가 무섭게 접근해 오는 흉포한 파도를 따돌리고 도망치기 시작한다.

분화구가 다시 시뻘건 불길을 내뿜으며 폭발하자 뜨거운 용암 덩어리들이 굉음을 내며 비처럼 쏟아져 내리고 절벽 옆구리가 떨어져 나간다. 시커먼 물기둥은 섬에 닿아 해변에 남아 있던 사람들을 휩쓸어 삼킨다. 바닷물이 뱀의 혀처럼 춤을 추며 서서히 꽃의 도시에 육박한다. 흔들리는 땅 위에서 마지막으로 남아 버티고 있던 집들이 물에 잠긴다. 기세등등한 파도가 순식간에 파란 피라미드를 타고 넘어 앞으로 내닫는다.

르네-게브는 키를 꽉 움켜잡고 뱃머리를 먼바다로 향하게 해 항진을 계속한다. 해안에서 점점 멀어지는 배에 위태롭게 올라타 있는 사람들은 자신들의 모든 소중한 것이 파괴되는 광경을 경악하며 지켜본다.

멤세트는 이제 그들의 눈앞에서 사라지고 없다.

화산이 토해 내는 시뻘건 탄환들이 쉭쉭 배를 향해 날아든다. 용암 덩어리 하나가 돛을 뚫고 지나가자 순식간에 불이 붙는다. 다행히 누트가 즉각 위험을 발견하고 나무통으로 물을 끼얹어 불길이 번지는 걸 막는다.

검푸른 바닷물은 진격을 계속해 산등성이를 오르고 분화구를 넘는다. 분화구 꼭대기가 물에 잠기는 순간 점토판처럼 두 동강이 난 섬이 서서히 가라앉기 시작한다.

또 다른 위험을 인지한 르네는 승선한 아틀란티스인들에게 계속 분투할 것을 부탁한다. 섬이 대양으로 가라앉으며 일으키는 소용돌이에 배가 언제 빨려 들어갈지 모른다.

최대한 빨리 구심력의 영향권에서 벗어나야 해.

화산이 한 번 더 검은 연기를 치뿜고 나서 물속으로 자취를 감춘다. 먼바다로 진행하려는 배의 움직임이 점차 강한 해류의 영향을 받기 시작한다.

「밧줄을 더 세게 당겨요. 돛이 바람을 최대한 싸안아야 해요.」

소용돌이에 딸려 들어갈 위험이 시시각각 커지는데 배는 여전히 속도를 내지 못하고 있다. 빠른 조치를 취하지 않으면 안 된다.

「용골을 위로 올려요! 흔들림이 심해지겠지만 속도를 높이려면 하는 수 없어요.」

르네-게브가 소리를 질러 지시한다.

상하 이동이 가능하게 만든 용골이 위로 들려 올라가자 배가 오른쪽으로 기우뚱한다. 바람과 파도와 해류, 그리고 돛과 키가 움직이는 압력을 동시에 받는 선체가 부서지는 듯한 소리를 낸다. 탑승자들은 누트의 지시에 따라 배의 기울기를 줄이기 위해 반대편으로 이동한다.

이때부터 마치 바다가 배경인 슬로 모션 화면이 펼쳐지는 듯하다. 배는 소용돌이의 빨아들이는 힘과 돛에 가해지는 바람의 전진력 사이에 갇혀 거의 움직임을 보이지 않는다.

공기의 힘과 물의 힘이 벌이는 기 싸움.

한껏 압력이 가해진 선체의 널빤지들이 음산한 소리를 낸다.

누트는 불안감을 달래기 위해 눈을 감고 앉아 있다. 오시리스가 일어나 선수 쪽 바다를 향해 밧줄을 여러 개 던져 놓자 희미한 형체들이 다가와 끌어당기기 시작한다. 수면 위로 등지느러미 하나가 삐쭉 솟아 있다.

돌고래들이 우리를 도와주러 왔구나!

아틀란티스는 자취도 없이 사라지고, 물 위로 피어오르는 검은 연기만이 분화구가 있던 자리를 짐작하게 한다.

밧줄이 끊어질 듯이 당겨지는 걸 보면서 르네는 밧줄 끝을 묶어 만든 올가미를 지느러미에 걸고 돌고래들이 사력을 다해 헤엄치는 중임을 짐작한다.

누트는 르네-게브에게 다가와 몸을 기댄다. 아틀란티스인들은 서로 몸을 붙이고 서서 숨을 죽인 채 이 광경을 바라본다.

옆 사람에게까지 전해지는 몸의 떨림. 이가 부딪치는 소리. 확대된 동공. 치솟는 불꽃. 팽팽히 당겨진 밧줄. 먹장구름. 바람. 비명. 번갯불. 배를 덮치며 노호하는 파도. 수십 마리의 돌고래. 심장이 달음박질친다. 대자연의 분노가 폭발한다. 하늘이 포효하고 물이 끓어오른다.

성공해야 해.

갈매기들이 안전한 하늘에 떠 있는 자신들과 달리 땅과 물에 구속된 인간들을 비웃기라도 하듯 배 위를 맴돌며 끼룩끼룩 날카로운 울음소리를 낸다.

사람들의 얼굴이 불안감으로 가득하다. 그들은 격노와 죽음, 소란, 번쩍임, 흔들림, 물거품, 용암에 둘러싸여 있다.

시간은 아주 천천히 흐르고 자연의 분노는 가라앉을 줄을 모른다.

성공해야 해.

종말의 풍경은 영원히 계속될 것 같다.

어느 순간 배 앞에서 밧줄을 당기는 돌고래들의 힘이 뒤에서 끌어당기는 해류의 힘을 누른다.

엄청난 숫자의 돌고래들이 우리를 돕고 있는 게 틀림없어.

범선이 마침내 뒤로 끌어당기는 힘에서 벗어나 서서히 속도를 내면서 물 위를 미끄러지듯 나아가기 시작한다.

이제 된 건가?

아직 살아 있다는 사실이 믿기지 않는 듯 사람들이 서로를 멀뚱하니 쳐다보고 서 있다. 바람이 돛대를 꺾을 듯이 휘몰아치고 시커먼 하늘이 머리 위로 점점 낮게 내려앉는 사이 속도가 붙은 배는 파도를 가르며 나아간다.

「우리가 몇 명이죠?」 르네-게브가 묻는다.

「세어 보니까 우리 둘하고 우리 애들 넷 외에 168명이 더 배에 탔어요. 다 합하면 살아남은 사람은 174명이에요.」

174명. 내가 80만 명의 아틀란티스인 중에 174명을 구했구나!

「우린 이제 어디로 가죠?」 245세의 젊은 여성이 억지로 울음을 삼키며 묻는다.

이번에는 르네의 영혼이 게브의 입을 빌어 대답한다.

「동쪽으로 갈 거예요. 항로를 계속 따라가면 머지않아 해안이 나올 텐데, 그 해안을 따라 항해하다가 훗날 이집트라는 이름으로 불리게 될 육지에 내릴 거예요.」

졸지에 범선에 올라 여행을 시작하게 된 아틀란티스인들의 시선이 배 뒤쪽으로 향한다. 수면 위로 피어오르는 하얀 연기만이 그들의 섬이 있었던 자리를 짐작하게 해준다.

누트가 여전히 키를 잡고 있는 게브에게 다가와 품에 안긴다. 그녀가 참았던 울음을 터뜨린다. 순간 게브는 통제 불가능한 격한 감정이 자신의 몸을 관통하는 것을 느낀다. 르네는 이 감정의 정체를 안다.

한없는 슬픔.

가장 소중한 것이 파괴됐다는 절망감과 살아 도망쳤다는 안도감이 한꺼번에 봇물 터지듯 배 위의 사람들에게 밀려온다.

멍한 얼굴로 몸을 떨고 뱃전에 앉아 있는 174명의 아틀란티스인을 태운 범선은 동쪽으로 항진한다. 천문학자의 몸을 나온 역사 교사의 영혼은 그들을 바라보며 생각에 잠긴다.

그래, 이건 현재도 미래도 아니야, 이건 과거야. 나는 대홍수와 아틀란티스 문명의 소멸을 직접 겪었어.

이제 이 유일무이한 역사적 순간은 내 기억의 일부가 되는 거야.

67

르네는 퇴행 최면을 마치고 여전히 거센 풍랑에 요동치는 날치호로 돌아온다. 방금 전에 겪은 폭풍우에 비하면 아무것도 아니지만 배는 기우뚱거리며 위태롭게 떠 있다.

르네는 아틀란티스인들을 대홍수에서 구하느라 세 시간 넘게 보냈다는 사실을 알게 된다.

그는 커피를 한 잔 마신 뒤 방수복을 걸치고 나서, 성난 지중해의 롤러코스터를 탄 날치호의 키를 움켜잡고 있는 오팔에게 다가간다.

「174. 대홍수에서 살아남은 사람들의 숫자예요.」

그녀가 키를 놓지 않은 채 그에게 대단한 일을 해냈다는 칭찬의 제스처를 해 보인다.

「당신이 역사의 흐름을 결정적으로 바꿔 놓았는지도 몰라요.」 그녀가 바람 소리를 누르기 위해 소리 지르듯 말한다.

「생존자들이 자신들의 문명을 재건하는 모습을 지켜봐야 비로소 마음이 놓일 것 같아요. 이제 우리도 게브와 누트, 그들의 아이들, 그리고 다른 아틀란티스인들이 닻을 내릴 이집트로 가요. 자, 이집트를 향해 항해를 계속합시다.」

요트가 물살을 가르며 시원하게 나아간다. 〈날치〉라는 이름이 무색하지 않게 바다 위를 날아오르듯 달린다.

아직 항해 첫날, 배는 6등급 바람이 휘몰아치는 가운데서도 위용을 잃지 않고 파도를 부리며 뱃머리를 남동쪽으로 향한 채 항진한다.

마침내 바람이 잦아들고 저녁의 피로감이 몰려오자 르네와 오팔은 자동 항법 장치를 켜놓고 조타실에 앉아 식사를 한다.

「대홍수 얘기 좀 들려줘요.」 긴장이 풀려 편안해진 얼굴로 오팔이 묻는다.

「부당하다고 생각했어요. 어떤 외부의 힘이 그들의 존재를 바라지 않아 아름다움과 조화의 결정체가 한순간에 물속으로 사라진 거잖아요. 마치 포세이돈의 분노에 맞서는 듯한 기분이었어요.」

「당신이 없었으면 한 사람도 살아남지 못했을 거예요.」

「아니에요. 대홍수를 언급한 신화들 속에 나오는 사실인걸요.」

「결국 처음의 의문으로 다시 돌아오게 됐어요. 당신이 해낸 일이 이미 쓰여 있었을까요?」

「물론이죠. 그런데, 내 선택들이 과연 벌어진 일에 영향을 미쳤을까요?」

「당신 생각은 어떤데요?」

그가 단언할 자신이 없는 듯 슬쩍 화제를 돌린다.

「이걸로 적어도 내가 원하는 과거의 시점으로 돌아갈 수 있다는 건 알게 됐어요.」

「그럼 책의 끝부분으로 가서 결말을 읽어 보면 되겠군요. 어떻게 끝이 나는지 알 수 있을 테니까!」

「아니. 그런 방식은 왠지 끌리지 않아요. 그냥 상황이 전개되는 대로 한 발 한 발 앞으로 나아가고 선택하면서 지켜보고 싶어요. 나는 지금도 여전히 자유 의지가 운명보다 강하다고 믿고 있어요. 게브가 겪을 굴곡과 시련을 따라가며 지켜볼 생각이에요. 소설을 읽을 때랑 똑같아요. 곧장 결말로 가서 누가 범인인지, 해피엔드인지 아닌지 알면 재미없잖아요.」

그녀가 고개를 끄덕인다.

「어떤 결말이 기다리고 있을지 궁금하긴 하지만 참을 수 있어요.」

「그 마음 이해해요. 당신 얘길 들으니까 어렸을 때 〈E.T.〉를 보다가 외계인이 죽어 가는 가슴 아픈 장면에 이르렀을 때가 생각이 나요. 내가 울지 않으니까 어머니가 어쩌면 그렇게 덤덤할 수 있냐고 놀란 표정으로 묻길래 이렇게 대답했어요. 〈영화를 벌써 세 번이나 봤기 때문에 마지막에 E.T.가 살아날 걸 아니까 조금도 불쌍하지 않아요.〉」

이때 큰 배가 가까이 지나가며 부우 하고 뱃고동을 울린다. 갑판으로 올라가자 요트에서 불과 몇백 미터 떨어져 지나가는 대형 유조선 한 척이 눈에 들어온다. 순간 똑같은 생각이 둘의 머리를 스치고 지나간다.

우리 배에 배터리라도 나갔더라면 저 거대한 배는 이 밤에 우리를 발견하지 못했을 거야. 그러면 발밑의 생쥐를 보지 못한 코끼리처럼 우리를 깔아뭉개고 지나갔겠지.

그들은 묘한 기분이 되어 선실로 돌아온다.

「여전히 한 가지 의문이 남아요. 그들 이야기와 우리 이야기의 결말은 다 고정불변인가요? 혹시 다른 방식의 대단원도 가능할까요?」

「당신 생각은 어때요?」

「나비 효과라는 게 있죠. 아주 사소한 것 하나가 큰 파장을 일으켜 전체의 흐름을 바꿔 놓을 수도 있어요.」

「그래서요?」

「너무 성급하게 생각하지 말고, 미리 다음 에피소드를 알려고도 하지 말고, 그냥 순리대로, 순서대로 겪어 나가다 보면 알게 될 거예요.」

「내 생각에도 그게 더 합리적인 것 같아요.」

「당신이 보여 준 〈의지와 무관하게〉는 나비 효과 이론과는 정반대예요. 내가 제대로 이해했다면 그 마술의 대상이 된 사람은 전혀 실패할 가능성이 없어요.」

「바로 봤어요. 누구도 실패할 수 없는 마술이죠. 모든 게 미리 결정되니까요. 마술사에 의해서.」

「내가 원리를 이해할 수 있게 한 번 더 보여 줄 수 있어요?」

「그러죠.」

「이번에는 한 가지 요구를 먼저 하고 시작할게요. 내 카드가 다 틀리게 해줘요. 이것도 가능해요?」

오팔이 고개를 끄덕이더니 카드를 섞기 시작한다. 그녀가 빨간색 카드 한 장과 검은색 카드 한 장을 내려놓고 나서 그에게 나머지 50장을 건넨다. 그가 색깔을 짐작해 카드를 두 줄로 나란히 쌓아 올린다. 이번에도 역시 오팔이 그에게 카드의 자리를 바꿀 기회를 준다.

그런데 빨간색 줄에는 검은색 카드만, 검은색 줄에는 빨간색 카드만 올려져 있다.

신비하게도 이 카드 마술에는 나비 효과가 적용되지 않아. 좋든 나쁘든 시나리오가 미리 쓰여 있는 거지. 예정된 일이 그대로 일어날 뿐이야.

「이제 당신이 나한테 마술을 보여 줄 차례예요, 르네. 한 가지 다른 점은, 나는 당신처럼 실패하고 싶지 않아요. 손잡이가 아무리 뜨거워도 그 망할 놈의 문을 반드시 열고 싶어요.」

르네는 곧장 그녀를 무의식으로 문으로 인도한다. 문을 쉽게 열 수 있게 이번에는 그녀에게 방화복을 입은 모습을 시각화하게 한다. 두꺼운 상상의 장갑을 낀 손으로 그녀가 열쇠를 찔러 넣어 문손잡이를 돌린다. 문은 여전히 요지부동이다. 그녀가 악에 받쳐 문에 발길질을 해대지만 소용이 없다. 그녀는 결국 포기하고 다시 계단을 걸어 올라온다.

「어쩌죠.」 르네가 안타까워한다.

「괜찮아요. 다음에 성공하면 되죠.」 그녀가 결연한 얼굴로 대답한다.

그들은 저녁을 먹고 각자의 선실로 가서 잠을 청한다.

우리는 서로 상대방이 모르는 것을 알고 있어. 서로에게 꼭 필요한 존재야. 서로에게 실질적인 도움을 줄 방법을 찾아야 해. 대체 우리는 몇 번의 전생에서 만나 공동의 운명체가 되었을까?

오팔이 침대에 누워 발목 언저리에 새로 생긴 홍반을 긁는다.

68

아틀란티스인들은 아직 자신들의 가족, 자신들이 살던 도시와 문명이 순식간에 사라진 충격에서 헤어나지 못하고 있다.

「우리한테는 아직 할 일이 많이 남아 있습니다.」 게브가 비장한 목소리로 말문을 연다. 「죽는 것보다 더 고통스러운 것은 잊히는 거예요. 우리한테 그런 불행이 닥치지 않게 도와줄 수 있는 사람은 르네뿐이에요.」

「물속에 가라앉은 세계의 기억을 간직하고 있는 우리들, 우리 174명은 사라지지 않기 위해 최선의 노력을 다해야 해요. 우리 다음에는 우리 아이들이 또 이 소명을 이어받을 거예요.」 누트가 한마디 거든다.

「배고파요.」 어린아이다운 네프티스의 말이 무거운 분위기를 깨뜨린다.

미처 식량을 준비하지 못한 채 배에 오른 그들이 먹을 수 있는 건 죽은 물고기밖에 없다. 돌고래들이 정어리를 잡아 주둥이로 뱃전에 던져 올려 주지만 사람들은 꼬리를 파닥거리며 몸을 뒤틀어 대는 물고기를 혐오스럽게 내려다볼 뿐 차마 손을 뻗지 못한다.

배고픔과 혐오감 사이에서 갈등하던 몇 사람이 인상을 찡그리며 벌건 생선 살을 입으로 가져가지만 금방 게워 낸다. 대부분이 허기를 참는 쪽을 택한다.

한나절 만에 그들은 여태껏 한 번도 경험해 보지 못한 감정들에 노출된다. 두려움, 슬픔, 분노, 회한.

살기 위해 죽은 동물을 먹어야 하는 처지가 됐다는 사실이 이런 부정적인 감정들을 더욱 부추긴다.

졸지에 선장이 된 게브는 자신의 역할에 집중하며 항해술을 익히기 위해 최선을 다한다. 실체가 불분명한 상실감에 시달리면서도 그는 아틀란티스인답게 스스로에게 주문을 걸듯 되뇐다. 〈하늘이 무너질 일은 없어. 우리에게 일어나는 모든 일은 우리를 위한 거야.〉

그는 돌이킬 수 없는 과거의 향수에 빠지기보다 미래로 눈을 돌린다. 혹독한 겨울을 맞은 아틀란티스 문명의 봄을 자신의 아이들에게서 발견하려고 애쓴다.

누트가 동포들에게 위안을 주기 위해 즉흥적으로 시를 지어 절절한 목소리로 선창하자 아틀란티스인들이 따라 부르기 시작한다. 노랫소리가 그들의 영혼에 공명을 일으키며 망망한 밤바다에 울려 퍼진다.

소중한 것들이 모두 사라지고 없네.
사랑하던 이들도 모두 사라지고 없네.
오직 루아흐만 우리의 피를 타고 흐를 뿐.
시간에 저항하는 생명의 에너지.
우리의 가슴속에 여전히 뛰고 있는 멤세트,
첫 번째 심장.
사라진 형제자매들의 영혼은 빛을 잃지 않았네.
우리, 하나라도 살아 숨 쉬는 한,
하멤프타는 영원하리라.

69

날치호가 꽁무니바람을 받으며 미끄러지듯 파도 위를 나아간다. 수평선에 걸려 있던 아침 해가 넘실거리며 떠오른다. 밤새 키를 잡았던 르네는 오팔과 교대하고 선실로 들어가 잠을 청한다. 배는 남동쪽을 향해 순조롭게 항진을 계속한다.

해가 지면 르네와 오팔은 갑판에 앉아 도란도란 이야기를 나눈다. 오팔은 여전히 열 계단을 내려가 무의식의 문을 열려고 애쓰지만 뜨거운 문 앞에서 번번이 좌절해 돌아온다.

르네는 잠들기 전에 게브를 찾아가 효과적인 항해술을 알려 준다. 항로를 유지하기 위해 맞바람 속에서 지그재그로 방향을 꺾으면서 항해할 때는 돛을 주시해 계속 바람을 싸서 나아갈 수 있게 해야 한다고 가르친다.

휴식을 취하며 오팔과 재미 삼아 〈의지와 무관하게〉를 하다 보면 그의 머릿속은 끈질긴 질문으로 다시 복잡해

진다. 〈우리에게 벌어지는 모든 일은 필연성의 지배를 받는가?〉

70
므네모스: 아난케

그리스 신화 속 아난케는 운명의 여신이다.

그녀는 인간을 뛰어넘는 필연을 상징하는 신이다. 아난케는 자연과 물리적 현상, 논리, 신성의 세계까지 지배하는 필연의 힘인 탓에 그녀를 숭배하거나 원망하거나 동정을 구하는 일은 무의미하다. 그녀는 〈반드시〉라는 부사의 동의어나 마찬가지다.

그렇다고 해서 아난케라는 신의 존재가 인간에게 체념을 강요한다는 의미는 아니다. 불평하거나 물살을 거슬러 헤엄치려 하지 말고 자신의 운명의 강에 몸을 맡기고 조화로운 방식으로 인간 공동체의 운명의 일부가 되라고 가르치기 때문이다.

그리스인들은 문제를 일으키는 신이라고 여겨 아난케를 좋아하지 않았다. 사실 그녀는 인간의 운명을 결정하는 무서운 모이라이 세 여신, 즉 클로토와 라케시스, 아트로포스의 어머니이기도 하다. 세 자매 중 클로토는 운명의 실을 뽑아내고, 라케시스는 실을 감고, 무자비한 아트로포스는 가위로 실을 잘라 죽음을 부여한다.

오르페우스를 숭배하던 사람들이 기원전 560년경부터 아난케를 온전한 여신으로 대접하며 함께 숭배하기 시작했다.

세계를 움직이는 근본적인 원리임을 말해 주듯 아난케라는 이름은 파리 노트르담 대성당의 눈에 잘 띄는 돌에 새겨져 있다.

71

항해 3일째 되는 날, 여러 사람이 뱃머리를 돌리라고 아우성을 치기 시작한다.

「지금쯤 섬이 다시 떠올랐을지도 모르네.」 한 사람이 낙관적인 전망을 내놓는다.

「화산 꼭대기는 여전히 물 위에 솟아 있을지도 모르지 않나.」 다른 사람이 의견을 보탠다.

「널빤지를 타고 바다를 표류하는 생존자들이 있을지도 몰라요.」

「서쪽으로 항해하면 더 가까운 해안이 나올지도 모릅니다.」

아틀란티스인들은 공포와 분노와 슬픔에 이어 난생처음으로 갈등을 경험한다. 하지만 하나뿐인 배를 쪼갤 수는 없는 노릇. 동쪽으로 항해를 계속하자는 이들과 서쪽으로 뱃머리를 돌리자는 이들의 의견이 점점 격렬히 대립한다.

모두가 확신에 차 견해를 굽히려고 하지 않자 슬슬 언성이 높아진다. 말다툼이 일어나고 뺨을 올려붙이는 소리가 들리더니 이내 몸싸움이 벌어진다.

몇 사람이 뒤엉켜 드잡이를 벌이자 게브가 생명의 은인이자 선장으로서의 권위를 발휘해 그들을 떼어 놓는다. 게브는 동포들에게 새로운 땅을 개척하고 아틀란티스 문명의 기억을 보존하려면 살아남는 것이 가장 큰 목표가 되어야 한다는 사실을 상기시킨다.

누트가 나지막한 목소리로 노랫가락을 뽑는다. 사라진 아틀란티스 문명에 대한 향수와 찬양이 아니라, 새로운 땅에서의 부활을 예고하는 노래를 따라 부르며 사람들은 다소나마 위안을 얻는다.

게브는 동족들의 불만을 잠재우고 안전에 대한 확신을 주기 위해 그들에게 르네의 존재에 대해 들려준다. 미래에서 온 그가 자신에게 이미 아틀란티스인들이 편안하게 정착할 수 있는 곳의 정확한 위치를 알려 주었으며 탈출 계획을 짠 것도 그였다고 말하며 동족들을 달랜다.

아틀란티스인들은 목숨을 구해 준 르네를 잊지 않기 위해 자신들이 타고 있는 배에 르네의 이름을 붙이기로 하고, 그들의 언어로 발음하면 〈라-네에〉라고 명명한다.

72

항해 셋째 날, 마침내 바람이 잠잠해진다. 르네와 오팔은 승선 후 처음으로 긴장이 완전히 풀린 상태에서 최면, 환생, 역사의 필연 등의 소재를 넘나들며 편안한 대화를 나눈다.

실패한 연애와 싱글로 살 수밖에 없는 상대방의 처지에 공감하다 보니 둘 사이에 동지애와 비슷한 친밀함이 생긴다.

73

라-네에의 날렵한 이물이 해가 뜨는 방향을 향해 나아간다. 키를 잡은 게브의 시선은 한결같이 수평선에 고정돼 있다. 갑자기 배 한쪽에서 우당탕하는 소리가 들린다. 반란. 동족 두 명이 주동자를 제압하는 사이 또 다른 반란자 셋이 게브를 밀쳐 내고 키를 잡더니 뱃머리를 돌린다. 배가 기우뚱하더니 방향을 바꿔 바람을 거스르며 나아가기 시작한다. 해가 지는 쪽으로 선수가 향해 있다.

앞으로 나아가려는 자들과 뒤로 돌아가려는 자들 간에 전투가 벌어진다. 끝내 한 명이 목숨을 잃는다.

사망자의 시신은 바다로 내려진다. 돌고래들이 다가와 애도하듯 주둥이로 시신을 떠받쳐 주다 흩어진다.

반란자들은 공포에 질려 스스로 백기를 든다.

반란의 기운이 가라앉자 괴혈병이 173명의 생존자들을 덮친다. 몸을 가누기도 힘들 만큼 고열에 시달리는 아틀란티스인들에게 그들 전통 방식의 치료법은 아무 도움이 되지 못한다.

폭동과 괴혈병 때문에 목숨을 잃은 여덟 명을 바다에 남겨 두고 나머지 166명은 동쪽으로 항해를 계속한다.

74

항해 나흘째, 오팔은 다시 무의식의 문에 다가가지만 문턱을 넘지 못하고 화상만 입은 채 돌아선다. 그녀는 연신 건선 부위를 긁어 댄다. 하지만 도전을 포기할 마음은 없다.

75

시련은 끊이지 않는다.

라-네에는 다시 폭풍우를 만난다. 분화구에서 날아온 용암에 맞아 구멍이 뚫려 있던 돛이 완전히 찢어져 버렸다. 누트가 얼른 돛대에 기어 올라가 돛을 꿰맨다. 조심스럽게 다시 밑으로 내려오다가 강풍에 돛대가 휘청해 그만 바다에 떨어지고 만다. 천만다행으로 돌고래들이 그녀를 건져 다시 뱃전에 올려 준다.

이상하게도 이 사건은 아틀란티스인들 사이에 강한 결속력이 생기는 계기가 된다. 그들은 게브와 누트가 결정권자의 자격을 가진 인물이라고 생각하기 시작한다. 이후 안정된 분위기 속에서 항해가 계속된다.

뜻하지 않게 먼바다로 항해를 떠나 난생처음 물고기를 먹어 보고 부정적인 감정들을 경험하고 갈등과 내분, 질병을 겪고 난 아틀란티스인들은 지도자에 대한 신뢰가 중요하다는 것을 깨닫는다. 지금 같은 비상 상황을 통제하려면 다른 선택의 여지가 없다. 그들은 예기치 않은 상황이 발생할 때 선견지명을 가지고 신속하게 대처할 수 있는 한두 사람에게 결정권을 위임하는 것이 반드시 필요하다고 생각하게 된다.

76

항해 닷새째, 바람이 자는 화창한 날씨가 찾아온다. 르네와 오팔은 닻을 내리고 지중해로 뛰어들어 수영을 즐긴다.

그들은 갑판에서 점심을 먹고 한가로이 일광욕을 즐긴다. 잠깐의 달콤한 휴식을 즐기고 나서 그들은 다시 남동쪽으로 항해를 계속한다.

르네와 오팔은 함께 체스를 하고 선실의 스피커를 통해 흘러나오는 비발디의 「사계」를 들으며 금세 친숙한 사이가 된다.

반복적이지만 편안한 일상이 자리를 잡는다. 낮에는 항해를 하고 함께 음식을 만들어 먹고, 어둠이 내리면 망망대해를 바라보며 뱃전에 앉아 깊은 이야기를 나눈다. 23시 23분이 되면 르네는 어김없이 게브를 찾아가 항해에 관한 조언을 해준다. 그는 아틀란티스인들이 자신과 같은 목적지에 도착할 수 있게 항로를 일러 준다.

77

굉음과 함께 배에 물이 차오른다. 라-네에가 암초에 걸린 것이다. 사람들은 또다시 죽음의 공포에 휩싸인다.

순식간에 배가 기우뚱 옆으로 기울며 가라앉기 시작한다. 승객들이 급한 대로 손을 오므려 물을 퍼내는 사이 게브가 바다로 뛰어들어 선창에 난 구멍을 메운다. 물속에 잠겼던 배의 이물이 다시 떠오르자 사람들은 비로소 안도의 한숨을 내쉰다.

아틀란티스인들은 지금 바다 위에서 자신들이 살고 있는 곳을 배가 아니라 자신들의 언어로 〈보호되고 보호해야 하는 장소〉를 뜻하는 방주라고 부르기로 한다. 범선 라-네에가 아닌 방주 라-네에를 입에 올리다 어느새 줄임말인 〈네에의 방주〉라는 말을 쓰기 시작한다.

78

항해 엿새째.

어제와 다르지 않은 날들이 반복적으로 이어진다. 목적지에 도착하기까지 아직 한참이 남은 상황에서 밀폐된 선실 생활에 활력을 줄 방법을 고민하던 오팔은 르네에게 서로가 가진 전문 지식을 나누자고 제안한다.

그녀는 그에게 최면 기술을, 어떻게 상대방의 주의력을 집중시켜 통제하고 활용해 암시할 수 있는지 가르쳐 준다. 최면의 성패를 가름하는 것은 최면사가 아니라 최면 대상자라는 점을 강조한다. 결국 대상자가 최면의 성공을 간절히 바라게 동기를 부여할 수 있어야 한다는 것이다.

오팔은 자신의 이론적 스승인 메스머, 샤르코, 프로이트, 에릭슨이 어떻게 최면술을 발전시켰는지 상세히 설명해 준다.

르네는 자신의 전공인 역사 이야기를 신이 나서 들려

준다. 그는 므네모스 파일에 정리해 놓은 <역사 기록의 오류들> 몇 가지를 들려주면서 반드시 수정되어야 한다고 목청을 높인다.

79
므네모스: 역사 기록의 오류들

우리가 반드시 확인하고 넘어가야 할 역사적 오류의 예를 몇 가지 들어 보자.

선천적 시각 장애인이었던 호메로스가 『오디세이아』를 썼다는 건 어불성설이다. 그는 음유 시인, 다시 말해 시를 쓰는 게 아니라 읊는 사람이었다. 그의 숭배자들이 『오디세이아』를 집필했을 것이라고 보는 게 타당하다.

통 속에서 살았다고 알려진 철학자 디오게네스는 나무통이 아니라 항아리에서 지냈을 가능성이 크다. 당시 아테네에는 아직 나무통이 없었기 때문이다.

클레오파트라는 이집트인이 아니라 그리스인이다. 그리스계 프톨레마이오스 왕조의 일원이었던 클레오파트라는 주로 그리스어를 사용했고, 옷을 입고 꾸미는 것도 그리스식이었다.

베르킨게토릭스가 실존 인물이었다는 증거는 전혀 없다. 그의 존재는 그와 철천지원수 사이였던 율리우스 카이사르의 이야기를 통해서만 우리에게 알려져 있다. 베르킨게토릭스는 카이사르가 자신의 영웅적 면모를 부각하기 위해 여러 갈리아 부족장들의 특성을 섞어 만들어낸 가공의 인물일 가능성이 크다. 아마도 카이사르는 갈리아인 중에서 아무나 한 명을 잡아 베르킨게토릭스라고 한 뒤 로마로 돌아가 개선식에서 그의 시신을 군중들 앞에 보여 주었을 것이다.

아틸라는 교양이라곤 없는 무식한 왕으로 알려져 있지만 이것은 사실이 아니다. 그는 그리스어와 라틴어를 포함한 10개 언어를 구사했고, 음악과 시, 춤과 같은 예술 분야에도 흥미를 느끼고 즐기는 사람이었다.

샤를마뉴 대제가 학교를 만들었다는 것은 사실과 다르다. 읽고 쓸 줄 몰랐던 그는 폭력적인 군인에 가까웠다. 그에 대한 잘못된 신화는 모두를 위한 학교의 필요성을 정당화하는 과정에서 만들어진 것이다.

1200년대를 살았던 프랑스인들은 1600년대의 프랑스인들보다 훨씬 자주 몸을 씻었는데, 〈에튀브〉라고 불리던 대중목욕탕 덕분이었다. 하지만 이용자들이 나체 상태에서 성적 욕구를 느낄 수 있다고 판단한 교황 때문에 이 공중목욕탕은 중세 말에 가서 사용이 금지되고 결국 폐쇄되었다.

만유인력의 법칙을 발견한 아이작 뉴턴에게 영감을 준 것은 그의 얼굴에 떨어진 사과가 아니라 고양이 한 마리였다. 사과 이야기는 낙하 운동의 원리를 기억하기 쉽게 설명하기 위해 볼테르가 지어낸 것이었다.

〈기요틴〉이라고도 불리는 단두대의 발명자는 조제프 기요탱이 아니라 앙투안 루이라는 이름을 가진 의사였다. 기요탱은 사형수들의 고통을 줄여 주기 위해 교수형이나 도끼를 사용한 참수 대신 보다 〈인간적인〉 처형 방식인 단두대를 채택해 줄 것을 의회에 요청했다. 〈루이제트〉로 불린 단두대가 처음 등장했을 때, 처형이 순식간에 끝나자 구경꾼들은 재미가 없다며 고함을 지르고 야유를 보냈다. 기계에 흥미가 많았던 루이 16세는 단두대에 사선 칼날을 달아 효율을 높이는 방법을 직접 고안해 냈는데, 아이러니하게도 그는 단두대 위에서 최후를 맞았다.

알려진 것과 달리 군주제 몰락에 결정적 계기가 된 것은 바스티유 함락이 아니다. 1789년 7월 14일, 바스티유 감옥에는 일반수 7명만이 복역 중이었다. 감옥을 습격한 시위대의 대부분은 총기를 서로 차지하기 위해 싸우다가, 혹은 조작 미숙으로 총구의 방향을 자기 얼굴로 향하게 하는 바람에 목숨을 잃었다.

나폴레옹이 대중의 추앙을 받았던 이유는 그가 언론의 자유를 금지한 것과 밀접한 관계가 있다. 그는 자신이 전투에서 세운 무공을 직접 글로 쓰거나 기자들을 불러 받아쓰게 했다. 나폴레옹은 〈역사는 누구나 동의하는 거짓말들을 모아 놓은 것이다〉라고 말한 것으로 유명하다.

나폴레옹 1세와 정반대의 처지였던 이가 바로 나폴레옹 3세다. 그는 당대의 유명 작가 빅토르 위고에게 집중적이고 체계적인 비난의 포화를 맞는 바람에 대중에게 나쁜 이미지로 각인되었다. 하지만 그는 프랑스 통치자로서는 최초로 보통 선거에 의해 선출된 군주였다. 그는 철도와 도로망을 대대적으로 확충해 근대적인 경제 발전의 기틀을 다졌고, 은행의 탄생과 당시로서는 혁신적인 금융 시스템의 도입에도 결정적인 기여를 했다.

화가 빈센트 반 고흐가 스스로 자신의 귀를 절단했다는 것은 사실이 아니다. 여러 사람의 증언을 맞춰 보면 그는 친구인 고갱과 만취 상태에서 싸우다가 이 신체 기관을 잃어버렸을 가능성이 크다.

노벨 수학상이 없는 이유는 알프레드 노벨의 부인이 수학자와 바람이 났기 때문이라는 세간의 설이 있다. 그런데 노벨은 평생을 독신으로 산 사람이었다. 그가 노벨 수학상을 만들지 않은 것은 수학을 지나치게 추상적인 학문이라고 여겼기 때문이었을 것이다.

월트 디즈니가 딸을 즐겁게 해주려고 미키 마우스라는 캐릭터를 그렸다는 것은 사실이 아니다. 그는 자신의 밑에서 일하던 어브 아이웍스라는 애니메이터의 공을 독차지했을 뿐이다.

제3막

이집트

80

육지가 보인다.

이에르 항구를 출발해 2주일간 바다를 항해한 날치호의 앞에 이집트 해안선이 모습을 드러낸다.

르네는 인터폴 수배령이 내려졌을지도 모른다고 판단하고 사람들의 눈에 띄지 않게 대도시가 아닌 마르사 마트루흐에 배를 대기로 결정한다.

그는 알렉산드리아에서 서쪽으로 3백 킬로미터 떨어진 아담한 휴양 도시의 항구로 들어가 요트 앞머리를 배다리에 갖다 대고 밧줄로 묶어 놓는다. 세관 직원이 요트로 다가와 여권을 요구한다. 배 안을 살펴보겠다는 직원에게 오팔이 얼른 1백 유로짜리 지폐 한 장을 건넨다. 이집트인의 표정이 딱딱하게 굳는다.

「지금 나를 돈으로 매수하려는 거요?」 그가 완벽한 영어로 화를 내며 말한다.

르네가 직원의 주머니에 지폐 네 장을 더 찔러 넣는다.

「허, 이건 역효과를 부를 뿐이오. 얼른 동료들을 데려와서 당신들 배를 수색해야겠어. 보통 수상한 게 아니란 말이야. 마약이 들었나? 술? 담배? 당신들 범죄자지?」

오팔이 재빨리 그의 어깨에 손을 얹더니 큰 눈망울을 뛰룩이며 그와 눈을 맞춘다.

「에이, 그럴 리가요. 수색하지 않으실 거예요.」

「당신이 뭘 안다고 그래?」

「당신은 피곤을 느끼니까요. 너무너무 피곤하니까.」

「아니, 난 괜찮소.」

「그렇지 않아요. 지금 당신은 녹초가 돼 있는걸요. 당신 일은 사람의 진을 빼죠. 에너지 없인 못 해요. 자, 제가 활력을 넣어 드릴게요. 제 목걸이를 똑바로 쳐다보세요, 긴장을 풀어 주는 힘이 있답니다.」

계속 위력을 행사할 것 같던 그가 호기심이 당겼는지 그녀의 앞가슴에 걸린 펜던트에 슬쩍 눈길을 준다.

「시선을 떼지 마세요. 당신한테 좋은 일이 일어날 거예요.」

그녀가 돌고래 모양의 청금석 펜던트가 달린 목걸이를 목에서 빼 시계추처럼 좌우로 흔들기 시작한다.

「자, 돌고래의 움직임을 따라가요. 눈을 떼지 마세요. 당신은 매료될 거예요. 여기서 발생하는 에너지가 서서히 당신 몸속으로 흘러 들어가요. 몸이 녹아내릴 듯 피곤해져요, 그래도 계속 돌고래를 주시해요. 이제 당신이 간절히 원하는 걸 해도 좋아요. 눈이 감기죠.」

그가 눈을 감는다.

「내 목소리가 들리죠. 당신 귀에 들리는 건 내 목소리뿐이에요. 목소리가 당신을 인도할 거예요. 목소리가 뭘 해야 하는지 얘기해 줄 거예요. 동료들한테 가서 이 배는 아무 문제가 없더라고 얘기할 거예요, 안 그래요?」

「맞아요.」

「내가 하라는 대로 하면 당신은 행복해져요. 우선 우리를 위한 행정적 절차부터 밟아 줘요.」

세관 직원이 고개를 끄덕인다.

「그러고 나면 당신 인생은 술술 풀릴 거예요. 하지만 만에 하나 당신이 우리를 배신하면, 불행이 찾아올 거예요. 무서운 병을 앓게 되고, 행운의 여신은 당신을 버리고, 친구들은 당신에게 등을 돌릴 거예요. 그것이 당신이 원하는 거예요?」

「아니, 그렇지 않소.」

「자, 선택은 당신이 해요. 무엇이 최선인지 생각해서 행동해요. 내가 셋을 세면 눈을 떠요. 몸에서 활력이 느껴질 거예요. 우리를 위한 게 당신을 위한 거예요, 하나…… 둘…… 셋…….」

그녀가 딱 소리를 내면서 손가락을 튕긴다. 세관 직원은 지혜라도 깨달은 표정이다.

그가 어리벙벙한 얼굴로 어디론가 걸음을 옮기는 모

습을 보면서 르네가 오팔에게 묻는다.

「정말 대단하네요. 어떻게 된 건지 설명해 줄 수 있어요?」

오팔이 전문가답게 설명을 시작한다.

「우리 뇌 속에 오케스트라 지휘자가 있다고 보면 돼요. 최면이 하는 일은 기존의 지휘자를 새 지휘자로 교체하라고 제안하는 거죠. 상대방이 받아들일 수 있는 여건을 조성해서, 속는다는 느낌을 주지 않고 부드럽게 요구하는 거예요. 상대가 최면사를 충분히 신뢰해야 가능해요. 그러고 나서 최면사는 피험자의 뇌 속에서 새로운 오케스트라 지휘자가 되어 연주자들을 이전과 다른 방식으로 지휘하게 돼요. 이것 역시 제안과 수용의 원리를 따라요. 이전 오케스트라 지휘자가 사라진 자리에서 새 지휘자는 연주자들에게 옛날과 다른 레퍼토리를 연주하자고 제안할 수 있는 거죠.」

「그 과정이 피험자의 자유 의지에 반해서 일어날 수도 있어요?」

「아니요, 피험자가 바라는 것이어야 해요. 적어도 그가 최면에 거부감을 가지면 불가능해져요. 그렇게 거부감이 없는 상태에서 최면사가 피험자가 수용할 수 있는 암시를 하는 거예요. 가령 내가 그 세관 직원한테 옷을 벗고 알몸이 되라는 요구를 하진 못했을 거예요. 그건 몸가짐을 조심하라는 가정 교육과 배치될 테니까. 절대로 피험자의 근본적인 가치관에 반하는 제안을 해서는 안 돼요. 그 반대로 해야 하죠. 그가 의식하진 못하지만 마음속에 지니고 있는 어떤 방향성에 부합하는 제안을 해야 하는 거죠. 그만 여기서 나가요. 이제 바다가 질리네요. 배에서 내려 땅을 밟아 보고 싶어요.」

전형적인 관광객 차림의 유럽인 두 명이 외국인보다 내국인이 주로 찾는, 유명 관광지가 아닌 자그마한 휴양 도시를 거닐자 금세 주민들의 눈에 띈다.

몰려온 아이들이 구걸을 하고 관광 가이드를 자처하는가 하면 금박을 입힌 조잡한 철제 피라미드 모형을 사라고 내민다. 한결같이 〈유로, 유로〉를 외친다.

두 프랑스인이 돈을 조금씩 주자 어디서 보고 있었는지 아이들이 벌 떼같이 모여든다. 오팔과 르네는 관광 안내 책자만 한 권 사고 쫓기듯 가까운 호텔로 향한다. 그들이 짐을 풀기로 한 곳은 해변에 현대적으로 지은 〈보 사이트〉라는 이름의 호텔이다. 무장한 군인들과 장갑차 한 대가 건물 주변을 감시하고 있다. 관광 구역 안으로 들어가려면 검문소를 거쳐야 하는데, 관광객 특유의 옷차림과 그들의 이국적인 분위기만으로 충분히 확인이 된다고 판단했는지 군인들이 따로 신분증을 요구하지 않는다.

이집트에서 첫 밤을 보내게 될 보 사이트 호텔은 U자형 건물로, 호텔 소유의 해변이 옆에 붙어 있다. 객실 창문 너머로 해변 한가운데 조성된 야자수 정원이 눈에 들어온다.

르네와 오팔은 샤워를 마치고 짐을 푼 다음 바다가 보이는 파노라마 레스토랑에서 저녁 식사를 한다. 그들은 채식 쿠스쿠스를 시키고 나서 포도주도 주문이 가능하다는 안내를 듣고 술을 시킨다. 르네가 들고 온 관광 안내 책자를 뒤적인다.

「마르사 마트루흐는 고대 이집트 시대부터 있었던 도시네요. 알렉산드로스 대왕은 이 도시를 〈아무니아〉라고, 훗날 로마인들은 〈파라이토니움〉이라고 불렀다는군요. 클레오파트라와 마르쿠스 안토니우스가 여기서 만났대요. 그들의 로맨스가 시작된 곳이 여기라는군요.」

나와 당신의 로맨스도 여기서 시작될 수 있다면 얼마나 좋을까요.

「역사 얘긴 이제 좀 그만해요! 그런데, 구체적으로 어떤 계획을 갖고 있어요?」 그녀가 턱을 괴고 그를 쳐다본다.

「게브를 이곳으로 오게 해서 아틀란티스 정착촌을 세우게 할 거예요.」

「당신이 어디 있든 그를 여기로 오게 할 수 있었을 텐데, 굳이 직접 이집트로 온 이유가 있어요? 내가 보기엔 달라질 게 없을 것 같은데.」

「게브한테 그들이 존재했었다는 사실을 입증할, 반박

불가능한 물질적 증거를 어떤 장소에 남기라고 할 생각이에요. 내가 지도상으로나 인터넷 정보로만 위치를 알고 있다면 현장 답사가 불가능하고, 따라서 〈물적 증거〉를 손에 넣을 수도 없을 거예요.」

「아직은 그 증거가 없는 거잖아요, 안 그래요?」

「게브가 그걸 만들어야죠. 오늘 밤에 만나 얘기하려고요.」

「처음부터 그런 생각을 갖고 여기로 온 거예요?」

「어차피 프랑스에 있는 건 불가능했어요. 체포돼 감옥에 가거나 최악의 경우…… 쇼브의 정신 병원에 다시 입원하거나 했겠죠.」

변태적인 정신과 의사가 치료랍시고 했던 행동을 떠올리는 순간 르네는 몸을 소스라뜨린다. 그는 끔찍한 기억을 떨쳐 내려는 듯 열심히 포크질을 한다.

「내가 이해할 수 없는 사람은 오팔 당신이에요. 당신은 모든 걸 포기하고 공범으로 몰릴 위험을 무릅쓰면서까지 나를 따라나섰잖아요. 나랑 있으면 손해예요.」

「걱정은 고맙지만 내 솔직한 입장을 한번 들어 봐요. 첫째, 당신도 알다시피 나는 스스로 전생에 아틀란티스인이었다고 믿고 있어요. 둘째, 우리가 전생에 인연이 있었고 내가 당신과 함께 반드시 이뤄야 하는 일이 있다고 확신해요. 셋째, 내게 그 망할 놈의 무의식의 문을 열게 해줄 수 있는 사람은 당신뿐이라고 절대적으로 믿고 있어요.」

웨이터가 현지 와이너리인 〈쿠룸 오브 더 나일〉에서 생산한 포도주 한 병을 테이블에 내려놓는다. 르네가 기발한 생각이 떠오른 듯 흥분해서 말한다.

「〈당신이라고 믿는 게 당신의 전부가 아닙니다. 당신은 누구인가요. 당신이 진정 누구인지 기억할 수 있나요?〉」

「무슨 말이에요?」

「당신이 공연에서 관객들을 사로잡기 위해 던지는 첫마디잖아요. 어쩌면 이 말이 당신의 심리적 억압을 푸는 열쇠가 될지도 몰라요.」

「통 이해를 못 하겠어요.」

「나한테 당신 과거를 들려주면서 진짜 중요한 이야기는 빼지 않았는지 생각해 봐요.」

「빼놓지 않고 다 말했어요. 내가 기억 이상 증진을 앓고 있다고, 모든 것을 다 기억한다고.」

「당신이 의도하지는 않았지만 무의식적으로 어떤 기억을 지우거나 감췄을지도 몰라요. 우리는 누구나 스스로에 대해 만들어 내는 이야기로부터 자유롭지 못하죠. 그게 틀린 이야기일지라도.」

「내가 들려준 과거는 모두 진실이에요.」

「〈당신의〉 진실이겠죠. 당신은 나한테 당신을 무척 사랑하는 좋은 부모님들과 행복한 유년기를 보냈다고 말했었죠. 그 얘길 들으면서 이런 의문이 들더군요. 당신이 그토록 잘 〈기억하는〉, 너무나 행복했다는 그 어린 시절 얘기 중에 정말로 작은 거짓말 하나도 없었을까?」

그가 그녀의 잔에 포도주를 넉넉히 따른다. 그녀가 술 생각이 없다는 표시를 한다.

「마셔요.」

「생각 없어요.」

「당신 문제를 해결해 줄지도 몰라요. 〈인 비노 베리타스〉, 포도주 속에 진실이 있다. 첫 만남부터 당신은 줄곧 완벽히 절제된 모습만 보여 줬어요. 취한 모습은 한 번도 보이지 않았죠. 긴장을 완전히 푸는 게 두려운 사람처럼.」

그녀가 달라진 눈빛으로 그를 쳐다보더니 숨을 들이쉬었다 천천히 내뱉는다.

「술을 그다지 좋아하지 않아요. 특별히 다른 이유는 없어요.」

「자기 통제력을 잃을까 봐 두려워요? 내가 묻는 말에 대답해요. 당신을 두렵게 만드는 게 뭐죠? 분명히 당신 입으로 당신의 심리적 억압을 풀어 줄 수 있는 사람은 나밖에 없다고 했어요. 그러니까 날 믿고 마셔요. 화학 작용의 도움을 좀 받자는 것뿐이에요, 안 그래요?」

르네는 상대방과 똑같은 언어 사용 패턴을 구사함으로써 무의식적인 동질감을 느끼게 만드는 신경 언어 프로그래밍의 기초 원리를 활용한다.

오팔이 포도주 한 모금을 목으로 넘긴다.

「조금 더. 취할 때까지요.」

「그러는 당신은, 안 마셔요?」

「의사는 자기가 처방하는 약을 복용하지 않죠.」 그가 얼렁뚱땅 넘어간다.

그녀가 술을 꿀꺽꿀꺽 마신다. 그녀가 웃음을 참지 못하고 얼굴을 씰룩거리기 시작하자 르네는 필요한 만큼 술이 들어갔다고 판단한다.

「알딸딸하네요. 됐어요? 이게 당신이 원한 거예요, 안 그래요?」

「아주 좋아요. 지금부터 내가 질문을 하면 깊이 생각하지 말고 떠오르는 대로 대답해요.」

그가 그녀의 양손을 세게 맞잡는다.

「눈을 감아요.」

그녀가 키득 하고 작은 웃음소리를 내더니 이내 진지한 표정으로 그의 지시를 따른다.

「당신 머리에 가장 먼저 떠오르는 어린 시절의 불행한 기억이 뭐죠?」

그녀가 눈을 번쩍 뜬다. 그가 야단치듯 엄하게 말한다.

「상황을 풀 생각이 있어요, 없어요?」

그녀가 다시 눈을 감는다.

「그건…… 그날…….」

그녀가 미간을 찌푸린다.

「그날 운동장에 있었어요…… 여덟 살 때…… 한 여자애가 내게 다가왔어요. 내 반응이 두려운 듯 조심스럽게 걸어와서는, 냅다 따귀를 올려붙이고 말했어요…….」

그녀가 갑자기 이야기를 멈춘다.

「뭐라고 했는데요?」

「걔가 나한테…… **냄새 나는 빨강 머리**라고 했어요!」

그녀는 상대가 바로 면전에 있는 것처럼 인상을 찡그린다.

「주변 여자애들이 깔깔거렸어요. 따라 놀리면서 박수를 쳤어요. 여자애가 〈어디 한번 오팔의 따귀를 때리고 마음껏 놀려 보자〉 하고 작정한 것 같았어요.」

「그래서 당신은 어떻게 했어요?」

「앙갚음하려고 걔를 쫓아갔죠. 분해서 울며 뒤쫓아 갔지만 따라잡을 수가 없었어요. 애들이 뒤에서 나를 쳐다보면서 비웃는 소리가 들렸죠. 그러다…….」

그녀의 다음 말이 목구멍을 넘어오지 못한다.

「그러다?」

그는 말을 끝맺지 못하는 오팔에게 포도주를 한 잔 더 따라 준다. 여전히 눈을 감고 있는 그녀의 입술에 포도주잔을 갖다 대고 입 안으로 조금씩 술을 흘려 들여보내 무의식과의 접속이 끊기지 않게 한다.

손님들이 힐끔거리면서 그들을 쳐다본다.

「어떻게 됐는지 말해 봐요.」

「그러다 종이 울렸어요. 모두 교실로 들어갔죠. 도저히 울분이 가라앉지 않았어요. 나를 비웃는 아이들의 시선이 느껴졌어요. 그들은 마치 하고 싶었던 말을 누가 대신 용기 있게 말해 줘 속이 시원한 것 같았어요. 책상에 엎드려 흐느껴 우는 나를 보더니 선생님이 무슨 일이냐고 물으셨죠. 옆자리 친구가 나를 대신해 〈비올렌이 오팔한테 냄새 나는 빨강 머리라고 했어요, 선생님〉 하고 대답하는 순간 교실은 웃음바다가 됐죠. 행동에 책임을 지겠다는 듯 비올렌이 벌떡 자리에서 일어났어요. 리본 달린 창으로 황소를 찌른 투우사처럼 당당했죠. 그 황소는 다름 아닌 바로 나였어요. 선생님이 화를 내셨어요. 〈자자, 조용히들 해. 그리고 오팔, 너, 울음을 그치지 않을 거면 밖으로 나가라!〉 마치 잘못한 사람이 나라는 소리로 들렸어요. 내가 여전히 훌쩍거리고 있자 선생님이 교실 밖으로 나가라고 고함을 치셨죠. 아이들이 다시 까르르 웃음을 터뜨리더군요. 선생님이 〈마음이 진정되거든 다시 들어와라〉라고 하셨죠. 도저히 진정되지 않아 그냥 집으로 갔어요. 부모님한테는 사실대로 말할 용기가 없었죠.」

그녀가 잠시 말을 멈춘다.

「그래서 어떻게 됐어요?」

「그 뒤로 나를 〈냄새 나는 빨강 머리〉로 대하는 아이들의 시선을 머리에서 떨쳐 버릴 수가 없었어요. 아이들은 놀림을 당하고 있는 내가 바보 같아 보였을 거예요. 어린 마음에 나는 적대적인 세상에 혼자 내던져졌다고, 죽을 때까지 혼자일 것이라고 느꼈어요. 아무도, 선생님도 친구들도 부모님조차도 나를 도와줄 수 없다고 생각했어요.」

그가 그녀의 손을 잡아 위로의 마음을 전한다.

「더 있어요. 나쁜 기억이 하나 더 생각나요.」

「말해 봐요.」

「그 사건 이후 꽤 시간이 흐른 때인 것 같아요. 나는 공연장 맨 앞줄에 앉아서 아버지를 경탄의 눈길로 쳐다보고 있었어요. 그런데 난데없이 어머니가 무대 위로 뛰어올라가요. 몸이 둘로 나뉘는 마술을 아버지와 공연 중인 여자한테 달려가 소리를 질러요. 〈나쁜 년, 네가 내 남편이랑 자는 걸 모를 줄 알아?〉 그러더니 여자가 들어가 있는 상자의 이중 바닥을 들춰 관객들이 보는 앞에서 아버지를 망신 줬어요.」

「그때부터 당신이 조수로 무대에 오르게 된 거군요.」

「그날 이후 부모님은 하루도 싸우지 않는 날이 없었어요. 어머니는 아버지한테 여자를 꼬시려고 공연을 한다면서 욕을 하고 당장 일을 그만두라고 했죠. 아버지는 마술이 자신의 전부라며 그렇게 못하겠다고 했어요. 어머니가 술을 입에 대기 시작했고, 공격적이고 폭력적인 사람으로 변해 갔어요. 내 앞에서도 과격한 행동을 보이기 시작했죠. 그러던 어느 날 허탈한 표정으로 허공을 응시

하면서 자기 인생은 실패했다고, 자신은 존재할 가치가 없는 사람이라고 말하더군요. 그런 모습에 나는 충격을 받았어요. 항우울제를 복용해 증세는 완화됐지만, 어머니는 잠만 자고 간혹 깨어 있을 때도 무기력해 보였죠. 여전히 임상 심리학자로서 진료는 계속하고 있었지만 어머니가 정상이 아니라는 건 환자들이 먼저 눈치챘어요. 화장으로 얼굴을 가려야 환자들 앞에 설 수 있다는 걸요.」

오팔이 잠시 숨을 고르더니 괴로운 표정으로 당시의 이미지를 시각화하면서 말을 끝맺는다.

「나는 어머니처럼 되지 않을 거라고 결심했죠. 하지만 결국 어머니와 같은 전공을 선택하게 됐고, 그 〈실험〉의 끝을 보려는 사람처럼 아버지와 같은 직업을 가졌죠.」

그녀가 끝내 르네의 품에 안겨 참았던 울음을 터뜨린다. 르네가 그녀의 등을 토닥이며 달래 준다. 사람들의 시선이 둘에게로 쏠리는 사이 그녀가 천천히 눈을 뜬다.

「괜찮아요. 괜찮아요. 당신만 이상한 게 아니에요. 누구나 비슷한 일을 겪으면서 살아요. 단지 당신은 그걸 지금까지 스스로에게 감추고 있었을 뿐이에요. 비로소 당신이 현실과 마주하게 됐으니 오늘 밤에는 억눌렸던 무의식에 다가갈 수 있을지도 몰라요. 방금 어릴 적 기억을 불러냈듯이 억압돼 있는 무의식의 문을 열 수 있을 거예요.」

「거기서 끝나지 않았어요. 두 분 사이가 갈수록 나빠졌지만 부모님은 이혼을 원하지 않으셨어요. 어머니는 계속 아버지의 직업을 비하하고 아버지를 모욕했어요. 아버지는 그런 어머니를 정신병자라고 몰아붙였죠. 줄담배를 피우던 어머니는 결국 폐암으로 돌아가셨어요.」

그녀가 눈물이 그렁한 얼굴로 그를 쳐다보며 희미하게 웃는다.

「우린 누구나 벽장 속에 시체 하나쯤, 아니, 여럿을 간직하고 살아요.」

「그 두 사건은 내 인생에 결정적인 영향을 미쳤어요. 나는 〈냄새 나는 빨강 머리〉라는 강박증에 시달려 과할 정도로 향수를 뿌려 댔어요. 독한 향수 냄새 때문에 주변 사람들이 머리가 띵할 정도로.」

「난 향수를 안 뿌린 당신 몸 냄새도 좋은걸요.」

「머리도 금색으로, 갈색으로 바꿔 가며 수시로 염색을 했죠. 아버지와 어머니의 직업을 두고 갈등하던 나는 결국 아버지의 길을 택했어요. 마술 공연을 직업으로 삼아 결국 최면까지 하게 됐죠.」

그녀는 그가 건넨 휴지를 받아 눈물을 닦고 코를 풀더니 앞에 놓인 적포도주 잔을 단숨에 비운다.

「미안해요. 당신이 수문을 여는 바람에 물이 쏟아져 나왔네요.」

「물은 불을 꺼주죠.」

그녀가 정색을 하고 르네를 쳐다본다.

「이제 문을 열고 내 전생의 기억들에 다가갈 수 있을까요?」

「이번 생에서의 억압이 풀렸으니 전생들에 이르는 문도 열릴 거예요.」

「그런데 말이죠, 나를 놀렸던 그 아이, 비올렌……. 왜 그랬을까요?」

「그 아이에게도 나름의 문제가 있었던 것 아닐까요. 그래서 타인을 괴롭힘으로써 자신의 문제에서 벗어나려 했는지도 몰라요.」

「본성이 악한 사람이 있다고 믿어요?」

「사람의 악한 면 뒤에는 어떤 이유가 숨어 있다고 생각해요. 환자들에게 고통을 가하면서 기쁨을 느끼는 쇼브 박사를 보면서 그걸 깨달았어요. 그의 행동은 통제력과 위력을 갈망하는 데서 비롯됐어요. 그런 그의 행동에 동기가 된 것은 아마도 열등감이었을 거예요.」

「그건 쉬운 핑계죠.」

「당신 말이 맞아요. 우린 쉬운 핑계를 찾으려고 하면 안 돼요. 하지만 어쨌든 타인의 불행에서 기쁨을 느끼는 사람들의 존재를 부정할 수 없는 건 사실이에요. 오늘 나는 결국 당신의 과거에는 좋은 일과 나쁜 일이 균형을 맞추며 섞여 있다는 걸 알게 됐어요.」

갑자기 왁자지껄 떠드는 소리가 들린다. 웨이터가 대

형 TV를 켜놓자 손님들이 축구 경기를 시청하기 위해 모여든다.

오팔과 르네는 그만 식당을 나갈 시간이 됐다는 신호로 받아들이고 몸을 일으킨다.

「난 준비됐어요. 방으로 가서 당신의 23시 23분 약속 전에 퇴행 최면을 걸어 줘요.」

그는 그녀를 또 한 번 안아 주고 싶은 마음을 간신히 누르며 식당을 나선다.

81

바닷물이 닿는 피부가 쓰리고 아프다. 하지만 네에의 방주의 키를 움켜잡은 게브는 한순간도 긴장의 끈을 놓지 않는다.

아틀란티스인들은 배가 부서지고 폭풍우를 만나고 반란이 일어나는 시련을 겪은 끝에 르네가 훗날 아프리카로 불리게 된다고 말해 준 대륙의 해안에 도착한다. 그들을 뒤따라 헤엄쳐 오던 돌고래들의 모습은 어느새 시야에서 사라지고 없다.

게브는 〈미래의 자신〉의 조언을 따라 지브롤터 해협을 지나 지중해로 접어든다. 나중에 모로코, 알제리, 튀니지, 리비아로 불릴 북아프리카 나라들의 해안을 거쳐 이집트에 당도한다.

목적지가 눈앞에 있을 때 다시 거친 바람이 일고 파도가 하얀 포말을 일으키며 갑판을 넘어 들어온다. 나무로 된 네에의 방주의 선체가 요동치기 시작한다.

가로돛이 찢어지는 소리가 들리고 사람들의 몸이 이리저리 쏠리기 시작한다. 그들은 뭐라도 붙잡아 바다로 떨어지지 않으려고 안간힘을 쓴다. 네에의 방주는 좌우로 흔들리며 파도 위를 오르락내리락하다 이따금 붕 떠오른다. 용골이 물 위로 솟은 산호에 부딪혀 굉음을 일으키며 반으로 쩍 갈라진다.

집채만 한 파도가 밀려와 나무 방주를 암초 위에 메어꽂는다. 순식간에 선체가 산산조각이 나고 사람들은 바다로 떨어진다.

게브가 미처 손쓸 새도 없이 166명의 생존자들은 코르크 뚜껑처럼 물 위에 떠서 파도에 휩쓸려 다닌다. 그들은 자연의 노여움을 고스란히 받아 내면서 파도 타기 하듯 바다를 표류하기 시작한다.

게브는 아내와 네 자식의 생사를 확인한 뒤 동포들을 살릴 방법을 찾는다. 그는 난파자들에게 서로 손을 꼭 잡고 둥글게 원을 만들어 옆 사람이 파도에 멀리 떠밀려 가지 않게 하라고 한다. 누트는 노래를 불러 서로에게 위안과 힘을 주자고 제안한다.

이때 우르릉 천둥이 울리더니 번갯불이 하늘을 가르며 종말론적 장면을 비추고 지나간다. 물 위에 떠서 노래를 멈추지 않는 인간들의 얼굴이 검푸른 파도를 배경으로 환히 빛난다.

옆 사람의 손을 놓친 몇 사람이 파도에 휩쓸려 사라진

다. 손이 허전해지는 순간 사람들은 원을 유지하기 위해 본능적으로 다시 손을 길게 뻗는다.

구사일생으로 해변에 도착한 네에의 방주 승객들은 탈진해 쓰러진다.

82

오팔이 재킷과 양말을 벗고 편안한 자세로 침대에 누워 눈을 감는다. 퇴행 최면 안내인이 그녀와 똑같은 첫마디로 최면을 건다.

「준비됐어요? 자, 열 개의 계단을 내려가요. 문이 보이죠, 안 그래요?」

이런, 그녀의 말투를 따라 했잖아.

「네, 보여요.」

「당신이 어린 시절에 흘린 눈물이 일종의 커다란 물탱크에 들어 있다고 생각해요. 그 물을 당신의 무의식의 문에 쏟아붓는 거예요.」

그녀가 인상을 찌푸린다. 눈꺼풀 밑에서 눈동자가 울뚝불뚝 움직인다.

「시키는 대로 문에 물을 부었어요.」

「그럼 이제 손잡이를 움직여 봐요.」

그녀가 다시 미간을 몹시 찌푸리더니 이내 편안한 얼

굴이 된다.

「됐어요! 문을 열었어요!」

「뭐가 보이죠?」

「복도가 보여요. 드디어 문들이 나 있는 복도가 눈앞에 보여요.」

「몸을 돌려 당신이 앞에 서 있는 문의 번호를 확인해요.」

「128번이에요.」

「그건 당신이 128번째 생을 살고 있고, 그 복도에는 전생의 문이 127개 있다는 뜻이에요. 알겠어요?」

「알죠. 그런데 문제가 있어요. 어릴 때 흘린 눈물을 부어서 분명히 무의식의 문에 붙은 불을 껐는데 아직 복도에 연기가 차 있어요.」

「눈물을 더 부어 불을 완전히 꺼요.」

「잠깐만, 복도를 거슬러 올라가 볼게요. 저…….」

그녀의 말이 끊긴다.

「불이 붙은 문이 보여요. 빨간색 철제문이 불길에 휩싸여 있어요.」

「번호가 뭐죠?」

「73번.」

「어릴 적 상처 외에도 전생의 어떤 트라우마가 당신을 이 복도에 들어오지 못하게 했었던 게 틀림없어요. 어서 가서 물을 부어 불을 끄고 문을 열어요.」

그녀가 다시 정신을 모은다.

「됐어요. 열었어요.」

그녀의 얼굴이 고통스럽게 일그러진다.

「무슨 일인데 그래요?」

그녀가 빠르게 눈알을 굴린다. 코와 입의 근육이 씰룩거린다.

「저런, 안 돼, 말도 안 돼!」 그녀가 울음이 가득한 목소리로 말한다.

「뭐가 보이는지 말해 봐요!」

「우리…… 여자들. 내 친구들이에요. 좋은 사람들이죠. 백 명쯤 되려나, 아니, 몇백 명은 되는 것 같아요. 그런데…….」

「그런데 뭐요?」

「우린 몸이 묶인 채 큰길을 걸어가는 중이에요. 길에서 있는 사람들이 우리를 보고 〈마녀들을 죽여라〉 하고 외치고 있어요. 〈부당한 처형을 중단하라!〉라고 외치는 소리도 간혹 들려요. 장작이 높이 쌓여 있고 그 가운데 기둥들이…… 사람들이 우릴 마녀로 여겨 산 채로 화형시키려는 거예요. 병사들이 우릴 장작더미로 끌고 가요.」

「계속해요.」

「그들이 우리를 단 위의 기둥으로 끌고 가 기둥 하나에 한 사람씩 몸을 묶어요. 옷을 차려입은 남자가 나타나자 주변이 고요해져요. 그 신사가 두루마리 문서를 꺼내 펼치더니 읽어 내려가기 시작해요.」

그녀가 누군가의 말을 듣고 있는 듯 잠시 입을 다문다.

「남자가 이렇게 말해요. 〈국왕 전하와 교황 성하로부터 《주가라무르디 마녀들》 사건을 조사하라는 임무를 받고 이곳에 파견된 나, 피에르 드 랑크르 판사는, 여자들이 사탄과 악마들과 거래하는 끔찍한 짓을 벌였다고 한 목소리로 말하는 증언들을 청취하고 나서, 그들을 정화해야 한다는 판결을 내리게 되었다. 그리스도 기원 1609년 11월, 생장드뤼즈 재판정에서 내린 판결의 집행을 시작한다.〉」

그녀가 별안간 경련을 일으킨다.

「왜 그래요?」

「병사 하나가 횃불을 들고 다가와요. 내가 발버둥을 치고 있어요. 내 친구들도 나와 똑같이 공포에 질린 채 기둥에 묶여 있어요. 저들이 우리를 죽이려는 이유를 난 알아요. 우리가 자유를 원했기 때문이에요. 그게 지역 종교인들과 귀족들의 심기를 거슬렀던 거죠. 그자들을 향한 증오가 치밀어 올라요. 사랑하는 내 친구들은 어떡하죠. 그들을 살려 주고 싶어요. 장작더미에 불이 붙었어요. 연기가 하늘로 치솟아 올라요. 친구들의 비명이 들려요. 발바닥에 뜨거운 느낌이 와요, 다리가 타들어 가고 어느새 머리카락까지 불이 붙어요. 너무 끔찍해요. 내가, 내가…….」

오팔이 비명을 지른다. 옆방 투숙객들이 듣지 못하게 르네가 얼른 그녀의 입을 틀어막으며 말한다.

「서둘러요! 빨리 올라와요! 불길을 빠져나와 문을 넘어요! 복도로 나와요……. 128번 문으로 돌아와서 계단을 반대로 올라와요. 내가 셋을 세면 눈을 떠요! 하나, 둘, 셋.」

그가 손가락으로 딱 소리를 낸다. 그녀가 눈을 번쩍 뜬다. 눈이 휘둥그레져 그를 쳐다본다.

강렬한 체험에 진이 빠져 숨을 헐떡인다.

갑자기 벨이 울린다. 르네가 문을 열자 룸서비스 직원이 서 있다.

「비명이 들려서 와 봤습니다.」

직원이 걱정스러운 얼굴로 영어로 말한다.

「친구가 악몽을 꿨어요.」

직원이 확인을 위해 방으로 들어오더니 충격에서 헤어나지 못한 듯한 빨강 머리 여성을 향해 묻는다.

「괜찮으세요?」

「괜찮아요. 죄송해요. 친구 말이 맞아요, 악몽을 꿨어요. 하지만 이제 괜찮아졌어요.」

그녀가 태연한 척 물을 따라 목을 축인다.

「얼굴이 빨간데, 정말 괜찮으시겠어요?」 의심이 풀리지 않았는지 남자가 재차 묻는다.

「햇볕 때문이에요. 피부가 하얗고 얇다 보니 일광욕을

하면 꼭 문제가 생겨요.」

이 설명은 수긍이 가는지 직원이 고개를 끄덕인다.

「뭐든 필요하신 게 있으면 주저하지 말고 저를 부르세요.」

「괜찮을 거예요. 고마워요.」

직원이 밖으로 나가고 르네가 문을 닫은 뒤에야 오팔이 긴장을 풀고 울음을 터뜨린다.

「너무 끔찍했어요.」

그녀의 온몸이 붉은 반점으로 뒤덮여 있다. 그녀가 정신없이 긁기 시작한다.

「너무 끔찍했어요!」

그녀가 한참을 흐느껴 울더니 세면도구와 화장품이 든 가방을 들고 와 연고를 하나 꺼낸다. 옷을 벗고 온몸에 퍼진 붉은 반점에 연고를 펴 바른다.

「당신 말이 맞아요. 그게 내 문제였어요!」

거칠던 호흡이 한결 진정된 그녀가 말한다.

그는 아무 말 없이 그녀를 안아준다.

「그녀들은…… 내 친구였어요, 멋진 여성들이었죠. 우린 사람들을 치료하고 도와줬을 뿐인데 그 피에르 드 랑크르라는 비열한 판사가 고문을 해서 허위 자백을 받아내고 서로가 서로를 고발하게 만들었어요.」

「이제 그 진실은 알게 됐네요.」

「무의식의 문이 그 고통스러운 생의 기억으로부터 나

를 보호해 주고 있었어요. 불이 가로막아 그 비극을 내가 기억해 내지 못했던 거예요. 그때 실제로 어떤 일이 벌어졌었는지 알고 싶어요……. 참혹한 고통을 겪은 과거의 내게 무슨 일이 있었는지. 그래야만 스스로 피해자라는 느낌을 떨쳐 버릴 수 있을 것 같아요.」

「그 사건은 내가 좀 알아요. 문제의 왕은 앙리 4세고 교황은 바오로 5세였어요. 바스크 지방에서 있었던 마녀재판 얘기죠.」

「그런 일이 실제로 있었군요!」

「쥘 미슐레는 앙리 4세에 대해 — 결과적으로 실현되지는 못했지만 — 닭고기 요리[9]와 라바야크에 의한 암살 사실만 기록으로 남기고 싶어 했어요. 그래서 우리는 그에 대해 아무것도 아는 게 없죠. 그런데 사실 앙리 4세는 즉위하자마자 전쟁을 벌일 정도로 무척 호전적인 사람이었어요. 우리가 잘 모르는 사실인데, 그는 바스크 지방의 분리 움직임을 억누르기 위해 마녀재판을 지시했죠. 미슐레도 1862년 출간한 저서 『마녀』의 한 챕터를 이 사건에 할애했어요. 물론 그는 랑크르를 타락한 풍속과 악마의 추종자들과 싸우는 영웅으로 그리고 있죠.」

르네는 오팔이 감정을 추스를 시간을 주기 위해 테라스로 자리를 피한다. 그는 게브를 만나 근황을 물어볼 생

9 앙리 4세는 〈모든 사람이 일요일에는 닭고기 요리를 먹을 수 있게 하겠다〉라는 말을 한 것으로 유명하다.

각을 하고 시간을 확인한다. 그는 약속 시간까지 남은 시간 동안 오팔이 겪었던 일에 대한 자료를 찾아 정리하기 위해 노트북을 켜 인터넷을 검색한다. 먼 과거에서 끌어올린 이 사건에 관해 별도의 므네모스 꼭지를 만든다.

83
므네모스: 주가라무르디의 마녀들

이 비극적인 사건의 발단은 두 파벌의 토지 소유권 분쟁이었다. 아무, 우르투비의 두 영주는 자신들의 땅과 이웃한 토지를 빼앗으려다 여의치 않자 주술을 펼친다는 명목으로 그 땅 주인을 고소했다. 그런데 단순한 민사 재판으로 끝났을 이 사건에 앙리 4세가 피에르 드 랑크르라는 판사를 파견해 불에 기름을 붓고 말았다. 피에르 드 랑크르 판사는 동료들에게 〈미신을 믿는 신비주의자〉라는 평을 듣던 인물이었다.

판사는 이웃 간의 사소한 분쟁에 신학적인 의미를 부여하고, 바스크 지방의 독신 여성 중에 마녀가 있다는 의심을 품기 시작했다. 당시 바스크에 귀족과 성직자의 권위에 저항하는 자치 공동체들이 생겨난 것도 이 사건이 크게 비화되는 한 가지 이유가 되었다.

우연하게도 당시 바스크에는 〈라이라의 병〉이라는 전염병이 돌고 있었다. 랑크르 판사는 경련을 일으키고 짖는 소리를 내는 등 이상한 행동을 유발하는 이 병의 확산을 당연히 마녀들의 존재와 연관 지었다. 그는 마녀들에 대한 조치가 필요하다고 확신하게 되었다.

판사는 1609년 7월 2일부터 생장드뤼즈와 바욘, 사르, 캉보 지역을 돌며 순회 법정을 열었다. 주민들의 고발에 따라, 때로는 의혹을 품은 판사의 개인적 결정에 따라 사람들이 무작위로 체포되었는데, 대부분이 독신 여성들이었다.

재판은 전형적인 종교 재판의 수순을 따랐다. 악마의 낙인 찾기, 고문을 동원한 가혹한 심문, 판결, 감옥의 과밀 상황을 고려한 즉각 처형.

지역민들이 수차례 종교 재판관들에게 반기를 들고 무고한 사람들을 구하기 위한 노력을 펼쳤음에도 불구하고 이런 식의 재판은 스페인 바스크 지방에까지 확대되었다.

1610년까지 계속된 마녀재판을 통해 6백 명이 넘는 여성들이 주술을 펼쳤다는 이유로 화형에 처해졌다.

84

그녀가 몸을 일으키며 바닷물과 해풍에 끈적끈적해진 검은 머리를 쓸어 넘긴다. 아침 햇살이 퍼지기 시작한 하늘을 올려다본다.

누트는 네 명의 아이들이 곁에 있는지부터 확인한다. 사람들이 하나둘씩 몸을 일으켜 그녀와 똑같이 주위를 휘둘러본다.

아틀란티스인들은 반란과 질병, 태풍을 차례로 겪으면서 동포들을 하나둘 떠나보냈다. 마지막으로 배가 난파되었을 때 22명이 실종된 바람에 멤세트를 탈출한 174명의 생존자는 이제 144명으로 줄었다.

바람기가 거의 사라진 하늘이 유리알처럼 맑고 깨끗하다. 해변 풍경이 서서히 눈에 들어온다. 야자수는 눈을 씻고 봐도 보이지 않는다. 하얀 백사장 대신 자갈밭이 끝없이 펼쳐져 있고 멀리 깎아지른 듯한 절벽이 서 있다.

게브가 뒤통수에 와 닿는 시선을 느껴 재빨리 뒤를 돌

아본다. 작은 원숭이 같은 형상이 눈에 들어온다. 하나가 아니다. 수십, 수백 개의 실루엣이 나뭇가지에 앉아 그들을 지켜보고 있다. 동물 가죽을 몸에 걸치고 손에 물건을 하나씩 쥐고 있다.

이 황량한 땅에 서식하는 영장류임이 분명하다. 게브는 하멤프타섬 밖에서는 아무리 진화한 동물이라도 영역을 지키려는 본능 때문에 외부의 존재에게 공격성을 보인다고 했던 르네의 말을 떠올리면서, 경계를 늦추지 말아야겠다고 생각한다.

게브는 모닥불을 피워놓고 생존자들을 불러 모은다. 모두 몸이 마르고 한기가 가셨을 즈음 게브가 동포들 앞에 서서 힘찬 연설을 시작한다.

「여러분, 앞으로 우리는 새로운 환경에 적응해 나가고, 떠나오면서 잃어버린 것들을 여기에 다시 세워야만 합니다.」

아틀란티스인들은 바다에 표류할 때 만들었던 둥그런 원 모양으로 서로 밀착해 앉아 있다.

「아까 나무에 작은 원숭이들이 앉아 있는 걸 봤어요.」 한 사람이 게브에게 알려 준다.

「나도 봤어요. 우리 도시에서 보던 원숭이들과는 무척 다르더군요. 동물 가죽을 걸치고 막대기를 손에 들고 있었어요. 이를 드러낸 모습이 아주 공격적인 원숭이들도 더러 있었어요. 위험할지도 모르니까 다들 조심해요.」

말을 하는 동안 게브는 르네가 자신에게 접속해 오고 있음을 느낀다.

85

게브는 무리에서 떨어져 나와 바다로 뻗은 바위 곶 끄트머리에 앉아 있는 르네와 접속한다.

역사 교사는 모닥불 주변에 모여 앉은 아틀란티스인들을 흐뭇하게 바라본다.

「여기까지 무사히 와서 정말 다행이에요, 게브. 이제 모든 가능성이 열렸어요.」

「다 자네 덕분이네. 우리 144명의 생존자들은 자네에게 큰 빚을 졌어. 자네 이름을 우리말 소리에 따라 네에라고 발음하는 동포들이, 큰 배를 만들게 해 우리 역사의 흐름을 바꾸어 놓은 자네에게 보답하는 마음에서 그 배를 〈네에의 방주〉라고 부르자고 하더군.」

「과분한 영광이에요.」

그들은 임시 야영지 주변의 풍경을 둘러본다.

「이곳 동식물은 하멤프타와 많이 달라 보이는군.」

「내가 그럴 거라고 했잖아요. 내 말대로 항해를 했다

면 당신이 지금 와 있는 여기는 아프리카 북부, 우리 시대에 이집트로 불리는 땅이에요. 아틀란티스와는 당연히 서식하는 동식물이 다를 수밖에 없죠.」

이 말을 하는 순간 딱 손바닥만 한 고양이 한 마리가 아틀란티스인들이 있던 자리에서 킁킁거리며 냄새를 맡는 모습이 르네의 눈에 띈다.

저렇게 작은 고양이도 있나?

그가 의아하게 생각하며 주변을 찬찬히 다시 둘러본다. 그제야 미니 생태계가 눈에 들어온다. 생김새는 비슷하지만 키가 훨씬 작은 야자나무와 무화과나무, 앙증맞은 고양이, 믿기지 않을 만큼 작은 당나귀와 낙타, 영양 그리고 사자까지.

생명체들이 모두 미니어처 인형 같다.

「저기 〈저들〉도 있네.」 게브가 고갯짓으로 나무 위를 가리킨다.

동물 가죽을 걸친 소인들이 멀리서 두 사람을 예의 주시하고 있다. 이따금 위협적으로 창과 활을 휘두르기도 한다.

「갑자기 궁금해지는데, 당신 신체 치수가 어떻게 되죠?」

「신체 치수라니?」

「키가 얼마예요?」

「우리와 자네 세계는 시간을 계산하는 역법도 다르고

크기를 재는 단위도 달라 보이는데, 객관적인 방법이 뭐가 있을까…….」

르네가 고심 끝에 먼저 방법을 제안한다.

「돌고래가 어떨까요? 돌고래는 아틀란티스와 이집트에 다 있는 동물이잖아요. 아틀란티스에서 돌고래들이 배를 끌어 준다고 지난번에 당신이 얘기했잖아요.」

「그렇지, 여러 마리가 함께 헤엄을 치면서 배를 끌어 주지.」

「몇 마리가요?」

「아주 여러 마리가.」

「똑같이 생겼어요? 내 말은, 하멤프타의 돌고래와 여기 돌고래가 크기가 같은가요?」

「우리와 동행했던 아틀란티스의 돌고래들은 아프리카 해안이 가까워지자 돌아갔네. 여기선 아직 돌고래를 못 봤어. 하지만 비슷하게 생기지 않았을까?」

「좋아요. 내가 사는 시대, 내가 사는 나라의 사람들은 키가 대략 돌고래 한 마리 정도 돼요. 가령 내 키는 175센티미터인데, 대략 돌고래 한 마리에 해당하는 길이죠. 당신들은, 당신들 키는…… 돌고래 몇 마리쯤 되죠?」

게브가 눈을 휘둥그렇게 뜬다.

「자네 키가 돌고래 〈하나〉밖에 안 된다는 말인가! 어떻게 그렇게 작을 수가 있지?」

「내가 사는 세계에는 돌고래 〈하나〉 정도 크기의 인간이 80억 명 있어요. 여기서는 그게 보통 키죠. 그러는 당신은, 아틀란티스인의 평균 신장은 얼마나 되죠?」

「음…… 내 키는 돌고래 열일세.」

침묵.

「내가 잘못 들은 것 같아요.」

「돌고래 열. 내 키는 최소한 돌고래 열 마리는 될 걸세.」

「그렇다면 17미터라는 셈인데.」

「결국 우리 둘의 키는 열 배 차이가 난다는 뜻이군. 지금으로부터 1만 2천 년 뒤, 자네가 사는 시대에는 모든 게 작아졌다는 결론이 나와. 수명도 키도. 자넨 소인이었군.」

르네는 도저히 믿을 수 없다는 반응이다.

「당신 키가 17미터라고요!」

르네의 눈에 고양이와 당나귀, 낙타가 장난감처럼 작아 보인 것은 그가 게브의 눈으로 풍경을 바라보고 있었기 때문이다. 이 말은, 아틀란티스에서는 야자수든 고양이든 여기보다 10배 컸다는 것이다. 모든 것이 거대했다는 것이다.

아틀란티스인들의 수명이 현생 인류보다 10배 긴 것은 그러므로 당연한 귀결이다. 덩치가 큰 생명체들은 심장과 뇌도 더 크고 수명도 더 길 수밖에 없는 것이다.

「내가 당신의 세계를 다 이해했다고 생각한 건 착각이

었어요. 내가 본 건 빙산의 일각에 불과했다는 사실을 깨닫고 나니 더더욱 당신들의 문명을 부활시켜야겠다는 생각이 들어요.」

「우리가 새로운 환경에 적응하려면 반드시 자네 도움이 필요하네.」

「그건 나도 마찬가지예요. 아틀란티스와 노아, 아니 네에의 방주에 이어 또 하나의 전설을 역사적 사실로 만들어야 하는 임무가 나한테 있으니까요.」

「전설이라니, 무슨 말인가?」

「거인들 말이에요. 세계 각국의 신화는 대부분 현생 인류가 출현하기 이전 거인들이 살았었다고 기록하고 있죠. 그리스 신화에는 티탄이, 인도 신화에는 아수라가, 스칸디나비아 신화에는 요툰이 존재했다고 돼 있어요. 성경에도 네피림이라는 종족이 등장하죠.」

「미래의 자네가 무슨 얘기를 하고 있는지 나는 통 모르겠네.」

「아틀란티스와 대홍수, 거인처럼 우리가 신화라고 믿었던 것들이 실제 역사라는 사실을 알게 됐어요. 역사 교사인 나로서 이게 얼마나 대단한 발견인지 당신은 모를 거예요. 80억 동족들에게 소리쳐 알려 주고 싶은 내 심정을 당신이 어떻게 이해하겠어요.」

「자네 뜻대로 하면 되지 뭐가 문젠가?」

「구체적인 물증이 없잖아요. 지금으로선 내 증언이 전

부인걸요. 당신한테 들은 얘기를 사람들 앞에서 하면 내가 헛소리를 한다고, 미쳤다고 할 거예요. 몽상이고 환각이라고 할 거예요. 당신들의 존재를 증명할 수 있는 반박 불가능한 증거, 물적 증거가 없으면 안 돼요.」

두 남자는 자리를 옮겨 모닥불 주변에 세워진 야영지를 내려다본다. 아틀란티스인들이 벌써 나뭇가지를 끌어 모아 오두막을 세우기 시작했다.

「어떤 종류의 증거여야 하는지 예를 들어 보게.」

「가령…… 물건이죠. 시간에 저항할 수 있는 어떤 물건. 도저히 반박할 여지가 없는 것.」

「더 구체적으로 말한다면?」

그래, 찾았어.

「가령 사해의 문서 같은 거 말이죠.」

「자네 시대 얘기를 하면 내가 의미를 알기 힘들다는 걸 알아 줬으면 하네.」

「죄송해요. 내 말은 당신이 아틀란티스의 역사를 두루마리에 써서 후대에 기록으로 남기면 좋겠다는 뜻이에요. 최대한 상세히 기록해 누구도 부인할 수 없게 말이에요. 인명과 장소, 아틀란티스 역법상 날짜, 요리법, 유체 이탈 방법, 피라미드 건설 방식까지 다 기록하는 거죠. 64인 현자들의 의사 결정 체계, 그들의 이름, 멤세트의 도시 계획도 당연히 들어가야죠. 그림도 그리고 지도와 설계도, 도표, 뭐든지 다 넣는 거예요. 대홍수와 탈출의 여정도 당연히 빠트리면 안 되죠. 자세히 적을수록 신뢰도는 더 높아질 거예요. 기록을 마친 두루마리는 항아리 속에 넣어 동굴에 숨겨 놓아요. 그러면 1만 2천 년의 시간이 흐르고 나서 우리가 그걸 찾아내 감정을 통해 진위를 밝히면 돼요. 탄소 연대 측정법으로 문서의 작성 시기를 확인하는 거죠.」

「좋아, 문서를 두루마리로 말아 항아리에 넣으라고 했지, 그런 다음…… 어떤 동굴에 보관하지? 그 동굴은 어떻게 찾아야 하나?」

「우연히라도 사람들 눈에 띌 가능성이 없는 곳을 찾아내야죠. 앞으로 1만 2천 년 동안 발견될 가능성이 없는 동굴을. 찾고 나서는 동굴 입구를 큰 바위로 막아 사람들의 호기심으로부터 원천적으로 차단하는 거죠.」

「그 동굴을 자네 시대에 가서 과연 찾을 수 있을까?」

「그 문제는 내일 방법을 찾아볼게요. 당신은 일단 생존에 필요한 기본적인 문제들을 해결하면서 도시 건설에 집중해요. 그러고 나서 당신들의 문명을 기록한 문서를 만들어서 내가 알려 주는 장소에 갖다 놓으면 돼요.」

게브가 르네의 열띤 얼굴을 물끄러미 쳐다본다.

「알겠네, 자네 말대로 하지. 두루마리를 넣은 항아리에는 누트와 내 목걸이에 달린 돌고래 형상을 새겨 놓겠네. 그리고 한 가지 자네한테 알려 줄 게 있는데, 우리가 앞으로 세울 도시는 떠나온 아틀란티스 수도의 이름을 그대로 따서 멤세트라고 부를 생각이네.」

「새로운 이름을 붙이는 게 낫지 않을까요?」

「듣고 보니 그렇군. 멤세트가 우리말로 〈첫 번째 심장〉을 뜻하니까 새로운 도시는 〈두 번째 심장〉을 뜻하는 멤피스로 부르는 게 좋겠어.」

86

그가 눈을 번쩍 뜬다.

「거인들! 아틀란티스인들은 거인이었어요! 처음에는 키 차이를 몰랐는데 막 알게 됐어요. 그들은 17미터의 거인이에요.」

퇴행 최면에서 서서히 돌아오던 오팔이 미간을 찌푸린다. 르네가 급히 몸을 일으키더니 방금 알게 된 내용을 므네모스에 적고 난 뒤 상세한 설명을 덧붙인다.

「그쪽과 우리의 시공간은 열 배의 차이가 나요. 모든 것에 10이라는 숫자가 적용되죠. 그들은 우리보다 열 배 오래 살고, 키도 열 배 커요. 거인이에요, 거인! 아틀란티스인들은 거인이라고요!」

그는 확신을 얻으려는 듯 거인이라는 표현을 반복해 말한다.

「그걸 전에는 몰랐단 말이에요?」 그녀가 의아해하며 묻는다.

「몰랐어요. 똑같은 비율이었으니까. 야자수, 고양이, 새, 나비, 모두가 그들의 키에 맞춰 거대했으니까. 그들에 비하면 우리는…….」

작은 원숭이들이죠.

「……짧게 살다 가는 작은 인간들이겠죠.」

오팔이 믿기 힘들다는 표정으로 건선 부위를 긁는다.

「내 말이 안 믿겨요?」

「이 마당에 못 믿을 게 어디 있겠어요……. 아틀란티스인들이 천 살 넘게 장수하고 우리가 비행기를 타듯 유체 이탈을 한다는 걸 받아들인 판에 거인의 몸을 하고 있다는 상상을 못 할 이유는 없어요.」

르네는 흥분해 귓불까지 벌겋게 달아올라 있다.

거인들이야. 현생 인간종에 앞서 존재했던 거인종을 대표하는 사람과 내가 소통하고 있어.

「그건 그렇고, 그들은 이집트에 무사히 도착했어요?」

「그럼요. 게브와 나는 아틀란티스 문명의 기억을 보존할 계획도 세웠어요. 그들이 기록을 남기면 우리 시대에 그걸 찾아내기로요. 그들이 적당한 동굴을 찾아서 자신들이 존재했다는 증거를 남겨 놓으면 우리가 발굴해서 연대를 확인하기로 했어요.」

그녀가 후우 하고 크게 숨을 내쉰다.

「실제로 그렇게 된다면 당신은 지금 역사를 쓰는 중이에요.」

「그게 무슨 말이죠?」

「만약에 말이에요, 당신이 전생으로 돌아가지 않았다면, 게브에게 대홍수를 경고해 주지 않았다면, 큰 배를 만들어 탈출하게 하지 않았다면, 그리고 이집트로 오는 항로를 일러 주지 않았다면, 그들은 절대 여기에 오지 못했을 거예요.」

「그래서요?」

「그들은 이집트 문명의 시조일지도 몰라요. 이집트인들의 우주 생성론에 거인들이 등장하잖아요, 안 그래요?」

「나는 그냥 그들의 생존을 위해 최선이라고 생각하는 걸 그때그때 했을 뿐인걸요…….」

「당신은 그렇게 생각할지 몰라도 결국 당신은 해야 할 일을 했던 거예요. 이미 쓰여 있던 일을. 어쩌면 나 역시 당신을 만나려고 최면을 접하게 됐는지도 몰라요. 우리는 우리를 뛰어넘는 우주의 거대한 계획 속, 체스판 위의 말들에 불과할지도 모른다는 뜻이에요.」

「신비주의자가 다 됐군요, 에체고옌 씨?」

「그런 게 아니에요. 내가 규칙을 알지 못하는 게임 속에 들어와 있다는 사실을 의식하게 된 것뿐이에요. 〈운명〉이나 〈신〉 같은 개념을 쓰는 게 아니라, 우리가 이미 쓰여 있는지도 모르는 역사에 참여하고 있다는 생각을 해보는 거죠. 카드는 이미 다 놓여 있어요. 우리는 144명의 아틀란티스 거인들을 구했고, 그들은 이집트 땅에 정착을 시작했으니까.」

누가 들을까 걱정하는 사람처럼 그녀가 라디오를 크게 틀어 놓는다. 현지 가수의 노랫소리가 밖에서 들리는 자동차 경적 소리를 덮으며 호텔 방에 울려 퍼진다.

「만약 그렇다면, 이미 모든 게 쓰여 있다면, 내가 결정할 수 있는 게 아무것도 없다는 얘긴데…….」

「나도 그게 알고 싶어요. 어찌 됐든 결정은 우리가 내리고, 선택도 우리에게 달린 것 같아 보여서 말이에요.」

그녀가 창문으로 머리를 쑥 빼서 아직 가로등 몇 개가 켜져 있는 해변을 내려다본다. 탱크 한 대가 호텔 소유의 해변 입구에 서 있고, 이집트 군인 셋이 카드놀이를 하고 있다.

「어쨌든 당신은 결정적인 발견을 했어요. 그건 이미 부인할 수 없는 사실이에요. 당신으로 인해 우리 둘은 지금으로부터 1만 2천 년 전, 키가 17미터에 이르고 수명이 1천 년이 넘는 거인들이 대서양 한가운데 섬에 살았었다는 걸 알게 됐으니까. 그 새로운 사실이 밝혀진 건 순전히 당신의 공로예요.」

「당신은 내 얘기를 믿는다는 뜻이군요.」

「물론이에요. 그렇지 않다면 여기 왔을 리가 없죠. 하지만 달라지는 건 없어요. 당신은 나를 제외하고 아직 아무도 설득하지 못했으니까. 증명되지 않는 건 존재하지 않아요.」

그녀를 덥석 끌어안고 싶지만 르네는 거부당할까 두려워 차마 팔을 뻗지 못한다. 아쉬운 마음을 달래려는 듯 그의 오른쪽 눈이 씰룩씰룩한다. 이번에도 그녀가 은근한 윙크로 화답한다.

이미 쓰여 있는 내 삶의 시나리오를 읽어 보고 싶어. 과연 우리 사이에 어떤 일이 벌어질지 궁금해. 그녀에게 몸을 밀착시키고, 키스해 보고 싶어. 하지만 그녀는 왠지 내 손에 닿지 않을 것 같아.

그들은 같은 방 다른 침대에서 따로 잠을 청한다.

「잘 자요, 르네.」

「잘 자요, 오팔.」

발견의 흥분과 성적 욕망으로 르네는 쉬이 잠을 이루지 못한다.

모르페우스의 품에 안기지 못한 그는 아틀란티스인들을 찾아갈 생각을 하다가 멤피스 건설에 눈코 뜰 새 없을 게브를 귀찮게 할 것 같아 마음을 접는다. 그는 불면의 밤을 보내다 문득 다른 전생의 문을 열어 보고 싶어진다.

열 개의 계단. 무의식의 문. 111개의 문이 있는 복도.

그는 소원을 빈다. 〈여자들을 잘 유혹했던 생에 가보고 싶다.〉

72번 문 위의 빨간 램프가 깜빡거린다.

87

가늘고 섬세한 손이 내려다보인다. 길게 기른 손톱에는 칠이 돼 있고 팔목에는 알록달록한 팔찌들이 채워져 있다. 손가락마다 보석 반지들이 빼곡히 끼워져 있다. 그의 몸에는 온통 보석과 장신구가 걸쳐져 있다.

여성이거나 무척 여성스러운 사람인 게 분명해…….

그는 확실히 알기 위해 몸의 감각에 정신을 집중한다. 옷이 조이고 있는 가슴의 존재가 느껴진다.

이상해, 소원을 잘못 빈 게 분명해. 여자로 살았던 생이 아니라 여자들의 마음을 쉽게 얻었던 생에 와보고 싶었는데.

주변의 다른 여자들이 눈에 들어온다. 하나같이 흠모의 눈길을 보내고 있다. 그녀들 앞으로 인도 전통 의상을 입고 머리에 터번을 두른 남자가 등장한다. 가는 콧수염을 기른 구릿빛 피부의 남자가 걸친 실크 옷에서 고급스러운 광택이 난다. 그가 걸음을 옮길 때마다 인도식 정장 차림의 사람들이 환히 웃으며 꽃잎을 뿌려 준다.

르네는 주변 풍경을 둘러보고 나서 확신을 얻는다.

여긴 인도야. 나는 결혼식을 치르는 중이고.

사람들이 그를 화려한 장식의 의자에 앉히더니 꽃목걸이를 걸어 준다. 정혼자가 그를 쳐다보면서, 중요한 순간에 진지한 남자들이 예외 없이 짓는 애매하고 부자연스러운 표정을 짓는다.

그의 옆에 미모의 인도 여성이 한 명 더 있다. 그녀가 르네에게 그윽한 눈길을 보내 온다. 르네는 그제야 자신이 이 몸속에 들어오게 된 이유를 깨닫는다.

내가 들어와 있는 여성은 지금 남자와 결혼식을 올리고 있지만 옆에 있는 이 젊은 여성과 잠자리를 같이한 사이야. 내 전생은 여자들의 마음을 얻는 재주가 있는 양성애자였던 거야.

한 무리의 악사들이 시타르, 류트, 피리, 북 같은 악기들을 가지고 흥겨운 곡을 연주하기 시작한다.

전생의 내가 무척 지루해 보이는 지금이 다가갈 수 있는 가장 좋은 기회인 것 같아.

「저기, 안녕하세요.」

소스라치는 반응.

「지금 나한테 누가 얘기를 하는 거죠?」

「내 이름은 르네 톨레다노, 당신의 미래 환생 중 하나예요. 유혹 전문가에게 도움을 구하고 싶어 당신한테 오게 됐어요. 잠깐 귀찮게 해도 될까요?」

허공을 바라보고 있던 그녀가 고개만 까닥한다.

르네의 영혼이 그녀의 몸을 빠져나와 그녀를 마주 보고 선다. 그제야 그녀의 화려한 웨딩드레스와 이마 한가운데 찍힌 세 번째 눈, 그리고 귀와 코에 걸려 있는 고리들이 보인다. 머리에는 금실과 화려한 보석 장신구가 달려 있다.

그가 눈앞에 나타나는 순간 그녀는 몸을 소스라뜨리지만 상황이 상황이니만큼 소리를 지르거나 몸을 일으키지는 않는다.

「이름이 어떻게 돼요?」 르네가 묻는다.

「샨티. 내 이름을 묻는 당신은 어떤 사람이죠? 내 환생이라고 했는데, 어디에 살아요?」

「프랑스, 지금으로부터 3백 년도 더 흐른 미래에서 살고 있어요. 샨티, 당신은 어느 도시에서, 몇 년도를 살고 있죠?」

「여기는 바라나시예요. 프랑스인들이 사용하는 서양 역법으로 계산하면 아마…… 1661년이 될 거예요.」

「그렇군요. 이제, 단도직입적으로 말할게요. 내가 찾아온 건 당신이 나를 도와줄 적임자인 것 같아서 조언을 구하기 위해서예요.」

「미래의 나에게 도움이 될 수 있다면 당연히 도와야죠.」

르네는 상대가 환생 자체를 기괴한 발상으로 여기지 않는 인도인이기 때문에 영혼 간의 대화가 쉽게 풀리리라는 기대를 건다.

음악과 춤이 어우러진 공연이 끝없이 이어지는 동안 르네는 그녀에게 간결하고도 구체적으로 연애 고민을 털어놓는다. 연정을 느끼지만 차마 고백하지 못하고 있는 오팔에 대해 이야기해 준다.

「당신이 여자를 두려워하는 게 가장 큰 문제인 것 같아요……. 그 문제부터 극복해야 할 것 같군요. 당신 어머니나, 실패한 연애 경험이 그 공포와 연관이 있을 거예요.」

그녀는 르네가 연애에서 느낀 실망감이 연애 자체에 대한 공포로 이어졌다고 말하는 것이다. 따져 보면 지금까지 그가 만난 전생들 중에 멋진 로맨스를 경험하게 해 준 사람은 아무도 없었다. 피룬과 이폴리트는 물론이고 제노도 잠깐 한 여인에게 야릇한 감정을 느낀 게 전부이며 더 이상의 발전은 없었다.

샨티의 영혼이 르네의 영혼에게 차분한 목소리로 사랑의 방정식을 설명해 준다. 여자들이 어떤 생각을 하는지, 남자에게 기대하는 게 뭔지. 대체로 어떤 욕망과 성적 판타지를 가졌는지, 어떤 상상을 하는지.

남녀 관계의 기본을 설명한 그녀는 분화구 위로 용암이 치솟듯 척추를 타고 오르는 쿤달리니[10]에 대해 알려

10 산스크리트어로 〈똘똘 감겨진 것〉이라는 뜻이며, 인간에게 내재된 에너지를 의미한다.

준다. 카마수트라를 인용하면서 상대방의 눈과 귀와 콧구멍, 입과 피부의 감각을 일깨운 상태에서 입술과 혀의 결합, 마지막으로 영혼의 접속을 이루어 내는 방법을 설명해 준다.

마치 학교 수업을 듣는 기분이다.

내 전생들은 모두가 자기 분야의 전문가야. 자신이 가진 현생의 지식이 전부인 줄 알고 살아가는 다른 사람들이 안타까워.

르네는 자신이 사랑의 관계학에 무지했다는 것을, 그동안 연애가 번번이 실패했던 이유는 심리적 억압과 공포 때문이었다는 것을 깨닫는다. 솔직히 그는 육체관계를 가지는 동안 상대가 무슨 생각을 하는지 궁금해하지 않았고, 자신이 그 행위에서 느끼는 감정조차 고민해 보지 않았다. 상대방이 자신과 자겠다고 하는 순간 게임이 끝났다고 판단했다. 육체의 만족만을 중시했기 때문이다.

그런데 샨티는 정반대를, 육체적 관계는 종착점이 아닌 출발점이라는 이야기를 해주었다.

자신의 결혼식 축하연에서 샨티는 르네에게 이렇게 연애와 성(性)에 대한 가르침을 주었다.

딸을 사위에게 데려다주기 위해 아버지가 다가오자 샨티가 그에게 작별 인사를 건넨다.

「3백 년 뒤의 세상에 대해 미처 물어보지 못했네요. 호기심이 부족한 내 모습이 부끄럽게 느껴져요.」

「당신들은 오랜 전통을 지닌 정교하고 세련된 문화를

가지고 있어요. 그걸 바꾸려는 자들을 흡수해 버릴 만큼요. 이 결혼과…… 당신만의 쾌락의 향유에 행운이 따르기를 빌어요.」

그는 계단을 거슬러 올라와 시간을 확인하면서 생각보다 오래 샨티의 결혼식에 머물렀음을 알게 된다.

샨티에게 남녀 관계의 법칙을 배우고 나니 서른두 살을 먹도록 자신이 얼마나 무지했는지 깨닫게 된다.

그는 만남의 흥분을 간직한 채 잠든 오팔을 내려다보면서 사랑의 감정을 촉발할 방법을 어렴풋이 알 것 같다는 생각을 한다. 그는 샨티의 말을 떠올린다.

당신이 그녀를 선택한 게 아니라 그녀가 당신을 선택했다는 인상을 주도록 해요. 그녀가 당신에게 오게 만들어요. 당신 스스로를 범접하기 힘든 욕망의 대상으로 여겨요. 그녀를 바라보는 기준을 똑같이 당신에게도 적용하는 거죠. 당신 자신을 다가가기 힘든 여자라고 생각해 봐요…….

샨티 같은 미인에게야 쉽겠지만 소심하고 서투른 자신은 다르다는 생각이 들자 씁쓸한 기분이 든다.

오팔의 머리맡을 떠나지 못하던 르네는 어차피 잠을 자긴 틀렸다고 생각해 노트북을 켠다. 마르사 마트루흐 인근에 높이가 17미터가 넘는 동굴이 있는지 찾아본다.

내일 멤피스 건설을 시작한 아틀란티스인들을 찾아가 두루마리 문서를 숨겨 놓을 동굴의 위치를 알려 줄 생각이다.

88
므네모스: 사해 문서

1947년, 사해에서 북동쪽으로 2킬로미터 떨어진 요르단의 쿰란이라는 마을에 사는 모하메드 에드디브라는 목동 청년이 길을 잃은 양을 찾아 나섰다가 우연히 동굴 하나를 발견한다.

그 안에는 2천 년도 훨씬 전에 쓰인 양피지 두루마리들이 아마 천에 싸여 항아리에 들어 있었다.

970개에 이르는 문서들은 주로 히브리어로 쓰여 있었고, 드물게는 아람어와 그리스어로 적힌 것들도 있었다. 이 두루마리들은 에세네파(派)의 존재를 증명해 준다. 당시 정통 유대교에서 떨어져 나와 독자적인 분파를 이루었던 이 유대 공동체는 시대를 앞서 독신주의와 채식주의, 생태주의의 가치를 추구했다.

쿰란에서 발견된 문서들에는 거인들의 책도 포함돼 있었다.

이 책에는 거인들이 그들이 살던 도시가 순식간에 완

전히 파괴되는 비극을 겪었다고 적혀 있다. 극소수의 거인들만이 이 재난에서 살아남았는데, 그중 한 명이 『에녹서』의 주인공이 된 에녹이다. 『에녹서』에는 그가 이렇게 묘사돼 있다.

거인 에녹은 인간들에게 글과 지식과 지혜를 가르쳐 주었다. 그는 달의 순서에 따라 하늘의 기호를 읽어 1년의 계절을 아는 방법을 가르쳐 주었다. 그는 인간의 자손들을 위한 최초의 기록을 남겼다.

89

「찾은 것 같아요.」 오팔이 흥분한 목소리로 말한다.

두 프랑스인이 새벽 어스름 속에 벌써 바다가 내려다보이는 테라스에 나와 앉아 있다. 르네는 자신의 노트북을, 오팔은 호텔에서 빌린 컴퓨터를 확장 케이블에 연결해 쓰고 있다. 그들은 적당한 동굴을 찾기 위해 인터넷으로 주변 지도를 검색 중이다.

오팔이 현재 역사 박물관이 된 로멜 동굴을 가리킨다. 이곳은 제2차 세계 대전 동안 독일군이 엘 알라메인 전투를 준비하며 은신해 있던 장소다.

르네가 상세한 정보를 찾아보고 나서 말한다.

「여긴 두 가지 이유 때문에 안 돼요. 우선, 박물관으로 사용되고 있기 때문에 통로가 너무 많아요. 둘째, 아틀란티스인이 들어갈 수 있으려면 높이가 최소한 20미터는 돼야 해요.」

오팔은 마르사 마트루흐 인근에는 두 조건에 부합하

는 동굴이 없다고 판단하고 검색 반경을 20킬로미터에서 1백 킬로미터, 3백 킬로미터까지 확대해 나간다.

「여기 괜찮아 보이는데요. 지금 우리가 있는 곳에서 더 남쪽으로 가면 리비아 국경에 시와 오아시스라는 곳이 나와요. 동굴이 많은 석회 산에 둘러싸여 있다는 군요.」

그가 그녀의 어깨 너머로 정보를 확인한다.

「안성맞춤으로 보이네요. 여기서부터 거리가 얼마나 되죠?」

「307킬로미터. 마르사 마트루흐와 시와를 잇는 직통 도로가 최근에 개설됐대요.」

르네는 시와 오아시스가 사막 한가운데 침식 분지에 있는 베르베르족 문화권이라는 사실을 확인한다. 오팔이 설명을 덧붙인다.

「사막 한가운데 오아시스인데도 아주 옛날부터 사람의 왕래가 잦았나 봐요. 이집트 남부를 초토화한 페르시아 왕 캄비세스 2세가 기원전 500년에 여기서 불가사의하게 실종되기도 했대요. 신탁을 내리는 아몬 신전이 세워졌던 곳인데, 기원전 331년 신탁이 자신을 아몬 신의 후손이라고 말한 것을 근거로 알렉산드로스 대왕이 스스로를 새로운 파라오라고 칭했다죠. 훗날 이곳에는 베르베르인들이 들어와 살았어요. 시와 오아시스는 다양한 민족들이 만나는 교차로이자 상아와 향료, 금, 이국적인 동물을 거래하는 무역상들이 지나다니는 상업의 중심지가 됐죠. 708년, 베르베르인들이 이슬람계 아랍인들의 침략을 가까스로 막아 낸 뒤로 12세기까지 시와 오아시스는 외세에 둘러싸인 채 섬처럼 고립돼 있었어요. 1792년에야 유럽인으로서는 최초로 영국 출신 탐험가가 이곳에 발을 디디게 돼요. 그 뒤로도 한참이 지난 최근에 와서야 관광 개발이 시작됐어요. 전기가 들어온 것도 1987년부터라는군요.」

「여기에 항아리를 숨길 만한 산이 있다는 거예요?」

「네. 고도도 꽤 높고 동굴들이 서로 연결돼 있는 산이에요. 참 재밌는 게, 이름이 〈죽음의 산〉이에요. 물론 미신을 믿어선 안 되지만.」

「좋아요. 정확한 위치가 어디예요?」

그녀가 인터넷 페이지를 그에게 보여 준다.

「아, 여긴 안 돼요. 이집트인들의 무덤이 발굴돼 이미 유명한 관광지가 된 곳이에요. 그다지 안전하지 않아요.」

르네가 잠시 후에 다시 묻는다.

「다른 산은 적당한 게 없어요?」

그녀가 스크린을 들여다보며 대답한다.

「여긴 어떨까요. 당신이 말한 조건에 더 부합하는 것 같아요. 죽음의 산보다 높고 골이 더 깊은 〈백산(白山)〉이라는 곳이에요. 동굴도 세 개나 있네요. 관광 안내 책자에 전갈과 뱀이 우글거리는 밝은색의 바위산이라고만 소개돼 있지 특별히 흥미로운 곳이라는 언급이 없어요.」

「완벽하네요. 자, 허비할 시간이 없어요, 빨리 가봅시다. 오늘 저녁에 시와에 있는 호텔에 여장을 풀고 내일 그곳을 직접 답사한 뒤에, 퇴행 최면을 해서 게브한테 위치를 알려 줘야겠어요.」

그들은 서둘러 짐을 싸고 숙박비를 계산한 다음 호텔을 나선다. 마르사 마트루흐 시내의 렌터카 업체에서 사륜구동차를 빌려 휘발유를 꽉 채운 다음, 석유통 하나에 기름을 더 사서 굴착용 장비와 함께 트렁크에 싣고 길을 떠난다.

그들은 남쪽을 향해 차를 몬다.

차창 밖으로 도시 외곽의 건물들이 사라지고 허름한 농가들이 나타나기 시작한다. 사막이 눈앞에 펼쳐진다.

매끈한 황토색 모래 언덕들이 지평선 끝까지 망망히 이어진다. 국도의 잿빛 아스팔트만이 사람의 존재를 짐작하게 해줄 뿐이다. 차량 통행이 뜸한 도로를 가끔 관광객을 태운 버스와 군용 트럭이 지나간다. 짐수레를 끌고 땡볕을 걸어가는 수박 장사 말고는 사람을 마주칠 일이 거의 없다.

이따금 아랍어로 쓰인 광고판과 낙타 출현을 조심하라는 도로 표지판이 나타나 그들의 무료함을 달래 준다. 르네와 오팔은 졸음을 쫓기 위해 에어컨을 세게 켜고 비발디의 「사계」 중 〈여름〉을 틀어놓는다. 햇빛에 달구어진 아스팔트 위로 아지랑이가 피어오르고 있다.

희부연 띠를 두른 지평선이 엿가락처럼 늘어나 그들을 빨아들일 듯이 보인다.

90

아틀란티스인들은 새 도시 건설에 박차를 가하고 있다.

그들은 영구적인 석조 주택을 지을 때까지 임시로 기거할 오두막을 짓는 중이다. 아틀란티스인들의 멤피스는 수천 년 뒤 건설될 똑같은 이름의 도시보다 더 북서쪽에 자리 잡고 있다.

144명의 생존자들은 미지의 대륙에 조금씩 적응해 가고 있다. 그들은 가장 소중한 것을 잃었다는 상실감과 물속으로 가라앉은 섬에서 도망쳐 살아남았다는 안도감을 동시에 느끼며 살아간다.

아틀란티스인들 사이에 사소한 이유로 자주 다툼이 벌어진다. 하루는 지붕을 잇기 전에 들보를 얹는 작업을 하던 게브가 동포 둘이 대수롭지 않은 일로 거친 언쟁을 벌이는 소리를 듣게 된다. 그들의 대화를 엿듣다 심사가 복잡해진 게브는 다른 장소에서 집을 짓고 있는 누트를 찾아간다. 그녀가 가슴이 드러나는 원피스 대신 몸을 마음대로 움직일 수 있는 소박한 튜닉 차림으로 게브를 맞는다. 아틀란티스 시절처럼 정교한 머리치장을 하지도 않았다.

「우리가 점점 네에의 동시대인들을 닮아 가요. 별것 아닌 일에 발끈하고 수시로 날 선 말을 내뱉고 있어요.」

「모든 일에는 양면이 있죠. 우린 섬을 잃은 대신 돛을 발견했어요. 물고기를 먹은 덕분에 항해를 견딜 수 있었죠. 바퀴를 발견하니까 노동이 따라왔고, 기술의 발전은 소유욕을 불렀어요.」

「이제 뭐가 올 차례일까요? 돈? 결혼? 통치자? 경찰? 재판? 감옥? 고문? 네에가 얘기했던 그 낯설고 이상한 개념들을 우리도 경험하게 되는 걸까요?」

「하멤프타는 일체의 악으로부터 보호된 진공 상태의 성역이었어요. 우리가 그때 누렸던 정신적 평온이 여기 와서 사라진 건 어떻게 보면 당연한 일이에요.」

「그래서 더더욱 우리 속을 흐르는 루아흐에 귀를 기울여야 해요.」

이마의 땀을 훔치던 누트가 갑자기 목소리를 낮춰 게브에게 말한다.

「저기 봤어요?」

「뭘요?」

「동물 가죽을 걸친 작은 원숭이들 말이에요. 아직도

저기 있어요. 갈수록 수가 늘어나는 것 같아요.」

「난 오늘은 못 봤는데.」

「슬쩍 오른쪽을 봐요. 해변의 곶에 한 무리가 와 있어요.」

게브가 천천히 고개를 돌린다. 누트의 말대로 야자수들 뒤에 몸을 숨기고 자신들을 염탐하는 것 같은 원숭이들의 실루엣이 눈에 들어온다. 회색과 갈색 옷을 걸치고 있다.

「원숭이가 아니라 원시 소인들이에요. 미래에 살게 될 소인들의 조상들이죠. 네에의 조상 말이에요.」

「무슨 근거로 그렇게 말하죠?」

「옷을 입고 있잖아요. 그리고 자세히 보면 무기가 틀림없어 보이는 뾰족한 물건들을 들고 있어요. 네에한테 듣기로는 그 시대 사람들은 전쟁이라는 걸 한다는군요. 이웃의 땅을 차지하거나 부를 도둑질하기 위해 사람들이 무리를 지어 싸우면서 서로 죽이고 죽는대요.」

「또 하나의 인류 계통이군요! 그렇다면 어떻게 당신이 네에의 전생이 될 수 있는 거죠?」

「영혼은 생명체 속을 자유롭게 흐르는 거예요. 반드시 크기가 비슷한 몸으로 육화될 필요도, 같은 계통에 속하는 인간의 몸으로 육화될 필요도 없어요. 저들은 인간의 몸으로 태어나기 이전에 동물의 몸속에 존재했을 수도 있어요. 가끔은 나도 돌고래이지 않았나 하는 생각을 하게 될 때가 있는걸요.」

그녀는 풀로 몸을 가리고 자신들에게 접근해 오는 원시 소인 한 명을 가리키며 게브에게 묻는다.

「저들이 왜 우리 동태를 살피는 걸까요?」

「우리 주거 형태에 호기심을 느끼기 때문일 거예요. 아직 나무 위나 동굴에 살고 있을 테니까.」

「궁금하면 왜 우리와 소통을 시도하지는 않죠?」

「우리에게 공포를 느끼니까요. 당신 같으면 생김새가 아무리 비슷해도 덩치가 훨씬 크면 본능적으로 공포감을 느끼지 않겠어요?」

「난 도리어 저들이 무서운걸요.」

「그건 도시가 파괴되고 나서 우리가 전에는 몰랐던 부정적인 감정들을 발견하게 됐기 때문이에요. 하지만 그런 감정들에 휘둘리면 안 돼요. 그러다간 우리도 항시적 두려움에 사로잡혀 결국 전쟁을 하게 될 테니까요. 절대 마음의 평정을 잃으면 안 돼요, 그게 우리의 최대 강점이잖아요. 하늘이 무너질 일은 없어요. 우리한테 벌어지는 일은 모두 우리를 위한 거예요.」

누트는 확신이 서지 않는 듯 고개를 젓는다.

「만에 하나 저들이 우리를 공격해 오면 어쩌죠?」

91

저녁 7시경 도착한 시와 오아시스는 아직 어둠이 깔리기 전이다. 거리에는 야자수와 뜨문뜨문 서 있는 가로등, 폐차 직전의 자동차 몇 대와 자전거들, 노새가 끄는 짐수레들만 눈에 띌 뿐 인적이 드물다.

대신 구역별 경비를 맡은 군용 트럭들이 줄지어 서 있다. 한 군인이 그들을 향해 제복을 입은 자신들이 지키고 있으니 관광객들은 안전을 걱정할 필요가 없다는 뜻으로 친근한 몸짓을 해 보인다.

르네와 오팔은 차를 주차하고 나서 불법 노점상들과 큰 소리로 그들을 불러 세우는 걸인들 사이를 뚫고 외관이 제일 괜찮아 보이는 호텔을 찾아 들어간다. 그들이 숙소로 정한 〈시와 로지〉는 암염과 진흙을 섞어 만든 돌로 벽을 쌓아 지은 연한 황토색 건물이다. 여기서도 테라스로 나가면 야자나무숲이 내려다보인다. 얼굴로 달려드는 모기 떼를 손으로 쫓으면서 보니 침대 위에 모기장이 드리워져 있다. 천장에 에어컨 대용으로 설치된 커다란 선풍기가 우악스러운 소리를 내며 돌아가고 있다.

두 사람은 다시 밖으로 나와 차를 타고 백산으로 향한다. 멀리서 보이는 암석 봉우리가 마치 서부 영화 속 협곡 위로 솟아 있는 준봉을 연상시킨다. 경사가 급한 산비탈에는 비바람에 깎인 작은 동굴들이 무수히 매달려 있다. 그들은 가파른 길을 따라 산 중턱에 도착한다. 회중전등을 들고 한참 동안 여러 개의 동굴에 들어가 보고 나서야 마음에 드는 동굴 하나를 찾아낸다. 큰 동굴들 사이에 있는 듯 없는 듯 끼어 있는 이 동굴의 입구는 풀이 무성하게 자란 커다란 바위로 가려져 있다.

바로 여기야.

「닭이 먼저일까요, 달걀이 먼저일까요.」 동굴 입구가 바위 뚜껑으로 덮여 있는 게 신기한 오팔이 철학자 같은 소리를 하며 르네를 쳐다본다. 「뭐가 먼저였을까요? 우리의 행동 때문에 이 동굴 입구가 막히게 되는 걸까요, 아니면 이미 막혀 있어서 우리가 게브를 위해 이곳을 선택하게 되는 걸까요?」

「어쨌든 우리가 찾던 완벽한 동굴인 건 분명해요.」

그들은 사진을 찍고 GPS상의 위도와 경도를 찾아 정확한 위치를 적어 놓는다.

밤이 되어 호텔로 돌아온 그들은 방에서 밥과 면, 렌틸콩 위에 매콤한 소스를 끼얹은 코샤리를 저녁으로 시켜

먹는다. 식사를 마친 르네는 전날과 똑같은 밤 23시 23분에 게브와의 만남을 위해 눈을 감는다.

92

「좋은 밤이군, 네에.」

「좋은 아침이에요, 게브. 정착촌 건설은 어떻게 진행되고 있어요?」

게브가 르네에게 다 지어진 열 채가량의 집을 구경시켜 준다. 둥글게 모여 서 있는 집들 한가운데 나무로 아담하게 세운 피라미드가 보인다.

「항아리를 숨길 장소를 찾았어요. 백산이라는 곳에 있는 동굴인데, 멤피스에서 너무 멀어서 문제예요.」

「거리가 얼마나 되나?」

「수천 돌고래는 돼요. 우리 시대에는 여기서 거기까지 가는 길이 온통 사막이지만, 당신 시대에는 식물들이 자라고 있을 거예요.」

「어쨌든 최선을 다해 보겠네. 충분히 그럴 만한 가치가 있는 일이니까. 대홍수에서 죽었을 내게 지금 주어진 삶은 어차피 덤이라고 생각하네, 그렇지 않은가?」

르네는 게브에게 유체 이탈을 통해 동굴의 정확한 위치를 알려 주겠다고 제안한다.

93
므네모스: 판도라의 상자 (계속)

판도라의 상자 신화는 앞부분에서 소개한 이야기에서 끝나지 않는다.

판도라가 호기심을 이기지 못하고 그 〈판도라의 상자〉 항아리를 열자 질병과 노화, 전쟁 등 인류의 모든 문제가 밖으로 튀어나왔다. 시간이 흘러 판도라는 에피메테우스와의 사이에 딸을 하나 낳아 피라라는 이름을 붙였다.

거인 이아페토스와 클리메네 사이에서 난 에피메테우스와 프로메테우스 형제는 물론 판도라 역시 티탄족이었으니, 에피메테우스와 판도라 사이에서 태어난 딸 피라도 당연히 거인이었다. 피라는 프로메테우스의 아들인 데우칼리온과 결혼했다.

이번에도 인간을 향한 분노가 폭발한 제우스가 포세이돈을 시켜 인류를 절멸시킬 대홍수를 일으키게 했다.

이 재난에서 살아남은 사람은 대홍수를 미리 알고 바닷물이 지구를 뒤덮기 직전에 파르나스 산으로 몸을 피한 피라와 데우칼리온 둘 뿐이었다.

피라와 데우칼리온은 이때부터 자갈을 모아 뒤로 던지며 사람을 만들기 시작했다. 피라가 뒤로 던진 돌은 여자의 형상으로, 데우칼리온이 던진 돌은 남자의 형상으로 변했다. 세상은 이전처럼 다시 인간으로 가득 차게 되었다.

그리스어로 〈라오스〉는 돌을 뜻하기도 하고 사람을 뜻하기도 한다.

이 단어 속에 이미 피라와 데우칼리온이 세상을 돌아다니면서 돌을 던져 인간을 창조했다는 이야기가 상징적으로 들어 있는지도 모른다. 어쨌든 판도라의 딸 피라와 프로메테우스의 아들 데우칼리온이 지나가는 길마다 사람의 무리가 형성됐다고 그리스 신화는 전하고 있다.

94

게브가 눈을 뜨면서 숨을 깊이 들이쉰다. 그는 명상에서 빠져나올 때마다 꿈을 꾼 듯한 느낌이 남아 있어 몸을 더듬어 육신의 물리적 존재를 확인하곤 한다. 누트가 이번에도 궁금한 표정을 지으며 다가와 그를 빤히 쳐다본다.

「됐어요. 항아리를 숨길 곳을 네에가 일러 줬어요. 여기서 남쪽으로 며칠 가야 하는 곳이에요.」

「항아리를 들고 사막을 지나가야 한다는 말이잖아요?」

「당신 하나, 나 하나 이렇게 두 개만 가지고 떠나야 해요. 그래야 줄을 매 항아리를 등에 지고 걸을 수 있으니까.」

「기록은 하기 시작했어요?」

「물론이에요. 그런데 시간이 꽤 걸릴 것 같아요.」

누트가 그에게 몸을 바싹 다가붙이며 다정히 속삭

인다.

「속도를 높일 수 있게 나도 곁에서 거들게요.」

「그러면 좋죠.」

게브가 멀리서 여전히 그들을 주시하고 있는 소인들을 걱정스러운 눈으로 바라본다.

「수가 점점 늘어나고 있어요.」

이 말을 하는 순간 최근에 와서야 알게 된 감정이 게브에게 일어난다. 미지의 위협을 향한 공포. 정작 필요할 때는 존재조차 하지 않았던 두려움이 이제 그를 떠나지 않는다. 게브가 의지할 대상은 자기 자신과, 자신에게 길을 안내해 주는 미래의 자신뿐이다.

그는 오두막의 개구부를 통해 바깥에 있는 동족들을 내다본다. 그들의 얼굴에서도 수를 늘리며 거리를 좁혀 오는 원주민들에 대한 공포가 읽힌다.

95

모기 물린 자리가 가려운 것 말고는 숙면을 취한 덕에 몸이 개운하다. 먼저 눈을 뜬 르네가 잠든 오팔을 바라본다.

당신은 어쩌다 내 인생에 들어오게 됐나요? 당신은 대체 누구죠? 벌써 여러 날을 함께 지냈지만, 당신이 그동안 살아온 얘기를 내게 들려주고 어린 시절의 상처를 고백했지만, 당신을 억압하고 있던 전생의 비밀을 함께 발견했지만, 나는 여전히 당신을 잘 알지 못해요. 내 눈에 당신은 아버지의 자유분방함과 어머니의 뾰족함을 묘하게 버무려 놓은 사람 같아요. 두 창조자의 에너지를 고스란히 몸속에 간직하고 있기에 당신은 누군가를 만나 커플을 이루는 일에 나 못지않게 회의를 느끼죠. 그게 희망의 원천이자 환멸의 씨앗이라는 것을 알기 때문에. 그래도 완전히 기대를 접지는 말아요. 내가 당신에게 기대하고 있거든요. 내가 당신에게서 아름다운 에너지를 느끼고 있거든요.

그녀가 잠이 깼는지 몸을 뒤척인다. 그녀의 행동 하나

하나가 사랑스럽게 느껴진다. 오팔이 눈을 뜨더니 기지개를 켜면서 몸을 일으킨다. 시간을 확인하고는 깜짝 놀라는 표정을 짓는다.

「한시가 급해요. 더워지기 전에 얼른 움직여야겠어요.」 그녀가 아침 인사도 생략하고 다그치듯 말한다.

그들은 샤워를 하고 아침도 거른 채 지프에 올라 백산으로 향한다. 사막 한가운데 세워 놓은 직사각형 테이블 같은 거대한 황갈색 산이 그들을 맞는다.

동굴 앞에 도착했을 때는 이미 끓어오른 대기 속에서 풍경이 아롱아롱하게 보이기 시작한다.

결정적 순간이 임박했어. 잠시 후면 내가 과거에 작용할 수 있는지 알게 될 거야.

기온이 급속히 치솟는다. 광천수를 수시로 마셔 봐도 뜨겁고 건조한 공기에 폐가 타들어 가는 것 같다.

「서둘러요.」 오팔이 그를 재촉한다.

르네가 가방에서 다이너마이트를 꺼내 동굴 입구를 막고 있는 바위 밑에 내려놓는다. 그는 도화선을 길게 뽑아 전기 기폭 장치에 연결해 놓은 다음 경사면에 엎드려 귀를 막고 발로 기폭 장치를 밟는다.

폭발이 일어나자 땅이 흔들리면서 암석 파편들이 기관총 탄환처럼 머리 위로 날아 지나간다. 둥글넓적한 바위가 있던 자리에는 자갈 더미가 높이 쌓여 있다.

르네가 회중전등을 꺼내 동굴 입구를 비추자 땅속으

로 길게 뻗은 컴컴한 통로가 눈에 들어온다. 르네와 오팔은 10미터 정도 높이의 천연 동굴 속으로 조심스럽게 몸을 넣는다.

아틀란티스인들은 몸을 잔뜩 숙여야 지나갈 수 있었겠는걸.

안으로 들어갈수록 걸음을 내딛기가 힘들어진다. 그들은 지표면에서 소금물이 스며들어 생긴 뾰족한 종유석과 석순이 내리 돋고 치솟아 있는 곳 사이를 간신히 빠져 지나간다.

1만 2천 년 전에는 동굴 안에 이 삐죽삐죽한 융기들이 없었겠지. 최소한 지금만큼 길지는 않았을 거야.

공기가 갈수록 서늘하고 축축해진다.

동굴의 컴컴한 입이 우리를 삼키고 있어.

협로 같은 땅속 길이 끝없이 이어진다. 동굴의 깊이가 그들의 예상을 뛰어넘는다.

여기가 식도쯤인가.

드디어 넓은 동굴 내부가 모습을 드러낸다. 크리스털처럼 생긴 투명하고 파란 소금 결정층이 연못처럼 바닥에 펼쳐져 있다.

이게 백산의 위와 위액이겠군.

광물의 대성당 안쪽으로 깊숙이 걸어 들어가 아래위를 손전등으로 비춰 보던 두 탐험가의 눈에, 바닥에 흩어져 있는 가느다란 막대기 같은 것들이 눈에 띈다. 종유석인 줄 알고 쪼그려 앉아 자세히 들여다보니 둥글게 굽은 모양이 물고기 뼈처럼 보인다.

늑골이야!

연결된 척추뼈를 따라 손전등을 아래로 비추자 골반이 보인다.

거인들의 해골이 분명해.

생김새로 보아 하나는 여자의 골반이고 하나는 남자의 골반이다. 척추 위로 삼각형처럼 쏙 들어가 있는 쇄골이 보이고, 바로 위에는 인간 계통 생물체의 것으로 짐작되는 두개골이 있다. 직경이 몇 미터는 돼 보인다.

르네가 크기로 보아 남자의 것인 듯한 둥그런 두개골 안에 발을 넣는다.

내가 지금 게브의 머리에 들어와 있는 건가? 그렇다면 여긴 그의 정신이 깃들었던 곳이야. 그의 해마가 있었던 자리인지도 몰라.

그가 손전등으로 두개골 안쪽을 이리저리 비추자 불빛이 휑하게 뚫린 구멍들 사이를 지나다닌다.

오팔도 크기가 작은 여자의 두개골 안에 발을 넣어 아래턱 울타리를 타고 넘는다. 그녀가 뻥 뚫린 구멍 안에서서 코뼈에 불을 비춰 본다. 연결되어 있는 상박골, 척추, 요골이 20미터가 넘어 보인다.

두개골에서 시작해 아래로 내려오던 르네와 오팔이 두 해골의 손허리뼈와 손가락뼈가 맞물려 있는 곳에서 걸음을 멈추고 마주 보고 선다.

「그들이 죽음의 순간에 손을 잡고 있었나 봐요.」

오팔이 감격에 겨워 말을 잇지 못한다. 그녀가 흉골 쪽으로 손전등을 비추자 반짝이는 물체가 눈에 들어온다. 목걸이에 달린 돌고래 모양의 펜던트. 르네가 서 있는 해골의 가슴뼈 위에도 똑같은 목걸이가 얹어져 있다.

의심의 여지가 없어. 그들이 분명해.

흥분한 르네와 오팔의 숨소리가 커진다.

그들이 성공했어. 우리가 성공했어.

「솔직히, 지금까지 의심이 전혀 없었던 건 아니에요.」

오팔이 형태를 온전히 갖춘 채 완벽히 보존돼 있는 해골을 내려다보며 미안한 표정을 짓는다. 르네는 손전등을 비춰 동굴 내부를 여러 각도에서 샅샅이 살피기 시작한다. 벽에서 어른거리던 불빛이 벽감처럼 움푹 팬 곳에서 멈추는 순간, 그가 소리를 지른다.

「여기!」

그의 손이 가리키는 곳에 높이가 10미터는 넘어 보이는 항아리 두 개가 놓여 있다.

「얼른 깨서 두루마리가 안에 들어 있는지 확인해 보는 게 좋겠죠? 안 그래요?」

벌써 피켈을 손에 들고 다가가는 오팔을 르네가 급히 제지한다.

「사해 문서도 발견 당시 공기와 빛에 의한 산화 작용으로 보존 상태가 나빴는데 항아리를 깨는 바람에 두루마리가 가루처럼 부서지고 말았어요. 그 바람에 고고학자들이 퍼즐로 변해 버린 텍스트를 복원하느라 몇 년이 걸렸죠.」

「그래서 어쩌자는 거죠?」

「1만 2천 년의 세월을 기다렸는데 몇 시간 더 기다린다고 큰일 나진 않아요.」

르네가 항아리 두 개에 새겨져 있는 돌고래 형상에 불빛을 비추면서 말한다.

「게브가 말한 인식 표시가 맞아요. 소중한 문서가 이 항아리 두 개에 담겨 있는 게 틀림없어요.」

「이 순간을 남겨 놓아야겠어요.」

그들은 카메라를 꺼내 다양한 각도에서 여러 장의 사진을 찍는다.

「이제 우리가 한 발견과 아틀란티스인들의 존재를, 1만 2천 년 전의 진실을 세상에 알려요.」 그녀의 목소리에 힘이 들어간다.

르네의 태도가 갑자기 소극적으로 변한다.

「사진이 있다고 무조건 우리를 믿어 주진 않을 거예요. 조작한 사진이라고 주장할 가능성이 얼마든지 있어요. 거인의 해골을 발견했다고 사진을 조작해 인터넷에 올리는 경우가 허다하니까요. 우리 사진도 그렇게 오해받을 수 있어요.」

「그럼 어떻게 해야 하죠?」

「대중의 의심을 불식시켜 줄 중립적이고 객관적인 증언자가 필요해요. 유명 기자나 권위 있는 과학자라면 가장 좋겠죠. 일단 손대지 말고 언론 매체와 고고학자들에게 먼저 보이는 게 좋겠어요. 그렇게 반박 불가능한 증거를 확보하고 나서 세상에 알려도 늦지 않아요.」

오팔이 애틋한 표정으로 거인들의 해골을 내려다본다.

「소명을 다하고 나서 이렇게 손을 꼭 잡고 죽은 걸 보면 두 사람이 무척 사랑했었나 봐요.」

르네가 빙그레 웃는다. 1만 2천 년 동안 111번의 환생을 거치며 내가 했던 것 중에 가장 멋진 사랑이었지.

96

게브가 비스듬히 깎은 가느다란 나뭇가지 끝을 잉크에 찍어 파피루스 위에 글씨를 쓰고 있다.

〈내 이름은 게브다. 이것은 내가 보고 겪은 일의 기록이다.

나는 하멤프타라는 섬에서 태어났다. 그 섬에는 한 세계가, 나의 세계가 존재했다. 80만 명의 사람들이 거기서 행복하게 살았다.

그러던 어느 날 재난이 닥쳐 우리는 섬에서 쫓겨났다. 연이어 지진이 일어나고 화산이 폭발하고 거대한 파도가 덮쳐 우리가 이룬 모든 것은 하루 만에 파괴되고 말았다.

그렇게 우리 문명은 물밑으로 가라앉았다.

하지만 소수의 사람들이 가까스로 그곳을 탈출해 살아남았고, 그 섬보다 훨씬 큰 이 땅에 도착했다. 이곳의 모든 것이 생경하기만 하다. 식물과 동물이 모두 손바닥만큼 작게 생겼다…….〉

어깨 너머로 파피루스에 적힌 글을 읽어 내려가던 누트가 고개를 갸우뚱하며 묻는다.

「그가 우리 언어를 이해할 수 있을까요?」

「르네한테 우리 글자와 단어를 가르칠 생각이에요. 쉽게 소통이 이루어지는 사이니까 우리 언어의 기초를 가르치는 게 어렵지 않을 거예요.」

「미래의 사람들이 읽게 될 메시지라는 점을 명심하고 써요. 그들은 우리와는 다른 맥락을 가진 사람들이라는 사실을요.」

멀리서 위험을 알리는 나팔 소리가 날카롭게 울려 퍼진다. 게브와 누트는 급히 집 밖으로 뛰쳐나가 주변을 휘둘러본다. 언덕 사방에서 막대기와 창으로 무장한 소인들이 달려 내려오고 있다. 화살이 하늘을 뒤덮듯이 날아온다.

「대체 무슨 일이죠?」

「네에가 말한 〈전쟁〉이 틀림없어요. 저 작은 인간들이 우리를 죽이려는 거예요.」

소인들이 자신들의 땅에 들어와 도시를 건설한 낯선 거인들을 향해 떼 지어 돌격해 온다.

하지만 규석을 뾰족하게 깎은 화살촉을 붙인 화살들과 불에 달궈 창끝을 단단하게 만든 창들은 따끔한 바늘처럼 피부에 꽂힐 뿐 거인들의 몸을 뚫지는 못한다.

원주민들이 자신들의 땅을 빼앗은 거인들에게 죽기

살기로 달려든다. 소인 남자 수백 명이 아틀란티스인들의 몸에 올라타 창을 휘두르고 소인 여자들이 악을 쓰며 거인들의 발을 규석 단도로 찔러 댄다.

거인들이 몸을 한 번씩 털어 가소로운 적들에게 위협을 가하면 그들은 공포에 질려 바닥에 나가떨어진다.

첫 번째 공격이 실패로 끝나자 적들이 퇴각하기 시작한다. 소인 하나가 신호를 보내자 그들이 찌르레기 떼처럼 뿔뿔이 언덕 위로 흩어진다.

「저들 때문에 앞으로 골치깨나 썩겠어요.」 누트가 허벅지에 꽂힌 화살들을 뽑으며 걱정스러운 표정을 짓는다.

97

「농담이에요? 방금 아틀란티스인이라고 했어요? 이집트 사막 오아시스에 있는 동굴요? 미안하지만 우린 그런 객쩍은 소릴 들어 줄 시간이 없어요.」

수화기 너머에서 야멸차게 전화를 끊는다. 오팔과 르네는 호텔 방으로 돌아와 여러 방송국과 신문사, 잡지사에 전화를 걸어 자신들이 발견한 내용을 알리고 있다.

아무도 그들의 이야기를 진지하게 들어 주지 않는다. 대부분은 설명도 끝까지 듣지 않고 중간에 전화를 끊는다. 그들에게 돌아오는 건 농담과 조롱, 냉소뿐이다.

「우리 발견을 알릴 방법을 찾기가 쉽지 않겠어요, 안 그래요?」

「새로운 것은 처음에는 엉뚱하고 우스꽝스럽게 받아들여지게 마련이죠. 그러다 위험한 것으로 인식되는 단계를 거치면 비로소 확실한 것이 되죠. 에펠탑이 딱 그런 예잖아요.」

「여성의 투표권도 그렇게 세 단계를 거쳤죠…….」

역사와 고고학 전문 잡지의 기획 책임자들과 접촉했다 점잖게 거절당하자 르네와 오팔은 기대 수준을 낮춰 인터넷 뉴에이지 사이트와 마술, 음모론 사이트까지 찾아본다. 그중 적극적인 관심을 보이며 기사를 실어 주겠다는 매체들이 있지만 르네가 오팔에게 제동을 건다.

「그런 매체들의 지지는 오히려 발견의 신뢰도만 떨어뜨릴 뿐이에요.」

「우리한테 도움을 주려는 공식적인 미디어가 하나도 없으니 어쩔 수 없잖아요. 그동안의 노력이 물거품이 되게 생겼는데.」

르네가 도박꾼의 절박한 심정으로 어디론가 전화를 건다.

「엘로디, 날 좀 도와줘.」

「르네? 대체 어디야? 다들 널 찾고 있단 말이야!」

「알아, 좋은 일로 그러는 게 아니겠지. 여전히 스킨헤드와 병원 화재 때문에 그러지?」

「그런 거 아니야! 스킨헤드 사건은 경찰에서 찾은 영상으로 해결됐어. 그가 먼저 너를 위협하면서 칼을 휘두르다가 자기 칼에 찔렸다는 게 밝혀졌어.」

예고 없이 찾아왔던 불행이 이렇게 흔적도 없이 한 방에 사라질 수도 있단 말이야? 엘로디에게 전화를 걸지 않았으면 까맣게 모르고 있었을 거야.

「너는 구조 의무 방기에 대한 법적 책임만 지게 될 거야. 어쨌든 그를 살릴 수도 있는 상황이었으니까. 이제 살인죄는 면했어. 시신 유기도 상대적으로 형이 가벼운 죄라서 천만다행이야.」

「병원에서 있었던 일은?」

「어떤 여자가, 그래, 입원 환자라고 하던데, 조사 과정에서 사실을 밝혔대. 쇼브한테 고문을 당할 때 네가 와서 구해 줬다고. 경찰에서 쇼브의 죄를 입증할 핵심 증거를 충분히 확보했다고 들었어. 이제 네가 아니라 그가 기소될 위기에 처했어! 넌 더 이상 범죄자가 아니니까 돌아와서 네 입장을 밝히면 돼. 지금은 쇼브가 네 증언을 두려워하는 처지가 됐어.」

이렇게 바퀴는 돌고 또 도는 거야. 때로는 시간이 약이야. 시간이 가면 상황은 변하게 돼 있으니까. 밑에 있던 건 올라가고 위에 있던 건 내려오지.

「그건 그렇고, 너한테 급히 부탁할 일이 생겼어. 지금 나를 도와줄 수 있는 사람은 너뿐이야. 그것 때문에 전화했어. 네 도움이 절실해서.」

「지금 어딘데?」

「이집트 남쪽의 시와 오아시스, 리비아 국경에서 멀지 않은 사막에 위치한 오아시스야.」

「사막에서 뭘 하고 있는 거야? 경찰에 쫓겨 거기까지 갔어?」

「설명은 차차 해줄 테니 약속부터 해줘. 나를 위해, 진실을 위해 도와주겠다고.」

수화기 너머에서 진저리를 치는 소리가 들린다.

「하, 또 그놈의 아틀란티스 망상 때문에 거기 가 있는 거야?」

「그들은 거인이었어. 이건 우리 개인의 차원을 뛰어넘어 전 세계가 알아야 하는 사실이야. 바로잡아야 할 역사적 진실이란 말이야.」

「알았어, 알았으니까 설명이나 해봐.」

르네가 마지막으로 그녀를 만난 후 자신에게 벌어졌던 일을 상세히 설명한다. 이야기를 다 듣고 난 엘로디가 잠시 말이 없다.

「그래서 그걸 증명할 수 있는 항아리가 있단 말이야?」

「항아리 두 개와 해골 두 구를 발견했어. 누가 여기 와서 탄소 연대 측정법으로 항아리에 들어 있는 두루마리의 진위를 가려 주기만 하면 돼.」

「여전히 믿기지 않는데, 그 증거들이라는 게 정확히 어떻게 생겼어?」

「몇 시간 전에 사진을 찍어 놓은 게 있어.」

「그걸 지금 내 이메일로 보내 줄 수 있어?」

르네가 잘 나온 사진을 몇 장 골라 엘로디에게 메일로 전송한다.

수화기를 넘어오는 엘로디의 목소리 톤이 살짝 달라

져 있다.

「일단 조작된 사진으로 보이진 않아. 설령 합성한 사진이라고 해도 솜씨가 보통이 아니라는 건 내가 인정해 주지.」

「맹세코 조작하지 않았어.」

「네가 이 발견을 하기 위해 동굴 입구를 가로막고 있던 바위를 폭파했다는 건데, 그 안에 뭐가 들어 있는지는 어떻게 알았어?」

「여기까지 오는 수고를 마다하지 않으면 직접 보여 주고 설명도 해줄게.」

「이번에도 역시 퇴행 최면이 등장하는 거야?」

「방법이 뭐가 중요해, 결과가 중요하지. 내가 보내 준 사진들을 봤잖아. 네가 여기 와서 직접 네 눈으로 확인해 봐. 우린 지금 엄청난 역사적, 고고학적 발견을 눈앞에 두고 있다고. 과거에 대한 우리의 지식을 혁명적으로 뒤바꿔 놓을 일대 사건을 말이야.」

엘로디 테스케가 잠시 주저하는 것 같더니 결심이 선 듯 말한다.

「그래, 이번 한 번만 더 속는 셈 치고 믿어 볼게. 널 도울 방법이 뭔지 생각해 볼게. 일단 너한테 가장 필요한 게 뭐야?」

「이 발견이 알려져 사람들한테 인정을 받으려면 공신력을 갖춘 과학자와 유명 언론인이 필요해.」

르네가 전화를 끊으며 오팔에게 말한다.「답이 올 때까지 기다리는 수밖에 없어요.」

그들은 호텔 방에 있는 대형 TV의 스크린에 동굴에서 찍은 사진들을 띄워 놓는다. 한 장씩 넘기며 보다가 동굴 바닥에 누워 있는 해골 두 구를 클로즈업해 찍은 사진에 이르자 시선을 떼지 못한다. 두 해골의 손가락뼈가 엉켜 있는 모습을 보는 순간 가슴이 찌릿하다.

98
므네모스: 노스탤지어의 오류

〈옛날이 좋았다〉는 과거를 이상화시키며 그리워하는 사람들이 입버릇처럼 뱉는 말이다.

하지만 아래에서 예로 들 몇 가지 사실만 봐도 옛날이 좋았다는 말에는 전혀 근거가 없다는 것을 알 수 있다.

평균 수명이 처음 수치화돼 알려진 것은 1740년부터다.

1740년 당시 프랑스의 평균 수명은 25세였다. 이 수치는 1900년에 50세, 2000년에 80세로 계속 늘어났다.

결과적으로 채 3백 년도 안 되는 기간에 평균 수명이 3배 이상 늘어난 셈이다.

한편 유아 사망률은 획기적으로 줄어들었다. 1740년 프랑스의 영아 넷 중 하나는 한 살을 넘기기가 힘들었다. 셋 중 하나는 열다섯 살을 넘기지 못했다. 그러다 보니 자식 중에 누가 살아남을지 알 수 없었던 부모들은 자식에게 애정을 쏟지 않았고, 아이들을 유모에게 맡겨 키웠다.

운 좋게 살아남은 아이들도 낮은 수준에 머물렀던 의학의 혜택을 보지 못하기는 마찬가지였다. 1900년까지만 해도 작은 외과 수술은 날이 잘 드는 면도칼과 가위를 가지고 있던 이발사에 의해 이루어졌다. 하지만 그들의 수술 도구는 깨끗하지도 소독이 돼 있지도 않아, 약간만 감염이 있어도 괴저가 생기는 걸 막기 위해 환자의 사지를 절단해야 했다. 큰 수술은 이발사가 아니라 톱을 잘 사용하는 푸주한과 목수가 맡아서 했다. 치과 시술도 마찬가지였다. 상한 이는 무조건, 더군다나 마취 없이 집게로 뽑아냈다. 시장 바닥에서 이런 치과 시술이 행해지면 사람들이 구경하기 위해 모여들곤 했다.

또 옛날에는 상수도가 없었기 때문에 당연히 사람들이 자주, 아니 전혀 씻지 않았다.

길거리에 가로등이 없어 밤에는 어둠 속을 걸어 다녔고, 그러다 보니 강도를 만나기 일쑤였다. 그래서 옛날 사람들은 어둠이 내리면 밖으로 잘 나오지 않았다.

대부분 실업 상태의 군인들이었던 강도가 수시로 출몰했기 때문에 장거리 여행도 무척 위험했다.

식품도 오늘날만큼 다양하거나 위생적이지 않았다. 냉장고가 없다 보니 고기를 보관할 방법이 염장밖에 없었다. 따라서 과다한 소금 섭취 때문에 소화기 계통의 질환이 쉽게 발생했다.

매독 같은 성병도 흔하던 때였다.

걱정스러운 뉴스가 넘쳐 나는 세상을 사는 것 같지만, 오늘날 기근과 전염병, 전쟁으로 인해 죽는 사람의 숫자는 예전보다 획기적으로 줄어든 게 사실이다. 살인을 비롯한 여러 형태의 폭력도 과거에 비해 줄어들었다. 가령 프랑스의 경우 살인 범죄 발생률이 지난 20년간 절반으로 떨어졌다. 그런데도 우리는 정보의 소통이 활발히 이루어지는 시대를 살고 있기 때문에 마치 폭력이 증가한 것처럼 느끼는 것이다.

뉴스를 보고 우리 시대를 이해하겠다는 생각은 파리를 알기 위해 병원 응급실에 가보겠다는 것과 마찬가지다.

99

휴전은 오래가지 않았다. 누트가 작은 실루엣들로 뒤덮인 언덕을 게브에게 가리켜 보인다. 원주민들은 수천 명이 아닌 수만 명으로 불어나 있다.

게브가 심각한 얼굴로 누트에게 말한다.

「아이들을 안전한 곳으로 대피시켜요.」

100

르네와 오팔이 호텔 창문으로 밖을 내다본다. 오아시스의 대추야자들 너머로 염수호(鹽水湖) 두 개가 눈에 들어온다. 호수 가장자리를 따라 이끼로 뒤덮인 길이 둥그렇게 나 있다. 산 옆구리에 붙은 두 개의 요새는 오래전이 사막 한가운데서 전쟁이 벌어졌음을 말해 준다.

드디어 전화벨이 울린다.

「좋은 소식과 나쁜 소식이 있어.」 엘로디의 목소리가 흘러나온다.

「좋은 소식부터 먼저 듣자.」

르네는 오팔이 들을 수 있게 스피커폰 기능을 켠다.

「네 고민을 해결할 방법을 찾았어. 혹시 기억할지 모르겠는데, 대학 때 나와 사귄 적이 있는 남자, 고티에라고, 유명 언론인이 됐다고 내가 얘기해 준 적이 있잖아, 기억나? 어쨌든 그 친구한테 연락해서 네 얘기를 하고 사진들을 보여 줬더니 당장 르포를 찍으러 가겠대.」

드디어.

「고티에 카를송 말이야?」

「그래 맞아!」

「완벽해!」

「우리끼리 얘기지만, 걔가 아직 나한테 감정이 남아 있는 것 같아. 이번 기회에 뭔가 다시 시도해 보고 싶은 눈치야.」

르네는 발견이 지닌 역사적 의미와 기자가 이집트행을 결정한 이유 사이의 간극이 크다 못해 기괴하기까지 하다는 생각을 한다.

엘로디 얘기를 정리해 보면, 결국 옛 남자 친구가 아직 그녀에게 연정을 품고 있는 덕에 아틀란티스인들의 존재가 세상에 알려질 수 있다는 거잖아.

르네가 침을 꼴깍 삼킨다. 그는 실망감을 드러내지 않으려고 애를 쓴다.

「그래, 나쁜 소식은 뭔데?」

「네가 부탁한 〈권위 있는〉 과학자를 못 찾았어. 그냥 나 정도로 만족해야 할 것 같아. 이래 봬도 내가 고생물학 학위가 있는 사람이잖아. 물론 순전히 호기심에서 딴 학위지만 말이야.」

「네 친구인 기자와 네 학위면 충분하다고 생각해.」

「우리 둘만 가는 게 아니야. 고티에가 제대로 촬영팀을 꾸려서 출발할 거야.」

「언제 출발해?」

「내일. 솔직히 말해 이번에는 나도 너한테 설득당했어.」

왜 이렇게 갑자기 180도 변한 거지?

「흥미진진한 네 얘기를 듣고 나니 나도 직접 가보고 싶어졌어. 고티에가 탄소 연대 측정 장비를 구해서 가지고 갈 수 있을 거래.」

「엘로디, 넌 정말 대단해.」

「한 가지 더, 고티에가 이번 일을 공식적인 기록으로 남기고 싶어 해. 그러자면 이집트 문화부의 촬영 허가가 필요하대. 네가 동굴 GPS 정보를 보내 주면 우리가 그걸 받아 다시 이집트 정부에 제출해서 현지 촬영 허가를 받으면 돼.」

「문제없어. 그런데 문화부가 허가해 준다는 건 이집트 정부가 이 발견을 공식적으로 인정해 줄 수도 있다는 뜻이야?」

「물론이지. 그러면 네 발견에 대한 추가 보증도 되고 좋지 않을까.」

「그건 그런데…….」

「그런데 뭐?」

「일이 너무 일사천리로 진행되니까 어리둥절해. 나는 일단 과학적 검증을 거치고 나서 언론의 지원을 받은 다음에 공식화 절차가 있을 거라고 예상했거든.」

「요즘이 어떤 세상인데 그래. 네 입으로도 수시로 〈역사가 가속화된다〉라고 말하면서. 고티에가 벌써 해당 지자체에 연락해 봤대. 열렬한 반응을 보였다고 하더라. 네가 새로운 고고학 유적지를 발견했을지도 모르니까 당연히 그랬겠지. 나중에 그곳을 박물관으로 만들면 관광객을 유치할 수 있을 테니까, 지역 정부의 입장에서 보면 엄청난 기회가 되는 거지. 그러니 문화부에서 관심을 표명하는 것도 당연한 일 아니겠어? 어쨌든 내일 이집트 공무원 몇 명과 문화부 전문가 몇 명, 어쩌면 문화부 장관까지 현장에 올지 몰라……. 너는 인정을 원했잖아. 왜, 너무 많이 받게 되는 것도 불만이야?」

「미안. 그냥 어안이 벙벙해서 그래. 기대 없이 문을 두드렸는데 갑자기 문이 열리면서 안에서 사람이 나올 때 느끼는 기분과 똑같은 거야.」

「감당이 안 될 정도야?」

「이런 역사적인 발견이 최대한 많은 사람에게 알려지고 공식적인 인정을 받을 수 있다면 내가 못 할 게 없지. 언론과 정부의 인정을 받을 수 있다면 더더욱.」

「네가 그런 생각이라면 고티에가 적임자야. 그는 자기 분야에서 확고한 명성을 가졌고 이번 일에 아주 열의를 보이고 있어. 자기 방송국 전문가를 불러 네가 보낸 사진들을 함께 보고 나서 고해상도 사진들을 그렇게 완벽하게 조작하기는 불가능하다는 판단을 내렸대. 우리끼리 얘기지만, 고티에 경력이 지난 몇 년 동안 답보 상태에 있었어. 그래서 이번 일을 재도약의 계기로 삼으려는 모양이야.」

「너한테 어떻게 고마움을 표현해야 할지 모르겠어.」

「표현하지 않아도 돼. 넌 유명해질 거야. 사람들이 TV에서 네 얼굴을 보게 될 거야. 〈살인범 수배〉라는 자막이 아니라 〈역사적 발견의 주인공〉이라는 자막과 함께 말이야.」

「그래, 기분이 묘하네. 너무 급작스러운 일이라서.」

「너의 기발한 생각이 위대한 일을 해낸 거야. 르네 너를 〈나의 샹폴리옹[11]〉이라고 불러도 될까?」 그녀가 다정한 농담을 건넨다.

「너 좋을 대로 해! 어쨌든 내가 바라는 건 이 진실이 대중에게 알려지는 거야. 나는 그걸로 충분해. 이런 역사적 순간에 대중의 시선을 끌기 위해 약간의 연출이 필요하다면, 이집트 공무원들과 악수라도 해야 한다면, 뭐 좋아, 할 수 있어, 얼마든지 타협할 수 있어.」

11 프랑스의 고대 이집트 연구가로서 이집트 상형 문자 해독에 성공했다.

101

갑자기 함성이 파도처럼 덮쳐 온다. 개미 떼처럼 언덕을 까맣게 뒤덮은 원주민들이 소리를 지르고 막대기와 창, 돌도끼를 휘두르면서 마을을 향해 쭉쭉 미끄러져 내려온다.

또다시 소인들과 거인들 간에 충돌이 일어난다.

「저들은 왜 이토록 공격적인 걸까요?」 누트가 소리를 질러 게브에게 묻는다.

「두려움이 두려움을 부르는 거죠. 내가 이해하기로 네에의 세계 사람들은 항상 불안에 떨며 살아요. 새로운 것에 무조건 두려움을 느끼죠. 그렇다 보니 상대가 자신을 공격할까 두려워 먼저 선수를 치는 거예요.」

「우리한테까지 전해져 오는 걸 보면 그 두려움에는 전염성이 있나 봐요. 그런데 저들이 왜 우리와 소통의 시도조차 하지 않는지 정말 궁금해요.」

아틀란티스 여인 하나가 그들 앞에서 당장 넘어질 듯

이 기우뚱거린다. 소인 원주민 열댓 명이 그녀의 발목에 줄을 걸어 사방에서 잡아당기고 있다.

「저들이 우리를 쓰러뜨리기 위한 전략을 개발한 모양이에요. 우리도 조금 더 거칠게 응수하는 수밖에 없겠어요.」

게브가 한 무리의 소인들을 손날로 내리치고 나서 143명의 거인들에게 소리친다.

「다들 방어에 나서요!」

아틀란티스인들이 막대기를 집어 들고 최대한 살살, 그러나 체계적으로 휘둘러 소인들의 공격을 방어한다. 소인들은 물러설 줄을 모른다. 거인들의 저항이 도리어 그들의 공격성을 배가시킨다. 거인의 집 한 채가 불화살을 맞고 불타기 시작하자 소인들이 승리의 환호성을 지른다.

두 번째 공격은 훨씬 오래 이어진다. 거인 아틀란티스인들은 소인 원주민들의 불화살과 도끼, 창에 맞서 주먹질과 발길질로 응수한다.

집 한 채에 더 불이 붙자 사기충천한 소인들이 결사 항전을 외친다.

「과연 우리가 이 상황을 통제할 수 있을까요?」 누트가 다리를 타고 오르는 소인들을 막대기로 쫓으며 묻는다.

「이미 감당할 수 있는 선을 넘어섰어요. 우린 또다시 위험에 처했어요. 빨리 네에를 만나 상의해 봐야겠어요.」

게브가 이 말을 하는 순간 불붙은 화살 하나가 그의 뺨에 와 꽂힌다.

102

「우리 자축해요.」

오팔이 호텔 방에 있는 소형 냉장고에서 샴페인 한 병을 꺼내 온다.

그녀를 대하는 내 방식이 변한 걸까 아니면 그녀가 달라진 걸까?

오팔이 피터 가브리엘의 「당신 눈 속에」를 틀더니 크리스털 잔 두 개에 호박색 술을 따른다.

「당신이 날 위해 해준 모든 것에 감사하다는 말을 아직 못 했어요. 당신은 내가 유년 시절에 대해 나 자신에게 거짓말하고 있다는 걸 깨닫게 해줬어요. 막혀 있던 내 무의식의 문도 열어 줬죠. 당신 덕분에 내 영혼에 걸려 있던 빗장의 실체를, 그 유무형의 억압의 실체를 알게 됐어요.」

「나로선 당연한 일이었어요. 당신은 내가 감춰져 있던 기억에 다가가게 해줬잖아요. 나도 당신과 똑같이 했을 뿐이에요. 우린 누구나 벽장 속에 시체 하나 정도는 간직하고 살아가요. 벽장 문의 경첩이 얼마나 녹슬었는지가 사람마다 다를 뿐이죠.」

그녀가 숨을 깊이 들이마시고 나서 다소 비장한 어조로 말한다.

「우리 만남은 서로에게 축복이에요. 르네, 당신을 만나지 못했더라면 내 삶은 불완전했을 거예요.」

「당신을 만나지 않았더라면 나는 지금쯤 역사 수업에서 작년, 재작년에 가르쳤던 내용과 똑같은 것을 학생들 앞에서 떠들고 있을 거예요. 습관처럼 학교 식당에서 엘로디와 점심을 먹고 저녁이 되면 집에 돌아와 혼자 역사책을 읽으며 시간을 보내겠죠. 그런데 당신 덕분에 내 역할은 관객에서 배우로 바뀌었어요.」

그녀가 목에 건 청금석 돌고래 펜던트를 만지작거린다. 최면 공연처럼 피험자의 주의를 끌기 위해서가 아니라 보석에 담겨 있는 귀중한 정보를 알아내고 싶은 듯 살살 흔들면서 내려다본다.

오팔이 잔을 들고 테라스로 나가자고 한다. 그들은 함께 보름달이 휘영청 떠 있는 밤하늘을 올려다본다. 멀리 보이는 사막의 모래 언덕들이 흰 천을 덮어쓴 듯 달빛에 어른거린다.

「솔직히 얘기해 봐요. 당신은 내가…… 누트였다고 생각해요?」

「글쎄요…… 당신이 전생의 1번 문까지 거슬러 올라가 봐야 알 수 있겠죠.」

그녀가 다시 잔을 기울이더니 그의 곁으로 바짝 붙어 선다. 둘의 얼굴이 마주 닿을 듯 가깝다.

「있잖아요, 그 동굴, 그 거인들의 해골 말이에요……. 난 그게 1만 2천 년 전 우리라고 믿어요.」

르네는 아무 말이 없다.

「어쨌든 나는 당신과 내가 영혼의 가족이라고 믿고 있어요. 그건 우리가 전생에 이미 인연을 맺었고, 환생하기 전에 다시 만나자고 약속했다는 뜻이에요.」

술이 효과를 발휘했어. 긴장이 풀어지면서 심리적 억제가 사라지고 지각 능력이 활성화된 모양이야.

그녀가 몸을 더 밀착해 온다. 그녀의 입김에서 샴페인 향이 느껴진다. 이번에는 그가 단숨에 술을 비운 뒤 잔을 테라스 가장자리에 내려놓으며 말한다.

「아버지가 영혼의 가족에 대해 얘기해 준 적이 있어요. 우리의 4번 차크라, 그러니까 심장의 차크라를 통해 상대가 영혼의 가족인지 아닌지 알 수 있다고 했죠.」

「〈판도라의 상자〉에서 내가 당신을 선택한 것은 우연이 아니었던 것 같아요. 내가 당신을 알아봤던 게 틀림없어요.」

샨티의 조언을 명심하자. 그녀 스스로 주도권을 가졌다는 느낌이 들도록, 그녀가 다가올 때까지 기다리자. 빈 공간을 만들어 그녀가 채울 수 있게 해주자.

그녀가 그에게 묻는다. 「당신은 진심으로 우리 둘에게 일어난 모든 일이 우연이라고, 내가 당신과 함께 이 사막 한가운데 와 있는 게 작은 선택들의 연속이 〈우연히〉 만들어 낸 결과일 뿐이라고 생각하는 거예요?」

「당신은 〈의지와 무관하게〉를 떠올리고 있군요. 그러니까 당신 생각은 우리가 의지와 무관하게 여기 있는 것이다, 이미 그렇게 쓰여 있었기 때문이라는 거예요?」

별똥별 하나가 하늘에 긴 꼬리를 긋고 떨어진다.

「나는 우리가 우연히 여기 있는 게 아니라고 믿어요. 당신의 성취가 우연의 산물이라고 생각지 않아요. 지금 우리의 이 순간이 우연히 찾아온 게 아니라고 생각해요.」 그녀가 선언하듯 말한다.

무슨 말을 하고 싶어 하는 건 알겠는데, 그게 뭔지 정확히 모르겠어.

오팔이 샴페인을 한 잔 더 따라 마시더니 그의 손을 잡아 침대로 이끈다.

「누워서 눈을 감아요.」

그는 말없이 그녀가 시키는 대로 한다.

「또 최면을 걸게요?」

눈을 감은 상태에서도 그녀가 가까워지는 게 느껴진다. 그녀의 그림자가 바로 위에 떠 있다. 그는 눈을 뜨지 않는다. 오팔의 머리채가 뺨으로 쏟아져 내린다. 그녀의 향기가, 여전히 샴페인 향이 밴 그녀의 입김이 느껴진다. 그는 눈을 감은 채 자극 하나하나를 예민하게 받아들인다.

더 이상 참지 못하고 그가 슬며시 눈을 뜬다. 그는 초록색 동그라미 두 개와 그 속의 새카만 구멍으로 순식간에 빨려 들어간다.

피터 가브리엘의 노랫소리가 대추야자 숲에서 들려오는 새들의 짹짹거림과 뒤섞인다. 르네는 머릿속에서 노랫말을 번역하고 있다.

당신의 눈 속
그 빛, 그 열기
당신의 눈 속
나는 온전한 존재가 되네
당신의 눈 속
그 안의 해답
그걸 찾아 헤매고 있었네

멀리 모스크에서 기도 시간을 알리는 아잔 소리가 쩌렁쩌렁 울려 퍼진다. 그녀가 그의 손을 잡아 자신의 가슴에 갖다 댄다.

「내 4번 차크라가 느껴져요?」

손바닥에 느껴지는 빠른 진동이 그녀의 심장 소리인

지 그의 맥박인지 구분이 되지 않는다.

그녀가 이번에는 자신의 손을 그의 심장에 갖다 댄다.

「옛날에는 심장이 기억의 저장소라고 믿었어요.」 그가 말한다.

「쿵쾅거리는 당신 심장이 느껴져요. 우리 둘 사이를 흐르는 에너지를 감지할 수 있어요? 눈을 감아 봐요. 그 에너지의 이름이 뭐라고 했죠?」

그는 눈을 감은 채 그녀의 다음 제스처를 기다린다.

그녀가 육박해 온다. 가쁜 숨소리가 느껴진다. 입술이 그에게 와 닿는다.

눈을 뜨면 안 돼. 눈을 뜨는 순간 꿈이었다는 걸 알게 될지도 몰라……. 신화 속 오르페우스처럼 쳐다보는 순간 모든 게 사라져 버릴지도 몰라.

두 입술이 완벽하게 포개진다. 하르르 떨리는 실크처럼 매끈하고 부드러운 감촉.

이 순간을 얼마나 기다렸던가.

그들은 서로의 심장이 달음박질치고 4번 차크라가 달아오르는 것을 느낀다.

지금 나는 인생 최고의 순간을 살고 있어. 감각 하나, 느낌 하나 놓치고 싶지 않아.

그가 실눈을 떠 올려다보는 순간 그녀의 혀가 그의 입으로 들어와 길을 찾기 시작한다. 그가 팔을 뻗어 그녀를 감싸 안으려는 순간 그녀가 옷을 헤치고 브래지어를 풀더니 젖가슴을 그의 웃통에 밀착시킨다.

「난 천천히, 그리고 점진적으로 하는 게 좋아요.」 그녀의 뜨거운 입김이 그의 귓불을 자극한다.

그의 턱에, 목에, 가슴에 차례로 그녀의 입술이 와 닿는다. 그녀의 섬세한 손끝이 그의 몸을 오르내린다. 마치 수십 개의 입과 수십 개의 손가락이 그의 살 위에서 노니는 느낌.

그의 가슴에 머물던 그녀의 입술이 서서히 아래쪽을 향해 내려온다.

그 순간 머릿속에 목소리가 들린다.

「미안하게 됐네, 네에. 너무 급한 일이라서 어쩔 수가 없네.」

「아, 지금은 안 돼요.」

「지금이라야 돼. 당장 날 좀 도와주게.」

「〈진짜로〉 지금은 때가 아니에요.」

「위급한 상황이야. 잠깐만 시간을 내주면 안 되겠나?」

르네가 한숨을 내쉬면서 상대의 격정적인 움직임을 제지한다.

「미안해요.」

「무슨 일이에요?」

「게브가 급히 할 얘기가 있대요.」

그녀가 초록색 눈을 동그랗게 뜨고 그를 쳐다보더니 삐친 얼굴로 그에게서 몸을 뗀다. 그녀가 몸을 일으켜 욕실 쪽으로 걸어간다.

르네는 아랫입술을 깨물면서 가부좌를 틀고 앉는다. 그는 다시 눈을 감고 소명 의식이 호출하는 곳으로 향한다.

103

르네는 재빨리 상황을 파악한다.

수만 명의 소인들이 마을을 공격해 벌써 오두막 여러 채가 불타고 있다.

「믿어 주게, 이런 불상사가 아니었으면 우리 약속 시간이 아닌 때에 자네를 찾아가 귀찮게 하는 일은 없었을 걸세.」

르네는 전황을 살핀 뒤 과거의 자신을 도울 방법을 찾기 시작한다.

「저들을 물리치는 거야 어려운 일이 아니네만, 타인의 목숨을 끊는 건 우리 아틀란티스인들의 방식이 아니야.」

게브의 말에 고심의 흔적이 엿보인다.

「하지만 이건 당신들의 생존이 달린 문제예요. 어떻게든 저들을 퇴각시켜야 해요. 영구적인 대응 전략은 그때 가서 천천히 수립하면 돼요. 저들을 막아 내는 게 급선무예요. 우리 식으로 말하면 〈정당방위〉죠.」

「지금 나한테 저들을 죽이라고 조언하는 건가?」

「안타깝지만 다른 선택의 여지가 없어요. 동포들한테 저들이 혼비백산할 만큼 세게 때리라고 해요. 어쨌든 저들한테 거인인 당신들은 두려운 존재예요. 저쪽에서 사망자가 나오기 시작하면 기세가 꺾일 거예요. 말하기 뭣하지만 내 조상들은 짐승이나 다름없어요. 힘의 우위에만 관심이 있죠. 그들에게는 둘 중 하나밖에 없어요. 죽이거나 죽거나.」

「내가 자네의 조상일지도 모르는 자들의 목숨을 거둬도 괜찮다는 말인가?」

「저들이 내 유전적 조상일지는 몰라도 내 영적 조상은 당신이에요. 나는 물질보다 정신에 더 가치를 부여해요.」

미래의 자신이 허락을 내리자 게브는 동포들에게 〈조금 더 과감히〉 응수할 것을 지시한다. 이미 대홍수에서 자신들을 구해 준 적 있는 사령관의 뜻을 받들기 위해 144명의 아틀란티스인들이 한곳에 모인다. 그들이 악을 쓰고 달려드는 소인 군대에 조금 더 체계적으로 응수한다. 몽둥이질에 발길질이 더해지기 시작한다.

효과는 즉각적으로 나타난다. 사망자가 속출하자 소인 군대가 급히 전력을 수정한다. 발광에 가깝던 호전적인 소리들은 목숨을 구걸하는 애처로운 비명으로 바뀐다.

거인들에게 유리한 쪽으로 전세가 급변하자 원주민들

의 우두머리로 보이는 소인 하나가 의미를 알기 힘든 소리를 또다시 내지른다. 소인 군대가 밀물처럼 물러나 숲 속으로 퇴각하기 시작한다.

아틀란티스인들은 안도하는 마음으로 인간 띠를 만들어 불타고 있는 집들에 물을 붓는다.

「저들은 조만간 다시 올 거예요. 그때는 응원군까지 몰고 올 거예요. 당신들 집을 불태울 수 있다는 자신감을, 자신들의 열등감을 상쇄하기 위한 무기로 삼을 거예요.」

「그럼 우리는 어떻게 해야 하지? 또 그들과 싸워야 하나?」

「다른 해결책을 생각해 볼 수도 있어요.」

「말해 보게.」

「……종교를 만드는 거예요.」

「그게 무슨 뜻인지조차 난 모르네.」

「당신들은 거인이에요, 난데없이 나타났죠. 그들은 없는 기술적, 정신적 지식을 가졌어요. 신 행세를 하지 못할 이유가 없죠.」

「신이 뭐지?」

르네가 그에게 바다에서 출현한 거대한 신들을 숭배하는 종교가 작동할 수 있는 기본 원리를 가르쳐 준다.

게브는 설명을 듣고도 공감이 가지 않는 눈치다.

「그런 유치한 것으로 전쟁을 피할 수 있단 말인가? 소인들이 그토록 순진한 사람들이란 말이야?」

게브가 믿을 수 없다는 반응을 보인다.

「그들의 상상력이 부메랑이 돼 돌아오는 거죠.」

「나는 여전히 무슨 말인지 모르겠네.」

「인간들은 대부분 진실의 영역보다 믿음의 영역을 중요시하죠.」

게브는 여전히 수긍하지 못한다.

「당신들은 그들에게 좌표가 될 우주 생성론을 제공하는 셈이에요.」

「우주 생성론?」

「우주가 어떻게 탄생했는지, 왜 다른 모습이 아니라 지금의 모습인지, 그들은 왜 태어났고, 왜 죽게 되는지에 대한 하나의 설명 방식이죠.」

「하지만…….」

「그들에게는 지금까지 그런 게 없었어요. 기껏해야 서너 세대 전으로 거슬러 올라가는 사냥 이야기, 늘 똑같은 이야기가 전부였죠. 그전에 무슨 일이 있었는지 그들은 몰라요. 그들의 기원과 그들의 존재 자체가 여전히 신비의 영역으로 남아 있는 거죠.」

「아하, 이제야 조금 알 것 같네…….」

「종교를 창시함으로써 당신들은 소인들에게 그들이 태어나기 전에 일어났던 모든 일에 대한 해석의 도구와 맥락을 제공할 뿐 아니라 그들이 죽고 난 뒤에 벌어질 일에 대한 전망도 제공하는 셈이에요.」

「흥미진진해지는군.」

「그들이 가진 질문들에 해답을 주게 되는 거죠.」

「틀린 해답들이겠지.」

「그들은 맞고 틀린 것에는 관심이 없어요! 그들이 바라는 건 오로지 자신들을 꿈꾸게 만드는 그럴듯한 시나리오에요. 그러니 최대한 상상력과 창의력을 발휘하고, 강렬한 이미지들을 동원해요. 가령 〈태초에 빛이 있었느니라〉, 〈태초에 숨결이 있었느니라〉, 〈태초에 음과 양의 두 에너지가 있었느니라〉, 이런 식으로 시작하는 거죠.」

「점점 호기심이 당기는군. 그런 식으로 저 야만인들을 길들일 수 있다고 생각하니 아주 재미있네.」

게브가 갈수록 흥미를 보인다.

「그런 식으로 시작하고 나서 빛으로부터, 아니면 음과 양의 에너지로부터 최초의 거인들이 출현했다고, 그 거인들이 소인들을 만들었다고 설명하는 거예요.」

「그들이 과연 그런 얘기를 믿을까?」

「물론이에요. 그것 말고는 자신들의 존재를 설명할 다른 방법이 없으니까요. 무지로 인한 공백을 메우는 것, 이것이 바로 종교의 위력이죠.」

「놀랍군.」

「당신들이 천국에서 쫓겨났다고 덧붙여요.」

「하멤프타 말인가?」

「그걸 〈천국〉이라고 부르면 돼요. 그러고 나서 영혼과 육체는 분리돼 있으며, 육신의 죽음 뒤에도 영혼은 살아 남는다고 설명해요.」

「그걸 그들이 믿을까?」

「멋진 얘기를 지어내면 당연히 믿을 거예요. 시적이고 아름답고 웅장한 이야기여야 해요. 거기다 감정을 불어넣는 거예요. 이야기 자체도 굴곡과 요동, 공포, 환상적인 이미지들로 가득 차야 효과가 있어요.」

「루아흐 얘기를 집어넣어도 좋을 것 같은데.」

「그냥 빛과 생명이라고만 해야, 그래야 저들이 이해하기가 쉬울 거예요.」

「만약 저들이 우리 얘기를 믿어 주지 않으면 어쩌지? 다른 누군가가 그들에게 다른 얘기를 들려주면?」

「이야기꾼의 능력이 차이를 만들어 낼 거예요. 더 멋진 얘기를 하는 사람이 이기는 거죠.」

게브가 여전히 종교를 만드는 일에 확신을 갖지 못하는 것처럼 보이자 르네는 자신이 기억하고 있는 고대 이집트의 신앙에 대해 들려준다. 파피루스를 통해 전해지는 이집트인들의 우주 생성론을 그에게 상세히 묘사해 준다. 게브는 그제야 자신들을 소인들을 구원하러 온 신들로 받아들이게 할 메커니즘의 작동 원리를 이해하고 고개를 끄덕인다.

「내 설명은 이게 다예요. 당신들이 종교를 만들면 소인들이 어떤 반응을 보일지 정말 궁금하네요. 파피루스에 다 기록해 놓는 걸 잊지 말아요.」

「걱정하지 말게.」 편안한 표정이 된 게브가 르네에게 미소를 지어 보인다.

두 영혼은 접속을 마치고 헤어진다. 르네가 눈을 떠보니 오팔은 다시 옷을 입고 잠들어 있다. 그는 기쁨과 만족감, 그리고 좌절감과 불안감을 동시에 느끼며 잠을 이루지 못한다.

두 거인의 해골과 파피루스 항아리가 있는 동굴을 발견했다는 기쁨. 길동무가 마침내 자신에게 관심을 보였다는 만족감. 육체의 소통이 중단될 수밖에 없었다는 좌절감. 그리고 144명 아틀란티스인들의 생명이 소인들에게 위협받는다는 불안감.

하루가 1년처럼 느껴지지만 내 의지와 무관하게 모든 게 잘 풀려 가고 있어. 앞으로는 모든 걸 내가 통제하겠다는 생각을 버리자. 그냥 운명의 순리를 인정하고 받아들이자. 마음을 비우자.

자신을 기다리고 있는 좋은 일들을 머릿속에 떠올리는 순간 잠이 쏟아진다. 드디어 내일이면 아틀란티스의 존재를 대중에게 알릴 수 있게 됐어. 오팔과의 로맨스는 앞으로 어떻게 펼쳐질까.

일이 잘 풀리면 과거의 세계는 종교의 발명으로 평화를 찾을 것이고, 지금의 세계는 자신의 기원을 발견함으로써 마침내 평화를 찾을 것이다.

104
므네모스: 이집트 신화

이집트 신화에 따르면 태초에 게브와 누트가 있었다.

게브는 대지, 과일과 나무, 광물을 관장하는 신이었다. 누트는 하늘의 여신, 다시 말해 비와 구름과 별을 부리는 신이었다.

두 신은 불가분의 존재였다.

통치 개념을 만든 게브는 최초로 이집트의 왕이 됐다. 〈파라오〉는 〈게브의 왕좌〉를 뜻하는 말이다.

게브는 턱수염을 기르고 붉은색 관을 쓴 거인의 모습으로 파피루스에 그려져 있다. 오른손에는 환생의 상징인 앙크를 들고 왼손에는 번영의 상징인 거위를 들고 있다.

게브는 기억의 신으로도 추앙받고 있다. 그는 인간 역사의 기록을 맡은 필경사들의 손을 움직여 주는 신으로 묘사된다.

105

오후 5시, 시와 로지에서 가까운 주차장에 헬리콥터 한 대가 착륙한다. 엘로디가 세 명의 다른 승객과 함께 모습을 드러낸다.

「널 이렇게 다시 만날 수 있어서 얼마나 기쁜지 몰라, 르네.」

「나도 마찬가지야!」

헬리콥터가 다시 떠나고 요란한 프로펠러 소리가 멀어지자 엘로디가 함께 온 사람들을 르네에게 소개한다.

「여긴 고티에 카를송.」

기자는 식민지 시대의 탐험가를 연상시키는 복장을 하고 있다.

「르네 톨레다노라고 합니다. 만나서 영광이에요.」 르네가 TV 스타에게 인사를 건네며 악수를 청한다.

「이쪽은 촬영팀.」

갈색 머리의 젊은 여성 하나와 금발 남성 하나가 르네

에게 손을 내민다. 이번에는 르네가 최면사를 그들에게 소개한다.

「여긴 나와 같이 동굴을 발견한 오팔이에요.」

인사가 끝나자 르네가 호텔 출입문을 지나 손님들을 안뜰로 안내한다.

「이렇게 빨리 와주시다니 정말 고마워요.」 르네가 감사의 마음을 전한다.

「자자, 인사치레에 낭비할 시간이 없어! 엘로디가 자네 얘기를 하고 나서 사진들을 보여 주는 순간 경악했어, 르네, 정말이지 경-악-했-다-고.」

다짜고짜 반말을 쓰는 상대방을 르네가 뜨악하게 바라본다.

「어떻게 이런 대단한 일을 해냈는지 모르지만, 이거 하나만은 내가 보장하지. 우리 둘은 한 팀이야. 자네 발견을 가지고 내가 크게 한 방 터뜨릴 작정이야. 앞으로 며칠은 언론의 헤드라인을 장식하게 만들 거라고, 알겠나?」

「뭐, 그러면 좋죠.」

르네가 그의 동행자들을 쳐다본다.

「여기는 세리즈, 우리 카메라우먼.」

젊은 여성이 무릎을 살짝 꺾으며 인사를 건넨다.

「이 르포에 참여할 수 있어 기뻐요. 고티에한테서 프로젝트 합류를 제안받고 어릴 때 봤던 영화들을 떠올렸어요. 정말 멋져요.」

「여기 니콜라는 음향을 맡게 될 걸세.」

체격이 다부진 금발의 사내가 드문드문한 턱수염을 매만지면서 인사를 한다. 그의 티셔츠에 새겨진 영국 하드록 그룹 아이언 메이든의 이름이 르네의 눈길을 끈다.

고티에가 동료들 앞에서 목에 힘을 주고 말한다.

「영화 수준의 화질을 구현하기 위해 최고를 모아 왔지. 프레임, 조명, 음향, 돈을 많이 쓰는 만큼 수익을 기대해 봐야지.」

「나는 이 커다란 가방에 감정에 필요한 장비를 챙겨 왔어. 과학적인 측정이 필요할 테니까.」 엘로디가 조금 겸손하게 덧붙인다.

「이렇게 빨리 준비해 줘서 고마워요.」 르네가 감사의 마음을 전한다.「다들 더위를 조금 식히고 나면 즉시 출발하기로 하죠.」

「엘로디한테 얘기를 들었는지 모르겠지만, 르네, 오늘 저녁 8시 전국 뉴스에 생중계 시간을 얻었어. 우리가 기대할 수 있는 최대한의 시청자를 확보할 수 있는 시간대지.」

「대단하네요!」

「내가 생각하는 가장 이상적인 방법은 카메라를 어깨에 메고 우리가 도착하는 순간부터 찍는 거야. 우리를 안내해 주는 자네의 동선을 따라 동굴을 발견해 나가는 식으로 말이야. 어떤가, 르네? 할 만하겠나? 그런 방식으로 시청자들을 위대한 발견의 현장에 실시간으로 초대하는 거지.」

고티에가 흥분해서 르네의 등을 탁 친다.

「요즘 사람들이 얼마나 무감각한가. 뉴스에 양념을 세게 치지 않으면 밍밍하다고 생각해. 우린 그것과 싸우는 거야, 르네. 무관심, 망각과 싸우고 있단 말이지. 폭발로 사지가 떨어져 나가 몸통만 남은 사람들, 대량 살상을 부추기는 독재자의 증오에 찬 연설, 짜릿한 축구 경기 결과, 기습적인 파업으로 온 나라가 마비된 모습을 막 뉴스로 본 시청자들의 시선을 대체 뭘 가지고 끌 수 있을까? 어떻게 하면 그들의 관심을 끌 수 있을까? 나는 그걸 묻고 싶네, 르네.」

「글쎄요……. 난 모르겠네요.」

「아니, 자넨 알고 있어, 르네. 충격적인 것, 환상적인 것, 끝내주는 것, 지금까지 한 번도 보지 못했던 것. 〈꿈이 아닌지 꼬집어 봐〉, 〈이거 미친 거 아니야〉, 〈이 얘길 들으면 앞집 사람이 부러워 죽을 거야〉, 이런 게 필요하단 말이야. 뭔지 알겠나, 르네?」

방송인인 이 사람이 노리는 건 최면사와 똑같은 거야. 사람의 눈과 귀를 집중시켜 놓은 상태에서 조작을 시도하는 거. 이 사람은 지금 내 이름을 반복해 부르면서 내가 이 일의 당사자라는 점을 부각하고 있어.

「그 어려운 일에 우리가 도전하고 있는 걸세, 르네. 나는 전대미문의 시청률을 기록하고 말 거야. 2천만 명의 시청자가, 떠드는 것도 음식도 섹스도 옆집 사람에 대한 험담도 잊은 채 TV 앞에서 넋을 놓고 앉아 있게 만들 거야. 케네디 암살, 인류의 달 착륙, 세계 무역 센터 테러, 프랑스-독일의 축구 결승전을 지켜본 것처럼 프랑스인들의 혼을 쏙 빼놓을 거란 말일세.」

말로 사람을 취하게 만드는 것도 이 사람의 특기인가 보군.

「기억하게, 르네, 우리의 적은 바로 무관심이라는 사실을. 그에 대한 해결책은 딱 한 가지, 놀라운 연출력뿐이지. 그래서 내가 니콜라와 세리즈를 섭외한 거야. 세리즈는 〈사막의 시체들〉 촬영 감독을 맡은 경험이 있어서 이런 풍경에서 어떤 식으로 조명을 써야 완벽한 화면이 나오는지 잘 알지. 이 친구는 무너지는 집을 슬로 모션으로 잡아 찍을 줄도 알고 죽은 자식을 품에 안고 통곡하는 여인을 효과적으로 클로즈업할 줄도 아는 대단한 능력자일세. 여기 니콜라는 〈성(城)의 절규〉로 음향상을 수상한 경력이 있는 친구지. 유명한 공포 영화니 자네도 분명히 봤을 거야. 니콜라는 동굴 촬영 경험이 있기 때문에 잔향 처리에도 노하우를 가지고 있네. 공포에 질린 숨소리가 화면을 꽉 채워야 하는 타이밍을 귀신같이 포착할 줄도 아는 대단한 친구지.」

「그래요? 하지만 우리의 발견은 공포 영화가 아닌 역

사와 과학의 영역인걸요.」

「바로 그거야, 그게 문제라고, 르네. 나도 말이야, 초짜 기자 시절에는 왜 끔찍한 사건들만 뉴스에 등장하는지 정말로 궁금했었네. 자네한테 물어보지. 왜 시체, 살인 사건, 자동차 사고, 테러, 이런 것들만 뉴스에 나올까? 왜 그럴까?」

「글쎄요…….」

「글쎄라니, 그런 게 바로 극도의 감정을 불러일으키기 때문이야! 좋은 소식으로는 시청률을 높일 수 없으니까. 세계적으로 기근으로 죽는 사람들의 숫자가 줄어들고 있다는 뉴스에 사람들이 관심이 있을 것 같아? 오존층에 난 구멍이 줄어든다는 뉴스에, 전기 자동차의 사용으로 파리의 대기 오염이 감소했다는 뉴스에 흥미를 보일까? 아니야, 사람들의 눈과 귀를 사로잡는 건 공포야. 대기 오염과 테러, 전쟁, 파시즘, 자신들의 일자리를 빼앗는 로봇, 세상을 지배할지도 모르는 인공 지능에 대한 공포. 바로 이런 것들을 통해 우리가…….」

「……양 떼를 몬다?」

「하, 농담도 제법이군, 르네! 자네 같은 교사들 흔치 않지. 어쨌든 마음에 드는군. 자, 내가 정답을 알려 주지. 이런 것들을 통해 극대화된 감정을 끌어내는 거야. 사람들이 리모컨을 눌러 대지 않고 한 채널에 시선을 고정한 채 광고까지 보게 만드는 거지. 그러고 나면 공포심을 달래기 위해 사람들이 필요하지도 않은 물건들을 사들여. 소비는 공포의 결과물이거든.」

「그래요……?」

「바로 그 광고비 덕에 우리 같은 사람들이 월급을 받는 겔세. 더 많은 공포와 감정, 주의 집중, 광고, 돈이 나올수록…… 더 많은 치약이, 세제가, 기저귀, 초콜릿 비스킷, 훈제 소시지, 요구르트, 자동차가 팔리게 되지.」

「내 생각에는…….」

「그게 바로 우리 세계의 모습이라고. 그런데 문제는 갈수록 경쟁이 과열된다는 거야. 예전에는 살해당한 어린아이의 시신이 강물에 떠오르면 그야말로 온 나라가 숨을 죽이며 그 뉴스를 지켜봤어. 그런데 지금은 정부 각료가 연루된 소아 성애자 네트워크가 검거되는 정도의 뉴스가 아니면 시청자들이 거들떠보지도 않아. 점점 더 센세이셔널한 걸 원하기 때문이지. 그래서 배경 음악을 깔고 진행자가 눈물을 흘리고 희생자들의 시신을 보여 주고, 비탄에 잠긴 유족들의 얼굴을 클로즈업해서 내보내는 거야. 기자가 현장에서 피해자들한테 〈눈에 보이는 것만큼 정말 그렇게 끔찍한가요?〉 하는 질문도 서슴지 않고 던지는 거야. 대중이 원하는 게 뭘까? 로마 원형 경기장들의 박공에 새겨져 있듯이 그들은 빵과 놀이를 원해.」

「아…… 그렇지 않은데, 그 표현이 사용된 건…….」

「됐어, 내 말을 알아들었으면 됐네. 별거 아닌 걸 트집

잡아 내 앞에서 역사 강의를 할 생각은 버려. 무엇보다 난 그런 것에 관심이 없으니까. 중요한 건 정확한 정보냐 아니냐가 아니야. 가장 중요한 건 시청자들이 뉴스를 보다 밥 먹는 것조차 잊게 만드는 것이라는 걸 명심하라고.」

이자는 제정신이 아니야.

「부정적인 감정은 항상 긍정적인 감정을 이기지. 자네 뺨을 때리는 사람과 자네한테 선물을 주는 사람 중에서 자넨 당연히 첫 번째 사람한테 더 관심을 갖게 돼 있어. 인간이라는 게 원래 그런 존재야. 심지어 동물도 그렇다니까. 우리 인간들은 선사 시대부터 그렇게 프로그래밍이 돼 있단 말이야. 그때도 바로 눈앞의 벌통보다 멀리서 나타나는 사자에게 관심을 보였을 거야, 그게 사람의 본능이니까. 부정적인 것의 힘이 더 강하단 말이지. 그게 당연히 시청률에 유리할 수밖에 없어.」

고티에가 르네의 등을 세게 친다.

「자자, 철학자 흉내는 이 정도로 하자고. 우린 지금 엄청난 도전을 눈앞에 두고 있으니까. 죽은 사람이 없는데 시청자들의 흥미를 끌어야 하는 어마어마한 과제가 있단 말이지…….」

「해골이 있긴 있죠. 1만 2천 년 전에 죽은 사람들이긴 하지만.」 오팔이 사실을 바로잡아 주려 한마디 한다.

기자는 들은 체 만 체 하던 이야기를 계속한다.

「우는 어린아이도 없고 앰뷸런스 소리도 공포에 질린 사람들의 비명도 없단 말이야, 어? 뭘로 시청자들의 눈길을 붙잡아 둘 거냐 이거지. 같은 시간대에 우리 경쟁사에서는 뮤직비디오를 찍다가 자기가 키우던 핏불 테리어한테 물려 손이 뜯겨 나간 래퍼의 사건을 오프닝으로 내보낼 예정이란 말이야. 물어뜯은 주인의 손을 공처럼 가지고 놀던 그 개를, 주인인 래퍼가 멀쩡한 다른 손으로 총을 쏴 죽였다는 거 아니야. 그 영상을 확보해 내보내겠다는 거라고. 피가 튀고 비명이 터져 나오고 개가 등장하고 랩이 흘러나오고, 게다가 유명인이 주인공이야. 내가 보기엔 완벽한 뉴스라고. 망할 놈의 경쟁사에서 그 영상의 독점 중계권까지 얻었다는 거야, 나 참. 사실 난 그 가수 이름도 모르거든? 아는 사람이 뭐 얼마나 있겠어? 그런데 이제부터 모두가 알고 싶어 야단이겠지! 그런 뉴스와 경쟁하기가 만만치 않을 텐데, 이걸 어쩐다.」

웃는 얼굴로 계속 저자의 말에 관심을 보이는 척하자니 죽을 맛이군. 하지만 참아야지, 좋은 일을 위해서니까.

「어쨌든 진지한 게 한 건 있다고 내가 몹시 어렵게 우리 보도국장을 설득했지. 그게 바로 자네야, 르네. 그런데 이건 진지하면서도 〈동시에〉 화려하게 뽑아야 해. 기본적으로 교양 채널 분위기로 가면서도 센세이셔널한 걸 섞는 거지. 조명은 횃불을 들고 동굴을 탐색하는 옛날 탐험가 분위기로 가면 좋겠어. 뱀들이 화면 앞쪽에 보이도

록 찍으면 완벽하겠지만 시간상 그건 아무래도 희망 사항이겠지. 자네와 자네 동료 의상도 준비해 놨네. 전체적인 분위기에 맞게, 인디애나 존스 스타일로.」

우리는 이제 기 드보르가 말한 〈스펙터클의 사회〉를 살고 있어. 역사는 식료품 같은 소비재가 됐어. 맛을 내기 위해 달거나 매운 소스를 뿌려야 하는 패스트푸드와 똑같이 돼버렸다고.

「어쨌든 아무 걱정하지 말게, 르네. 아까도 말했지만 최고의 촬영팀이 자네와 같이 있으니까. 나는 6개월 전에 쿠푸 왕 피라미드에 있는 비밀 방을 촬영해 내보낸 경험도 있네. 아마 알 텐데?」

「아니, 몰라요. 미안해요.」

「그런가. 자네가 믿든 안 믿든 쿠푸 왕 피라미드 방송은 엄청난 시청률을 기록했지. 남자 친구를 칼로 찌른 리얼리티 TV 쇼 스타의 사건을 동 시간대에 오프닝으로 내보낸 경쟁 채널보다 시청률이 높을 정도였으니까. 그 자식들, 영화 〈싸이코〉의 음악을 배경으로 깔았더군. 어쨌든 내가 이런 일에 적지 않은 경험이 있으니 걱정하지 말라는 뜻일세. 그때도 여기 있는 니콜라, 세리즈와 함께 작업했었지. 우리가 영화 〈미이라〉의 음악을 배경으로 삽입한 덕에 시청률에 큰 재미를 봤어. 그 작품으로 난 상까지 받았고. 이번에 이 시와 오아시스 건의 촬영 승낙을 받는 데도 사실 그 쿠푸 왕 피라미드가 결정적 역할을 했고. 어쨌든 이집트는 내 전공이라는 거야. 제목도 미리 정해 놨는데, 〈이집트 사막에서 발견한 고대의 보물〉, 부제는 〈되찾은 아틀란티스의 문서들〉, 어때?」

갈색 머리 카메라우먼이 차분하게 말한다.

「파리에 가서 〈인디애나 존스〉의 OST를 입힐 생각이에요. 그런 식으로 무의식에 영향을 주는 거죠.」

자, 이제 적어도 한 가지는 분명해졌어. 고티에의 의도는 파악됐어.

「이게 다가 아니야.」 그가 빼기며 말한다. 「인터넷 생중계권도 얻었어. 내 채널 구독자들에게 이미 〈세기적 사건의 생중계〉에 대해 공지해 놨지.」

르네가 사람들에게 레몬 조각을 띄운 물을 따라 준다.

「최대한 많은 사람들에게 이 사건을 알리는 게 우리의 목표네. 아주 오랜 옛날에 아틀란티스가 존재했다고 주장한 사람들의 명예를 회복할 절호의 기회니까 말이야.」

「이미 기원전 500년에 피타고라스가 아틀란티스의 존재를 언급했지만 아무도 그의 말을 믿어 주지 않았어요. 1백 년쯤 뒤에 플라톤이 『크리티아스』에서 또다시 언급했지만, 그 역시 당대 철학자들의 조롱과 놀림을 받았죠.」

「아니, 내가 생각하는 건 피타고라스나 플라톤이 아니야. 내 머릿속에 있는 건 에드가 P. 자코브[12]의 〈블레이크와 모티머〉 시리즈, 〈아틀란티스의 수수께끼〉 같은

12 벨기에의 유명 만화가.

거야.」

「아, 그렇군요, 미안해요. 우리가 다른 내력을 지닌 사람들이란 걸 미처 생각 못 했어요.」

「니콜라, 사람들을 살짝 아래쪽에서 잡아, 그렇게 해서 교사가 우리한테 강의를 하면서 뭔가 가르쳐 주는 분위기를 내는 거야. 그리고 르네, 자네 말인데, 화법에 좀 각별히 신경을 써줘. 발음도 정확히 해주고. 그 〈미안해요〉를 뒤에 붙이는 말버릇 좀 어떻게 안 되겠어?」

「아 그렇죠, 미안해요. 아니, 죄송해요.」

언제 저녁이 되지. 벌써부터 가슴이 조마조마해.

「말할 때 서슴지 말고 최상급을 당당히 사용해. 오늘이 발견을 기점으로 세상은 완전히 달라질 것이라고 카메라 앞에서 주장하는 거야. 아틀란티스에서 와 야만인들을 정복하고 개화시켜 고대 문명의 탄생을 가능하게 한 거인의 존재가 밝혀졌으니 앞으로 모든 역사책을 다시 써야 할 것이라고 말이야. 피라미드의 신비도 결국 거인들의 존재를 통해 설명될 수 있는 게 아니겠어. 솔직히 쿠푸 왕 피라미드를 촬영하는 동안 몇 톤이 넘는 그 거대한 돌덩이들을 보면서 나 역시 의문을 가졌어. 노예 수천 명을 동원해도 인간의 힘으로는 도저히 그 돌덩이들을 움직일 수 없겠다는 생각이 들었지.」

「그게 바로 우리 역사의 빠진 고리죠.」 오팔이 한마디 거들고 나선다.

「참, 당신이 최면사라고 했던가? 일이 다 끝나면 나한테도 최면을 좀 걸어 줘요. 담배를 끊기가 너무 힘들어서 말이야. 그리고 항상 신경이 너무 곤두서 있거든. 긴장을 탁 푸는 게 마음대로 안 되네.」

「그런 사람한테는 최면이 걸리지도 않아요. 최면이 효과를 내려면 긴장이 완전히 풀어진 상태가 돼야 하거든요.」

「TV에서 최면 프로그램을 보니까 그렇지 않던데. 누구나 다 트랜스 상태에 들어가더구먼.」

「피험자들을 미리 골라 준비를 시켜 놓고 방송을 찍어서 그래요. 어쨌든 내가 억지로 당신의 긴장을 풀어 줄 수는 없어요. 그건 당신 혼자 해내야 하는 일이에요. 스스로 어느 정도 긴장을 풀어야 내가 완전히 이완되게 도와줄 수 있어요.」

그가 오팔을 빤히 쳐다보더니 갑자기 크게 웃는다.

「당신 유머 감각이 마음이 들어요, 오팔. 어쨌든 오늘 저녁에 나한테 필요한 건 긴장 완화가 아니라 반대로 극도의 긴장감이에요, 완벽한 포커스 상태. 그래야 카메라가 보물 항아리를 잡을 때 사람들이 숨죽이며 지켜보게 만들 수 있으니까.」

「보물 항아리가 아니라 〈두루마리가 든 항아리〉라고 해야 맞죠.」

「그런데 해골은 어떤가? 둘 다 다 남자 해골인가?」

「아니, 남녀 커플이에요. 골반 크기에 뚜렷이 차이가 있는 걸로 봐서 성별이 다른 게 분명해요. 가서 직접 보면 알겠지만 남자 것이 훨씬 크죠. 그런데 둘이 손을 잡고 있어요. 더 정확히 말하자면 여자의 오른손 손가락 관절과 남자의 왼손 손가락 관절이 맞물려 얽혀 있죠.」

「로미오와 줄리엣의 1만 2천 년 전 버전이라, 완벽해.」

「잠깐만요! 괜찮은 제목이 하나 떠올랐어요.」 세리즈가 살짝 상기된 얼굴로 말한다. 「〈동굴 속에 숨겨진 거인들의 해골〉, 이게 더 흥미를 확 끌 수 있는 제목이 아닐까요.」

「동감이야. 아틀란티스가 뭔지 누가 알겠어. 거인들의 해골, 이게 훨씬 낫네. 너 진짜 머리 좋아, 세리즈.」

고티에가 손목시계를 내려다보면서 깜짝 놀라는 시늉을 한다.

「이거, 얘기만 하다 시간 다 가겠네. 자자, 준비들 해요, 길을 나서는 게 좋겠어요.」

「면도할 시간이 있을까요?」 르네가 묻는다.

「그건 절대 금물이야! 그러면 탐험가 콘셉트와 안 맞지. 자넨 현장에 도착해서 사실을 확인하는 역사가란 말일세. 자신에게 부여된 캐릭터와 일체를 이루어 보라고. 오팔, 당신도 화면에 나오는 게 좋겠어요, 은근히 카메라를 잘 받는 스타일인 것 같거든. 옷만 살짝 옆으로 벌려서 가슴선이 더 드러나게 해줘요. 화장도 좀 하고. 당신도 주어진 캐릭터를 잘 좀 소화해 봐요. 〈인디아나 존스〉 1편의 여주인공, 그게 바로 당신이야. 니콜라, 그 여자 이름이 뭐였더라?」

「기억이 안 나는데요.」

「세리즈, 생각 안 나?」

「저도 안 나는데요.」

「그래, 뭐, 이름은 됐고, 어차피 사람들이 이름을 기억할 건 아니니까…… 그냥 주인공과 함께 움직이는 여배우라고 해두지.」

상황이 상황이니만큼 오팔은 침을 삼키며 할 말을 꾹 참는다. 르네가 그녀를 향해 〈그 심정 알아요, 나도 당신과 똑같으니까〉를 의미하는 제스처를 해 보인다.

「엘로디, 네가 맡은 과학자 역할은 반박 불가능한 증거들 앞에서 사실을 인정할 수밖에 없는 회의주의자야. 니콜라, 엘로디한테 핀 마이크 좀 달아 주겠어?」

저자는 상대방한테 부탁할 때마다 계속 목소리 톤이 변하는데, 혹시 전생들이 남긴 목소리의 잔재 때문이 아닐까. 보스의 목소리, 월급 인상을 요구하며 굽신거리는 직원의 목소리, 상대를 유혹하는 목소리, 위협하는 목소리.

「자, 다들 자기가 맡은 역할을 머릿속에 입력했지? 세리즈, 줌아웃과 줌인을 번갈아 하면서 동굴과 사람들의 얼굴을 찍는 거야. 클로즈업해서 시선을 포착할 때는 앞서가는 남자를 먼저 카메라로 잡고, 연이어서 뒤따라가는 두 여자를 잡아, 그래야 화면에 생기가 불어 넣어져. 그리고 무엇보다 중요한 건 감정, 내가 원하는 건 감정이야.」

그가 한 사람씩 차례로 눈을 맞추자 다들 고개를 끄덕인다. 르네는 준비를 위해 호텔 방으로 올라간다. 그는 거울 앞에 선다.

대망의 날이야. 잠시 후면 전 세계가 진실을 알게 될 거야.

오팔의 모습이 거울에 비친다. 그녀가 뒤에 서서 〈저들은 우리 영혼의 가족이 아니에요, 하지만 저들 덕분에 우리는 바라는 바를 이루게 될 거예요〉를 뜻하는 의미심장한 윙크를 그에게 날린다.

우린 이제 서로 말이 필요 없는 사이가 된 느낌이야.

106

게브가 소인 군대 앞으로 나선다. 수천 명의 원주민이 일제히 창과 활을 휘두르며 그를 위협한다. 누트와 10여 명의 아틀란티스인이 줄을 맞춰 게브의 뒤를 천천히 따른다.

원주민들의 얼굴에 두려움과 호기심이 동시에 스친다. 그들이 거인들을 향해 노도와 같은 날카로운 함성을 내지른다.

소인들의 우두머리로 보이는 자가 대열 앞으로 나온다. 그는 동물 가죽을 허리에 두르고 뼛조각을 엮은 목걸이를 하고 있다. 커다란 뼈 하나가 그의 콧대 아래쪽에 가로질러 끼워져 있다.

소인 우두머리는 게브와 눈높이를 맞추기 위해 언덕 마루에 올라가 선다. 게브가 그의 앞으로 검지를 내밀자 그가 이를 드러내며 험악한 인상을 쓴다. 게브가 꿈쩍도 안 하자 그 역시 검지를 앞으로 뻗는다. 접속이 일어난다.

게브가 텔레파시 능력을 이용해 대화를 시도한다. 소인 우두머리가 눈을 감는 순간 거인의 메시지가 전해져 온다.

우리 사이에 생명의 에너지가 흐르도록 놔두어라. 네 몸과 내 몸에는 똑같은 에너지가 흐르고 있다는 걸 명심해라. 네가 진화할 수 있게 내가 돕겠다.

네가 두려움을 극복할 수 있게 내가 돕겠다. 네 영혼이 불멸에 이르는 법을 내가 가르쳐 주겠다. 너한테 사랑을 가르쳐 주겠다.

그러기 위해서는 네가 신중히 처신하고 내 말에 귀를 기울여야 한다. 네 능력에 닿지 않는 것을 파괴하려는 마음을 접어야 한다.

소인 우두머리가 눈을 번쩍 뜨더니 게브의 앞에 엎드려 머리를 조아린다. 게브가 다시 검지를 뻗어 접속을 일으킨다.

게브는 텔레파시를 통한 영적 소통으로 상대에게 의식 고양의 중요성을 깨닫게 해준다. 소인 우두머리가 눈을 뜨고 동족들 쪽으로 몸을 돌려 큰 소리로 뭔가를 말한다. 귀를 찢는 고음의 목소리가 거인들 귀에는 짹짹거리는 새소리처럼 들려온다.

그의 말이 끝나는 순간 소인 군대에 동요하는 움직임이 감지된다. 그들이 일제히 무기를 내려놓으며 우두머리를 따라 거인들 발밑에 엎드리더니 두 개의 음절로 이루어진 단어를 합창하기 시작한다.

〈게브!〉〈게브!〉〈게브!〉

바다에서 온 거인들은 그제야 마음을 놓는다.

누트가 게브의 귀에 대고 속삭인다.

「이 사건도 내일 잊지 말고 꼭 두루마리에 적어야겠어요.」

107

털로 뒤덮인 거미 한 마리가 소스라치게 놀라 구멍으로 도망친다. 인간 탐험가들과 기자들의 요란한 발소리가 동굴에 점점 가까워져 온다.

고티에 카를송이 동행자들에게 전국 채널을 통한 생중계가 시작됨을 알려 준다. 니콜라가 마이크 봉을 앞으로 내밀고, 세리즈가 어깨에 멘 카메라의 화이트 밸런스를 조절하고 초점을 맞추기 시작한다. 빨간색 LED 램프에 불이 들어온다. 그들의 모습이 전파를 타고 생중계되기 시작했다는 뜻이다. 고티에가 경쾌한 목소리로 말문을 연다.

「시청자 여러분, 안녕하세요. 여러분은 잠시 후 역사적인 사건을 지켜보시게 될 겁니다. 인류의 기원에 대한 우리의 지식을 뒤엎어 버릴지도 모르는 고고학 유적지가 곧 모습을 드러낼 겁니다. 지금 여러분이 보고 계시는, 저희 촬영팀에서 내보내는 화면 속 이곳은 사막 한가운데 위치한 산입니다. 여기서, 바로 어제, 역사 교사인 르네 톨레다노와 그의 조수가 세기적인 발견을 했습니다. 지금 제가 서 있는 곳은 정확히 이집트 서쪽, 리비아 국경에서 가까운 시와 오아시스에 위치한 백산이라는 곳입니다.」

그들이 천천히 동굴 입구로 걸음을 옮기기 시작한다. 고티에가 앞장을 서고 르네와 엘로디, 오팔이 약속한 대로 동굴 벽을 횃불로 비추면서 따라 걷는다.

「톨레다노 선생님, 발견에 대한 얘기를 좀 저희한테 들려주시죠. 어제 일어난 일이었죠, 그렇죠? 선생님이 최초로 이 바위 신전을 발견하고 안으로 들어가기 위해 동굴 입구를 막고 있던 거대한 바위를 폭파해야 했다고 들었어요. 그런데 한 가지 궁금증이 생기는군요. 바로 여기에서 그런 대단한 발견을 하게 되리라는 걸 어떻게 아셨죠?」

「음, 그게, 최면 덕분이에요. 여기 있는 오팔과 최면을 하다 알게 됐어요. 사실 저희 둘이 만난 것도 최면 덕분이죠, 저희가…….」

르네가 우뚝 멈춰 선다. 군데군데 모래가 깔린 동굴 바닥에 그의 것도 아니고 오팔의 것도 아닌 발자국들이 찍혀 있다.

발자국이 너무 많아. 많아도 너무 많아. 우리가 다녀가고 나서 온 사람들이 있는 게 틀림없어. 발자국으로 봐선 세 명도 넘는 것 같아. 게다가 바퀴 자국까지 나 있어. 수레나 지게차가 지나간 흔적이 분명해. 지금 이러고 있을 때가 아니야. 당장 그만둬야 해.

고티에가 눈썹을 살짝 찡그리면서 진지한 목소리로 마이크에 대고 말한다.

「자, 저희는 지금 암석 터널로 걸어 들어가고 있습니다. 어제 이 두 분이 그랬던 것처럼 이제 저희도 놀라운 광경을 목격하게 되겠죠. 이 동굴은…… 아틀란티스인들이, 더 정확히 말하면 아틀란티스인 커플이 몸을 피하러 들어왔던 곳입니다! 어제 르네 톨레다노 선생님이 발견한 게 바로 그거죠? 그렇죠, 르네?」

「아, 네, 그렇죠.」 르네가 어쩔 줄을 몰라 하며 버벅거린다.

상대의 당혹감을 포착한 기자가 즉시 상황을 수습하기 위해 나선다.

「그 두 사람은 마지막 순간을 맞으러 이곳에 들어왔습니다. 그런데 바닷속으로 가라앉기 전 자신들의 문명을 기록한 파피루스 문서들을 커다란 항아리 두 개에 담아 여기로 가지고 들어온 겁니다. 그런 거죠, 톨레다노 선생님?」

르네가 대꾸도 없이 걸어간다. 그가 횃불을 내팽개치더니 회중전등을 들고 사방을 비추면서 달음박질하듯 걷는다. 마치 탱크가 밟고 지나간 듯 종유석과 석순들이 산

산조각 나 바닥에 쌓여 있다. 르네가 카메라 앵글에서 벗어나 뛰기 시작한다.

이런! 안 돼! **안 돼!**

세리즈가 뒤따라 달려와 그를 카메라로 비추고 니콜라가 마이크 봉을 앞으로 뻗는다. 그들 눈앞에 나타난 동굴 내부는 텅 비어 있다. 모래 바닥에 찍힌 발자국들과 바퀴 자국들이 밤새 벌어진 일을 웅변해 주고 있다.

말도 안 돼. **이럴 수는 없어!**

르네가 힘없이 주저앉는다.

「안 돼애애애애애! 이건 아니야! 아니라고!」

모두가 할 말을 잃은 채 서 있다. 고티에 카를송이 얼른 앞으로 나와 카메라 화면을 꽉 채우고 서서 마이크를 잡는다.

「시청자 여러분, 죄송합니다. 기술적인 장애가 발생해 어쩔 수 없이 마이크를 스튜디오로 넘겨야겠습니다. 뒷이야기는 여러분께 계속해서 전해 드리겠습니다. 지금까지 이집트 사막에 있는 시와 오아시스였습니다, 파리에서 다음 뉴스를 전해 주시죠.」

주저앉은 르네가 분노로 치를 떤다. 오팔이 경악한 표정으로 옆으로 걸어온다. 고티에가 펄쩍펄쩍 뛰며 악을 쓴다.

「사기야! 사기였어! 당신들이 수백만 시청자들 앞에서 날 바보로 만들었어! 그런 줄도 모르고 당신들을 믿었으니! 가만두지 않겠어!」

엘로디의 안색이 딱딱하게 굳어 있다. 세리즈가 실망한 표정으로 어깨에 메고 있던 카메라를 내려놓는다. 니콜라는 허탈한 한숨을 내쉰다. 화가 가라앉지 않은 고티에가 르네에게 손가락질을 하며 소리친다.

「이 사기꾼! 당신은 수백만 시청자 앞에서 나를 웃음거리로 만들었어. 절대 당신을 용서 못 해, 내 말 명심해, 절대 용서 못 한다고!」

그가 벌써 동행자들에게 돌아가자는 신호를 보낸다. 엘로디까지 잠시 머뭇거리다 기자들을 뒤따라 나가자 동굴 안에는 르네와 오팔만 남는다.

르네가 왼쪽 옆으로 눕더니 다시 몸을 오른쪽으로 틀어 등을 바닥에 대고 동굴 천정을 올려다본다. 거인 해골처럼 누워 있는 그의 곁에 오팔이 다가와 자연스럽게 나란히 눕는다. 손끝이 서로 닿는다. 손을 맞잡는다.

오팔이 느닷없이 웃음을 터뜨리자 르네가 따라 웃기 시작한다.

그들의 웃음소리가 일으킨 공명이 동굴 안을 가득 채운다. 한참 울려 퍼지던 웃음소리가 서서히 잦아든다. 둘은 한동안 말이 없다.

「너무 아름다운 이야기예요.」

그들은 손을 맞잡은 채 누워 있다. 갑자기 웅성거림이 들리고 제복 차림의 실루엣들이 그들 앞에 나타난다. 앞장선 사내가 권총을 꺼내 겨누며 악센트가 강한 영어로 말한다.

「경찰이다! 너희들은 체포됐어.」

108

거인들의 발밑에 공물이 높이 쌓인다. 둥당둥당 흥이 오른 북소리에 맞춰 소인 무희들이 경외심 가득한 미소로 그들을 올려다보며 몸을 뒤틀고 있다.

누트가 옥좌에 앉아 신들에게 바칠 선물과 음식을 손에 들고 긴 행렬을 이룬 소인들을 내려다보고 있다. 순식간에 일어난 변화가 여전히 믿기지 않는다. 게브가 종교를 만들자 소인들이 경배를 위해 곳곳에서 모여들고 있다. 정상적인 반응이라고는 믿기 힘든 광경이다.

그녀가 고개를 돌려 역시 옥좌에 앉아 있는 파트너를 쳐다본다. 그는 발밑에 새로운 공물이 놓일 때마다 고개를 끄덕여 만족감을 표시해 주고 있다.

「살의가 한순간에 경외심으로 바뀔 수 있다는 게 믿기지 않아요.」

「르네의 설명을 듣고 내가 이해하기로는, 소인들의 상상력은 그 대상이 확인 불가능할수록 강해지는 것 같아요. 그들은 믿음에 취해 있어 생각 같은 건 하지 않아요. 자신들이 주인으로 받들어 모시는 대상에 마술적 권위를 부여하며 복종할 뿐이에요.」

「아무리 그래도 그렇지, 순식간에 증오가 경배로 바뀌는 건 이해가 안 가요!」

「저들은 우리를 섬김으로써 행복을 느끼는 것 같아요. 우리는 저들에게 없는 지식을 전수해 주고 진화를 이루게 도와주면 돼요. 저들이 우리를 만나지 않았더라면 수천 년이 걸리지 않았을까요?」

「우리 없이도 진화를 이루었을 거예요.」

「그렇지 않아요. 우리는 저들에게 글자와 의술과 환생과 건축을 가르칠 거예요.」

「당신이 만든 종교는 무척 정교하고 섬세해요. 당신의 창의력이 존경스러워요.」

누트가 그를 흐뭇한 표정으로 바라본다.

「네에가 큰 줄기를 잡아 줬기 때문에 어렵지 않았어요. 그의 조언대로 했을 뿐이에요.」

누트의 발밑에 소인 여성이 다가와 나무로 조각한 그녀의 형상을 흔들어 보인다. 누트가 몸을 깊이 숙여 조각상을 받아 들며 가느다란 한숨을 내뱉는다. 그러고 나서 고개를 끄덕여 감사의 마음을 전한다.

「왠지 마음이 불편해요. 우리가 저들에 대한 영향력을 악용하는 것 같기도 하고…….」

「지금 우리한테 가장 중요한 것은 두루마리에 기록을 남기는 일이에요. 지난번 만났을 때 네에가 우리 둘이 항상 돌고래 목걸이를 차고 있어야 한다고 신신당부하더군요.」

누트가 손바닥을 쳐 소리를 내자 즉시 소인 둘이 달려온다.

그녀가 입이 궁금하다고 말하자 그들이 어디론가 사라지더니 금세 앙증맞은 현지 과일들을 들고 돌아와 발밑에 쌓아 놓는다.

「복종에서 행복을 찾는다는 게 참으로 놀라워요.」

「왜 꼭 자유와 독립성을 추구해야 한다고 생각하죠?」

「복종하는 처지가 좋을 리 없잖아요.」

「왜죠? 좋으면 안 돼요?」

게브가 신들끼리 조용히 담소를 나누고 싶으니 자리를 비켜 달라는 몸짓을 한다. 그가 테이블에 있는 두루마리 하나를 펼쳐 누트에게 보여 준다. 벌써 꽤 많은 내용이 쓰여 있다.

「이 두루마리의 기록이 존재하는 한 우리가 후대에 잊힐 위험은 없어요. 대홍수가 닥치기 전 우리가 섬에서 어떻게 살았는지 미래 인류가 상세히 알게 될 테니까.」

게브가 대나무를 깎아 만든 필기구를 집어 들고 하멤프타의 역사와 도시의 소멸 과정, 그리고 생존자들의 이집트 정착을 담은 기록을 계속해 나간다.

「전력을 다해요. 1만 2천 년 뒤에 저들이 80억 명으로 늘어난다고 들었어요. 당신이 지금 쓰고 있는 내용을 80억 명이 읽게 된다는 뜻이에요.」

게브가 고개를 끄덕인다.

「그때, 영광은 네에에게 돌아가야 해요. 우리가 신화였을 뿐이라고 믿는 사람들에게 우리의 존재를 알리는 게 다름 아닌 그일 테니까.」

109

실내가 숨이 막힐 듯이 후텁지근하다. 외교관이 이마에 맺히는 굵은 땀방울을 연신 손수건으로 찍어 낸다. 손수건에 그의 머리글자인 JCDV가 수놓아져 있다.

그의 앞에 붉은색 옷을 입은 르네가 무표정한 얼굴로 앉아 있다. 젊은 외교관이 르네에게 〈장샤를 드 빌랑브뢰즈, 카이로 주재 프랑스 대사관 문화 담당 보좌관〉이라고 찍힌 명함을 건넨다.

「당신이 지금 있는 곳이 어딘지 아세요?」

「글쎄요.」

「여긴 철통같은 보안을 자랑하는 토라 교도소, 일명 전갈 감옥이라고도 하는 곳입니다. 톨레다노 씨, 당신의 체포 소식을 접하는 순간, 무슨 이유로 정치범들을 주로 수용하는 이곳에 감금했을까 궁금했어요. 그래서 이렇게 오게 된 거예요.」

스물을 갓 넘긴 듯한 앳된 청년이 르네를 쳐다보며 말

한다.

장샤를…… 드 빌랑브뢰즈? 혹시 레옹틴의 〈생물학적〉 후손일 수도 있을까?

르네는 시와 동굴에서 그를 체포한 후 줄곧 위험한 범죄자 취급하는 경찰의 반응이 과하다는 생각을 가지고 있었다. 그는 오팔과 함께 삼엄한 경호 속에 이곳으로 이송됐고, 도착 즉시 그녀와 헤어져 다른 곳에 수감됐다.

교도관들이 그의 소지품을 압수하고 몸수색을 마치고 나서 지금 입고 있는 붉은색 파자마 같은 옷을 건네줬다. 그가 수감된 방은 가로 세로가 각 3미터를 넘지 않는 손바닥만 한 크기로, 벽에는 세면대가 하나 붙어 있고 바닥에는 변기 대신 구멍이 뚫려 있다. 창문이라고 부르기도 민망한 10센티미터가량의 틈이 벽 위쪽에 나 있다.

저들이 날 〈우블리에트〉에 감금했어.

르네는 중세 프랑스 성채들에 존재했던 지하 감옥을 떠올린다. 그 잔인한 감옥에 지금 자신이 갇혀 있는 것이다.

나는 인간을 넣는 쓰레기통에 들어와 있어.

이 악취 나는 쥐구멍에 비하면 방음벽에 둘러 싸여 있던 마르셀 프루스트 정신 병원 입원실은 왕궁이었다는 생각이 든다.

오팔도 나처럼 인간 이하의 취급을 받고 있겠지.

교도관이 개가 물어뜯다 버린 듯한 뼈다귀 하나와 눅

눅해진 빵 한 덩어리가 담긴 식판을 내려놓고 간 뒤로 사람의 그림자도 볼 수 없다. TV를 볼 수도, 변호사의 접견도 없이 시간이 느리게 흐르는 가운데 그는 신경이 날카롭게 곤두서 있다.

백산에서 벌어진 일에 대한 실망감과 자신을 믿어 준 사람들 — 불쌍한 오팔, 〈판도라의 상자〉에서 나를 선택한 건 큰 실수였어요! — 을 향한 죄책감, 그리고 앞으로의 일에 대한 두려움 — 이 우블리에트에서 천천히 썩어가게 될 거야 — 에 사로잡혀 마음의 평정을 찾을 수가 없었다. 당연히 자가 최면에 이르는 것도 불가능했다. 몇 번 계단을 내려가긴 했지만 그때마다 닫힌 문 앞에서 발길을 돌려야 했다.

그런데 갑자기 교도관이 그를 끌고 나와 이 접견실로 데려왔고, 그는 지금 모범생 같은 얼굴에 칵테일파티에 갈 것처럼 재킷에 넥타이로 멋을 낸 이 청년과 마주하고 있다.

「에체고옌 씨는 어떻게 됐는지 궁금해요.」

르네가 그에게 묻는다.

「에체고옌 씨와 나머지 친구분들 네 명도 다 여기 수감돼 있어요.」

「우리를 체포한 이유가 뭐죠?」

장샤를 드 빌랑브뢰즈가 눈을 내리깐다.

「좋은 소식이 아닌데 어쩌죠. 공식적으로 당신들은 유

적 파괴 혐의로 체포됐어요.」

「뭐라고요?!」

「이집트 문화부가 당신들을 고발했어요. 그곳에 있던 파라오 시대의 유물들을 당신들이 고의로 파괴했다고 주장하고 있어요.」

「사실은 그 반대잖아요, 제가…….」

「저도 나름대로 조사를 해서 진실을 알고 있으니까 설명하실 필요 없어요. 문화부 직원 몇 명한테 뒷돈을 주고 이 사건의 정황을 알아봤어요.」

「어디 얘기를 좀 들어 봅시다.」 르네가 심각한 표정을 짓는다.

「그 고티에 카를송이라는 기자가 사건을 촉발했더군요. 그가 촬영 허가를 받기 위해 동굴 위치를 공개하고 사진을 문화부, 정확히 말하자면 고대 분과에 보냈어요.」

이렇게 잘못될 줄 알았다니까.

「기자는 고대 유적을 둘러싼 복잡한 정치적 문제를 몰랐던 거죠.」

「정치적 문제라면?」

「현재 이집트 의회는 자유정의당, 다시 말해 무슬림 형제단 세력이 과반수 의석을 차지하고 있어요. 무르시 전 대통령 시절과 분명히 달라지긴 했지만 추구하는 가치는 비슷하죠. 이런 상황이다 보니 현대적이고 종교적 색채가 옅은 현 대통령 시시 장군이 내각 구성 과정에서 그들과 일정 수준 타협하지 않을 수가 없었어요. 그래서 요직으로 분류되지 않는 문화부 장관 자리에 무르시 전 대통령의 측근이었던 압델 알리를 임명했죠. 한때 무르시의 정치적 동지였으나 기회주의적으로 시시 장군과 손을 잡은 압델 알리는 온건주의자로 알려져 있었죠. 그런데 장관직에 오르자마자 본색을 드러내면서 무르시 집권 시절에 시작된 정책을 물밑에서 다시 추진하기 시작했어요. 무종교 예술가들을 추방하고, 국가적 유산을 더럽히고 도둑질한다며 서양 고고학자들을 탄압했죠. 또 고대 이집트 유적 관광은 이슬람 이전 시대의 우상 숭배에 대한 불건전한 호기심에 비롯된 것이라며 온갖 수단을 동원해 없애려 하고 있어요.」

「쿠푸 왕 피라미드 폭파를 검토해 달라고 했던 그 압델 알리 말인가요?」

「아, 그 사건을 알고 계시는군요? 맞아요, 바로 그자예요. 이슬람 근본주의자들은 무함마드 탄생 이전에 만들어진 고고학 유적지를 모두 파괴하려고 했죠. 이라크에 있는 님로드 신전의 문들은 벌써 불도저로 밀어 버렸어요. 2001년에는 아프가니스탄 바미얀 불상들을 파괴했고, 리비아에 있던 페니키아 유적도 히브리어가 새겨져 있다는 이유로 없애 버렸죠.」

장샤를 드 빌랑브뢰즈는 무미건조한 목소리로 완벽하게 절제된 어법을 구사한다. 조금도 흐트러짐 없는 자세에 눈조차도 깜빡이지 않는다.

「결국 문화부 장관인 압델 알리가 우리를 곤경에 빠뜨린 주범인 셈이군요?」

「백산에서의 촬영 계획을 보고받은 그가 재빨리 조처했어요. 만약 그곳에서 고고학 발굴이 이루어지면 우상숭배 유적을 보려고 관광객들이 몰려들 것이라는 판단을 내렸겠죠. 다른 정치인들이 개입하기 전에 아예 싹을 잘라 버려야겠다고 생각한 그가 동굴의 위치 정보를 알고 기술자들을 급파한 거예요. 거기서 당신이 발견한 유물들을 다 회수해 가지고 왔죠.」

그렇다면 아직 파피루스 두루마리들은 훼손되지 않았을지도 몰라.

「유물들은 지금 어디 있죠?」

「문화부에 있는 제 소식통에 의하면 증거물들을 〈청소〉하러 갔던 기술자팀이 사막에서 흔적도 남지 않게 없애 버렸다는군요.」

동굴 위치 정보를 한 치의 의심도 없이 내준 내가 너무 순진했던 거야. 일이 이렇게 된 건 다 내 책임이야.

「파피루스 두루마리들은 쉽게 태울 수 있었는데 해골 두 구는, 특히 치아의 처리가 쉽지 않아 산성 용액을 부어 녹여 없앴다고 들었어요.」

다 끝났어. 이제 내 발견을 입증할 방법은 아무것도 없어. 어렵게 이룬 성취가 허무하게 사라졌어. 나를 따라왔던 오팔과 엘로디, 그리고 방송국 사람들은 세상 사람들의 기억에서 잊힐 때까지 여기서 썩을 수밖에 없게 됐어.

「이 사건에 대한 사람들의 반응은 어떤가요?」

「주요 방송사를 통해 생중계됐던 프랑스에서는, 이번 시와 동굴 사건이 〈알리 바바 오 럼 동굴〉 사건으로 우스꽝스럽게 회자되고 있어요.[13] 인터넷 노이즈 마케팅을 하려던 고티에 카를송과 그의 인디애나 존스들이 텅 빈 동굴 속에서 웃음거리가 됐다고 생각하죠.」

우리가 바보가 됐어.

「카를송이 거인들의 해골과 아틀란티스의 역사를 증명할 두루마리 항아리의 존재에 대해 워낙 대대적으로 선전했기 때문에 사람들이 엄청나게 조롱을 해대고 있어요. 고무로 만든 가짜 외계인이 등장했던 로즈웰 사건의 재판(再版)이라고까지 하죠. 앞으로 당분간은 이 소재를 누가 다루든 신빙성을 얻기 힘들게 됐어요.」

내가 무슨 잘못을 했길래 이런 벌을 받는 거야? 이 고통이 끝날 때까지 마냥 기다릴 수밖에 없게 됐어.

외교관은 괴로워하는 르네를 보고도 개의치 않고 이야기를 이어 나간다.

「한탕주의로 접근한 카를송 기자는 당연히 이번 사건

13 〈아라비안나이트〉를 좋아하던 폴란드 왕 스타니스와프 레슈친스키가 이름 붙인 바바 오 럼은 건포도를 넣은 동그란 과자를 럼주에 적셔 먹는 것이다. 여기서는 알리 바바의 동굴처럼 보물이 있을 것으로 기대하고 들어갔으나 텅 빈 상태로 발견된 동굴을 비꼬는 말장난이다.

으로 가장 큰 타격을 입었어요. 그뿐이 아니에요. 당신을 옹호하려던 사람들은 모두 조롱거리가 됐어요. 엘로디 테스케 씨는 고등학교 과학 교사인 걸로 아는데, 학생들의 놀림 때문에 교직 생활을 계속하기가 쉽지 않을 거예요. 오팔 에체고옌 씨도 단시일 내에 다시 무대에 오르긴 어려울 거예요, 코믹한 공연이라면 모를까. 사람들에게 빨리 잊히길 기다리는 게 지금으로선 최선이죠. 다른 기술자 둘도 마찬가지예요.」

마침내 사건의 전말을 알게 됐다는 안도감과 급작스러운 계획의 좌절로 인한 허탈감이 동시에 밀려와 르네는 마땅히 할 말을 찾지 못한다.

이제 그 모든 것은 나와 오팔의 기억에만 남게 됐어. 우리가 죽는 순간 그 기억도 영원히 사라지게 되는 거지.

「별로 도움이 되지 못해 미안해요. 하지만 프랑스 정부가 외국 감옥에 수감된 자국민들을 쉽사리 포기하지 않는다는 걸 알려 주러 왔어요.」

이 친구 마음에 들어.

「수감자 사망률이 비정상적으로 높은 이런 전갈 감옥 같은 곳은 더더욱 예의 주시하고 있죠.」

그야말로 〈좋은 소식들〉이 넘쳐 나는 하루군.

갑자기 밖에서 귀를 찢는 듯한 비명이 들려온다.

「좀 알아보니까 여기가 성폭력에다 교도관들의 가학 행위까지…… 폭력적이기로 유명한 교도소더군요. 전직 교도소장이 국제 사면 위원회와의 인터뷰에서 이 감옥에 한 번 들어오면 〈다시는 밖으로 나가지 못하거나 귀신이 돼서 나간다〉라고 말한 걸 읽었어요.」

아니, 왜 이런 얘기를 나한테 하는 거지? 가만히 있어도 힘든 하루를 아예 망쳐 놓으려고 작정한 거야?

「독방은 크게 걱정할 일이 없지만, 혹시라도 당신이 교도소 간부들의 심기를 건드려 다른 수감자들과 한방을 쓰게라도 되면, 그때는 저희도 더 이상 보호해 드릴 방법이 없어요…….」

한마디로 얌전히 지내라, 탈옥은 꿈도 꾸지 말라는 얘기네.

「그렇지만 석방을 위해 제가 다각도로 애쓰고 있다는 점은 알아 두셨으면 해요. 몇 달 내로 해결해 볼게요. 동료 한 명이 이 감옥에 수감돼 있던 비슷한 처지의 동포 한 분을 구해 내는 데까지는 성공한 사례가 있거든요.」

「〈구해 내는 데까지〉라면?」

「석방까지는 성공했는데, 안타깝게도 감염 치료를 제때 받지 못해 결국 사망하셨죠.」

이제야 이 친구가 내 잠재의식에 각인시키려는 메시지를 알겠어. 가만히 손 놓고 있으라는 얘기가 아니야. 반대로 무슨 수를 써서라도 여길 나가라는 거지. 다만 효율적으로 움직여야 한다고 경고하는 거야.

젊은 외교관이 악수를 청한 뒤 접견실을 나가자 르네는 다시 컴컴하고 밀폐된 감방으로 돌아온다.

110
므네모스: 우블리에트

중세 프랑스에는 우블리에트라는 특별한 용도의 방을 지하에 가지고 있는 성채들이 흔했다. 지하에 구덩이처럼 파놓은 이 우블리에트는 바닥 문을 열고 사다리나 밧줄을 내려 드나들게 돼 있었다. 물론 수감자가 안에 있을 때는 사다리와 밧줄을 치워 위로 올라오지 못하게 했다.

일종의 지하 감옥으로 사용된 이곳에는 문이나 창문이 없었고, 당연히 빛도 들어오지 않았다.

바스티유와 피에르퐁 성에서 다수의 우블리에트가 발견되었는데, 벽에 남겨진 낙서들을 통해 그곳이 단순히 지하실이나 지하 저장고가 아니었음을 알 수 있었다.

111

르네가 가부좌를 틀고 앉아 눈을 감는다. 숨을 천천히 들이쉬었다 내뱉는다.

꼭 성공해야 해. 나뿐이 아니라 오팔을 위해서도 꼭 해내야 해. 그래야 언젠가, 어느 곳이 될지는 모르지만 내 발견이 사람들에게 알려질 수 있어. 그래야 이 모든 것이, 그리고 내가, 잊히지 않을 수 있어.

그는 눈을 감은 상태에서 천천히 무의식의 문으로 통하는 계단을 내려간다. 문손잡이가 꿈쩍도 하지 않는다.

당황해선 안 돼. 마음을 비우자.

그가 심호흡을 크게 하고 나서 조심스럽게 손가락 두 개로 문손잡이를 누른다. 드디어 문이 열리자 복도가 나타난다.

됐어. 이제 이폴리트를 찾아가자.

109번 문.

그가 문을 열자 제1차 세계 대전이 한창인 참호에서

잠을 자고 있는 청년 병사의 모습이 보인다.

「잘 지냈어요, 이폴리트? 날 알아보겠어요?」

몸은 여전히 수면 상태인 젊은 청년의 영혼이 그를 알아보고 인사를 건넨다.

「오랜만이에요, 르네. 당신이 다시 찾아올 줄은 몰랐어요.」

「또 당신 도움이 필요해서 왔어요.」

「무슨 일이 있어요?」

「이번에도 탈출할 일이 생겼어요. 지난번과 비슷한 상황에 처해 있어요. 그때 나한테 많은 도움을 준 적이 있는 당신을 또 찾아오게 된 거예요. 그런데 지금 갇혀 있는 이집트 감옥은 파리의 정신 병원보다 탈출이 훨씬 어려울 것 같아요.」

「상황을 설명해 봐요.」

「지금 나는 경계 삼엄한 전갈 감옥에 수감돼 있어요. 감시 카메라가 곳곳에 설치된 건물들이 여러 동 있는 대규모 교정 시설이죠. 게다가 이번에는 이 안 어디에 감금돼 있는지도 모르는 동료들까지 함께 구해서 탈출해야 하기 때문에 만만치가 않아요.」

「경비원이 몇 명이나 되죠?」

「일반 교도소보다 훨씬 많을 거예요. 담장이 아주 높고 감시 시스템도 무척 정교해요.」

잠시 고민하는 듯하던 병사가 입을 연다.

「미안하지만 이번에는 당신한테 도움이 되지 못할 것 같아요.」

「내 부탁을 거절하는 거예요, 이폴리트?」

「도와주고는 싶지만 아무리 생각해 봐도 내가 적임자가 아닌 것 같아요. 별 도움이 되지 못할 것 같아요.」

「해보지도 않고 포기하는 거예요?」

「지금 꿈을 꾸고 있는 사람들 중에 당신의 탈출을 도와줄, 나보다 능력 있는 사람이 분명히 있을 테니 걱정하지 말아요.」

「겸손이 지나치군요. 당신은 어려운 상황에서 능력을 입증한 바 있는 노련한 전투원이잖아요.」

「듣기 좋으라고 하는 말인 거 알아요. 하지만 난 그런 사람이 못 돼요. 목숨을 부지하기 위해 명령에 복종하다 보니 어쩌다 전투력이 길러진 것뿐이에요. 난 아직 어리고 경험도 일천한 일개 징집병에 불과해요.」

「지나친 겸손이 죄가 될 수도 있다는 거 몰라요? 당신은 훈장을 받은 영웅이에요. 진짜 영웅이 됐어요!」

「내가, 〈영웅〉이라고요? 아니에요! 나는 그런 것에 관심도 없고 기쁨도 느끼지 않아요. 그저 편안함과 고요함을 꿈꾸는 소박한 사람이죠.」

「당신은 독일군을 벌벌 떨게 하는 존재예요!」

「나는 얼른 전쟁이 끝나길 고대하는 화가 지망생일 뿐이에요, 예술가를 소명으로 여기는.」

당신을 기다리는 슬픈 현실은 차마 얘기하지 못하겠어요.

「끝내 거절하는 거예요?」

「거절해요.」

「한 번 더 간청할게요.」

「내 대답은 〈아니요〉예요.」

「제발.」

「〈아니요〉라고 얘기했어요.」

이런, 내가 전생들에 당연히 영향력을 행사할 수 있으리라 믿었던 게 잘못이었어. 그들이 얼마든지 내 부탁을 거절할 수 있다는 걸 몰랐어. 앞으로는 이걸 명심해야겠어.

「미안해요. 하지만 이게 최선이에요. 난 누구보다 내 한계를 잘 알거든요. 타국 땅에 있는 무시무시한 감옥에서, 당신과 어디에 수감돼 있는지도 모르는 당신 동료들의 탈출을 도와달라는 거, 이게 당신 부탁이 맞죠? 미안하지만 그런 일에는 나보다 훨씬 강하고 경험도 많은 전사가 필요해요. 나 같은 애송이 징집병이 아니라 살인 병기가. 전쟁을 좋아하고 폭력을 즐기고 무기를 장난감처럼 다루는 그런 사람이 적임자지 나는 아니에요. 나보다 나이도 많고 지혜도 많은, 그러면서도 강단 있는 사람을 다시 찾아봐요.」

이폴리트의 판단이 옳아. 그는 결국 독일군 병사의 손에 죽임을 당하게 되잖아. 한데 이번 일은 절대 실패를 허용해선 안 돼. 이역만리에서, 나를 믿어 줬던 사람들의 목숨을 책임지고 구하는 일이니 절대, 실패해선 안 돼.

르네는 결국 포기하고 문을 넘어 복도로 나와 새롭게 소망을 말해 본다. 〈가장 강하고 민첩하며 자기 통제력이 뛰어났던 나 자신으로 돌아가고 싶다. 나를 이 감옥에서 구해 주고 갇혀 있는 친구들의 탈출을 도와줄 수 있는 전생으로 갔으면 한다. 내 지난 존재들 중 가장 살인에 능했던 사람을 만나고 싶다.〉

그가 간절한 마음으로 소망을 되풀이해 말하자 문 하나에 불이 깜박거리기 시작한다. 71번.

어, 바로 샨티 앞이잖아.

그가 문으로 다가가 다소 긴장된 마음으로 손잡이를 잡는다.

어떤 괴물이 내 눈앞에 나타날까?

112

그의 팔이 검은색 두꺼운 비늘 같은 것으로 뒤덮여 있다. 광택이 나는 매끈한 표면에 뾰족한 침들이 솟아나 있다.

가장 강했던 전생의 나는 동물의 몸이었어. 검은 전갈인가? 때마침 전갈이라니…… 전갈 감옥에서 도망치는 전갈이라, 신기한 우연이군.

비늘처럼 생긴 껍질을 자세히 내려다보니 끝에 장갑이 있고, 장갑 표면에 전갈 문양이 그려져 있다. 그제야 장갑 속에 있는 손가락들의 존재가 느껴진다.

동물이 아니라 인간이었어.

그의 손에 쥐어진 긴 손잡이 끝에 둥그런 금속 테두리가 달려 있고, 거기서부터 끄트머리가 비스듬한 기다란 칼날이 뻗어 나가고 있다. 그의 앞뒤에서 황토색 먼지구름이 피어오르고 있다.

보이는 것에 이어 소리가 들리기 시작한다. 기합 소리,

단말마의 비명, 쟁강쟁강 검이 부딪치는 소리, 화살이 바람을 가르는 소리.

젠장, 이번에도 전쟁이네.

긴장한 발들이 흙바닥 위에서 먼지를 일으키고 있다. 수천 개의 실루엣이 꼭두각시 인형처럼 자욱한 먼지 속을 움직인다.

그의 발에는 엄지발가락만 따로 움직이게 만들어진 신발이 신겨져 있다. 머리에는 얼굴의 반을 내리덮는 차양이 달린 묵직한 투구가 올라앉아 있고, 턱밑에는 투구끈이 바짝 조여져 있다. 얼굴에는 가면이 씌워져 있다.

그의 앞에 사무라이 복장을 한 사내가 검을 흔들어 대며 서 있다. 그는 뿔이 달린 투구를 머리에 쓰고 흉갑과 경갑을 차고 있다.

두 무사가 전투에서 떨어져 나와 단독 결투를 벌이는 중이다.

르네의 영혼이 들어가 있는 사내에게서 강인함과 고도의 집중력, 무서운 결기가 느껴진다. 그가 괜히 전갈 문양을 선택한 게 아니었다. 핏속에 거미류의 차가운 피가 흐르고 있는 듯, 그에게서는 일말의 감정도 느껴지지 않는다.

결투 중인 상대가 전투에서 죽인 사람들한테서 자른 코를 꿰어 만든 목걸이를 걸고 있는 것을 본 르네가 본능적으로 고개를 숙여 자신의 목을 확인한다. 하나, 둘,

셋…… 아홉. 잘린 코가 아홉 개 달려 있다. 상대의 목에는 여섯 개가 걸려 있다.

르네는 몸의 주인에게 말을 걸어 정신을 흐트러뜨릴 때가 아니라고 판단한다. 그는 결투가 끝날 때까지 기다리기로 한다.

결투가 시작된다. 두 사내가 검을 앞으로 뻗는다. 몸을 천천히 돌리면서 탐색에 나선다.

르네는 본격적인 결투에 돌입하기 직전 팽팽한 긴장감이 흐르는 시간을 이용해 전생의 기억으로 들어가 그가 누구인지, 어떤 삶을 살아왔는지 알아본다.

그의 이름은 야마모토 시로. 농사꾼의 아들로 태어나 보졸인 아시가루(足軽)로 전투에 투입돼 창을 들고 싸웠다. 그는 뛰어난 무사를 죽이는 것만이 신분 상승의 길임을 알고 기회를 노리고 있었다.

어느 날, 혼란스러운 전투 와중에 청년 야마모토가 노장 사무라이들의 결투를 숨어서 지켜보고 있었다. 한 사무라이가 상대에게 치명적인 공격을 가하고 나서 자리를 뜨는 순간, 야마모토가 덤불 뒤에서 튀어나와 사무라이의 등에 깊이 창을 꽂았다. 명예로운 방식은 아니었지만 창은 가슴을 관통해 사무라이의 숨통을 끊어 놓았다. 야마모토는 재빨리 시신을 수풀로 끌고 들어갔다. 그는 시신이 쥐고 있던 검을 빼내 머리통을 자른 뒤 머리카락을 이용해 허리춤에 매달았다.

이 세계의 규칙은 아주 단순했다. 무공을 세우면 낮은 신분에서 벗어날 수 있다. 단, 자신의 무공을 증명할 수 있는 전리품을 소지하고 있어야 했다.

몇 번의 기회가 있었지만 야마모토는 한 번도 기회를 실현하지 못해 애를 태우던 중이었다. 다른 아시가루들이 전리품을 가로채려고 달려드는 바람에 시신의 검을 빼 자신의 전우들과 싸워야 했던 적도 여러 번이었다.

그런 그에게 절호의 기회가 찾아온 것이었다. 전투가 끝나고 영주인 다이묘 앞에서 각자의 전리품을 보여 주는 시간이 왔다. 생포된 적의 장수가 시신의 머리를 보고 이름과 직위를 확인해 주었다.

차례가 온 야마모토가 잘라 온 머리통을 보여 주었다. 이 머리통의 주인공이 명성 높은 무사인 것으로 확인되자 다이묘는 크게 기뻐하며 야마모토가 그토록 고대하던 사무라이의 직위를 하사했다. 야마모토는 갑옷 한 벌과 죽은 자의 검을 하사품으로 받았다.

그는 〈주인을 섬기는 자〉를 뜻하는 사무라이의 길에 들어서 사무라이의 행동 규범인 무사도를 익혔다. 그는 아내를 맞고, 하인들을 거느리고, 집과 농지를 소유하는 대신 더욱 더 다이묘의 총애를 받는 무사가 되는 길을 택했다.

첫 번째 쾌거는 금세 또 다른 피에 대한 갈망을 불러일으켰다.

그는 무릎을 꿇은 상태에서 절제된 동작으로 신속하게 검을 빼 들어 상대방의 머리를 내리친 다음 다시 검집에 검을 꽂는 무술인 거합도를 연마했다.

위험천만해 도전하는 자가 많지 않았던 이 무술에 야마모토는 남다른 재능을 보였다.

그의 비결은 한 가지, 정신의 자유로운 운용에 있었다. 〈적이 칼을 빼기로 결정하는 순간과 칼이 날아오는 순간 사이에 무한한 시간이 존재한다는 것을 인식해야 한다.〉

이것이 야마모토의 무기였다. 그는 정신의 힘을 통해 느리게 흐르는 세계에 들어가 있되 빠르게 생각하고 빠르게 행동할 수 있었다. 이 양립에 대한 확신이 그에게 무서운 민첩성을 가져다주었다.

그는 다이묘의 신뢰를 한 몸에 받았다. 주군은 빠르고 확실하게 찌르는 검법을 구사하는 그에게 검은 전갈이라는 애칭을 붙여 주었다.

야마모토는 주군의 성에서 복종의 일념으로 살고 있었다. 스스로 결정하지 않는 복종의 삶에서 행복을 발견했다. 다이묘가 살인을 지시하면 고민 없이, 결정의 고통 없이, 실수의 위험 없이 명을 받들기만 하면 되었다.

야마모토는 유연하고 우아한 동작으로 빠르고 정확하게 상대의 숨통을 끊었다. 그는 살인의 미학을 구현했다. 전투 여건에 최적화된 무기를 찾아내는 것을 기쁨으로 삼았던 그는 가게 뒤쪽에 사형수를 묶어 놓고 다양한 종류의 칼을 써볼 수 있는 가게들을 찾아다니며 무기를 고르곤 했다.

주군이 임무를 맡기지 않는 한가한 시간에는 검도를 연마하고 궁도를 익혔다. 그는 단검과 쇠침, 심지어는 적의 눈을 따갑게 만드는 가루 등 다양한 무기를 활용하는 무예를 쉼 없이 개발해 익혔다. 그는 일상의 물건들을 무기로 전환하는 생활 무술의 일종인 고무도 수련에도 시간을 할애했다.

여자는 아예 그의 관심 밖에 있었다. 다이묘가 적장이나 불충한 신하를 벌하기 위해 강간을 명하는 때가 아니면 그 스스로 여자를 가까이하는 일은 없었다. 그는 먹고, 웃고, 휴식을 취하고, 사랑을 나누는 행위를 타락의 추구로 여겼다. 그의 관심은 오로지 전쟁과, 나날이 전투력이 높아지는 적의 목을 베는 일에 향해 있었다.

그는 전쟁에서 지는 것도 생포돼 고문을 당하는 것도 죽는 것도 두려워하지 않았다. 그는 피로나 추위, 통증도 느끼지 않는다고 큰소리를 쳤다. 얼음장 같은 폭포에 몸을 담그고 여러 날 곡기를 끊은 상태에서 잠을 자지 않으며 스스로의 한계를 시험하곤 했다.

그런 그도 두려워하는 게 하나 있었다. 그의 검에 목이 베인 자들의 원혼. 그래서 그는 예를 갖춰 상대의 목숨을 거뒀고, 결투가 끝난 뒤 시신에게 인사를 잊지 않았으며, 사자의 영혼이 이승을 떠돌지 않고 승천해 빛을 향해 나아갈 수 있게 짧은 기도를 올려 주었다.

애송이 보졸 시절 등 뒤에서 창을 꽂았던 늙은 사무라이를 빼면 스스로에게 부끄러운 일은 단 한 번도 하지 않았다. 그래도 늘 찝찝한 마음을 떨치지 못해 이따금 죽은 자들의 원혼을 달래는 제사를 지내곤 했다.

극도로 규범화된 사무라이의 세계에도 눈에 띄는 변화의 움직임들이 생겨나고 있었다. 가령 허리춤에 거추장스럽고 냄새도 지독한 머리통을 달고 다니는 대신 코를 베어 만든 목걸이를 거는 관습이 자리 잡기 시작한 것이다.

그러자 악용 사례가 나타나기 시작했다. 부정직한 사무라이들이 여자나 아이의 코를 베어 무사의 것인 양 목에 걸고 다닌 것이다! 그러자 다이묘들은 체모가 붙은 피부나 윗입술을 코와 같이 떼어 성인 남자의 것임을 증명해 보이라고 지시했다.

야마모토가 여태까지 전리품으로 취한 머리가 몇 개나 될까?

지금 그는 정교한 문양이 새겨진 갑옷을 걸치고 뿔이 달린 투구를 쓴 사내와의 결투를 앞두고 있다. 검은 전갈과 붉은 황소의 격투.

르네는 상대가 검을 빼 드는 결정적 순간에 다시 외부의 시선으로 돌아와 결투를 지켜본다. 검이 바람 가르는 소리를 낸다. 서리 같은 검광이 뻗친다. 몸을 피한다. 속임수 동작. 칼날이 부딪친다. 다시 몸을 피한다. 몸을 옆으로 튼다. 칼끝이 맞닿는다. 쨍그랑하며 칼 모서리가 부딪친다. 속임수 방어 동작. 칼날들이 공중에서 빙글빙글 돌며 무지갯빛을 발산하고, 네 발이 흙바닥에서 화려한 춤사위를 펼친다. 칼이 맞부딪칠 때마다 무사들이 적을 위협하기 위해 내는 쇳소리 같은 기합 소리가, 마치 암컷을 차지하기 위해 싸움을 벌이는 발정 난 수컷들의 울음소리처럼 들린다.

20분 넘게 칼날을 휘두르며 다양한 동작으로 상대의 공격을 피하느라 탈진 상태에 이른 두 무사는 결정적 순간이 왔음을 본능적으로 감지한다. 이제 치명적인 한 순간이 승부를 가를 것이다. 야마모토의 거합도 기술이 빛을 발할 때다.

두 무사는 가면 뒤에서 서로를 응시한다. 붉은 황소 가면이 분노로 일그러진 듯한 표정을 하고 있다.

르네는 전생의 자신이 그에게 전혀 적개심이나 증오를 느끼지 않는다는 사실에 깜짝 놀란다. 두려움 대신 재빨리 기습적으로 목을 쳐야겠다는 조바심이 그를 재촉한다. 야마모토가 머리 위로 검을 높이 든다. 상대도 마찬가지 동작을 취한다. 야마모토가 직각으로 내리칠 듯한 동작을 취하다 마지막 순간에 무릎을 굽히며 검을 비스듬히 눕혀 상대의 무릎 보호대 사이 틈새를 친다.

상대가 가는 비명을 지르며 무릎을 꺾고 주저앉는다.

어느새 상대의 뒤편에 가 있는 야마모토가 날렵한 동작으로 측면에서 검을 날려 상대의 목을 친다.

야마모토가 속으로 생각한다. 〈붉은 황소, 검은 전갈의 입맞춤을 받게.〉

그는 땅에 떨어진 머리통을 주워 정확하고 절제된 손놀림으로 가면과 뿔 달린 투구를 차례로 벗긴 뒤 적수의 얼굴을 확인한다. 그와 비슷한 연배의 노장 사무라이이다.

야마모토는 단도를 들고 시체에서 코와 윗입술을 떼어 내 목걸이에 끼운 다음 혼잣말처럼 중얼거린다. 「싸움에 응해 줘 고마웠네. 자네 영혼이 빛을 찾아 승천하길 바라네.」

르네는 마침내 사무라이에게 정신적 여유가 생겼다고 판단해 조심스럽게 다가간다.

「만나서 반가워요, 야마모토.」

일본 무사가 눈을 휘둥그렇게 뜬다.

「내 머릿속에서 말을 거는 자가 누구시오? 마귀? 유령?」

그는 환생의 개념을 담은 신토와 불교를 믿는 일본인답게 벌써 땅에 엎드려 머리를 조아리고 있다.

「아니에요, 안심해요. 나는 당신의 미래 환생이에요. 미래에 살고 있죠. 언젠가 당신은 나로 환생하게 될 거예요.」

검은 전갈이 그제야 고개를 들어 사방을 두리번거리

기 시작한다.

「오, 〈미래의 환생〉, 대체 당신은 내 머릿속에 들어와 무엇을 하고 있소?」

「내 이름은 르네 톨레다노예요. 혹시 기독교 책력으로 지금이 몇 년인지 알아요?」

「음, 내가 알기론…… 1642년이오. 난 당신과 얘기하고 싶지 않소. 물론 그럴 리야 없겠지만, 설령 당신이 1700년 이후에 살고 있다 해도 말이오.」

「2000년 이후에 살아도요?」

「난 한창 전쟁 중이오. 내 임무는 오로지 다이묘께 승리를 가져다 바치는 것뿐이오.」

그가 갑자기 가슴에 격통을 느낀다. 창끝이 자신의 흉골을 뚫고 나와 있는 걸 확인한 그가 여전히 손에서 검을 놓지 않은 채 몸을 뒤로 돌린다. 졸병 청년 하나가 그의 등 뒤에 서서 환희에 찬 표정을 짓고 있다.

「인과응보군.」 고통을 참으려고 애쓰는 야마모토의 입가에서 피가 흘러나온다.

그가 옅은 미소를 띠며 혼잣말을 한다.

「괜찮아, 이걸로 마무리된 거야.」

그의 영혼이 정수리를 빠져나와 생명이 떠난 육신 위로 올라온다.

「당신 때문에 죽었소. 당신이 내 정신을 흐트러뜨리는 바람에.」

「죄송해요.」

야마모토가 칼을 들고 자신의 머리를 자르려는 청년을 내려다보며 안타까운 표정을 짓는다.

「어쩌면 저리도 어설플까! 방법을 통 모르는군. 저렇게 해서 어느 세월에 목뼈를 다 자르려고, 쯧쯧. 날을 뒤로 당겨 목젖 아래를 잘라야 뼈 사이로 칼이 들어가 쉽게 벨 것 아닌가. 노련한 무사의 칼을 정면에서 맞고 죽었더라면 오죽 좋았을까만, 그나마 노환이나 질병이 아니고 전장에서 생을 마감하게 된 걸 영광으로 여기는 수밖에. 그럭저럭 괜찮은 인생이었어.」

복잡한 감정이 얽히고 얽히는지 사무라이의 영혼이 슬쩍 마음을 바꾼다.

「아니야. 난 그저 군주에게 절대복종함으로써 선택을 피하는 쉬운 삶을 살아왔을 뿐이야. 틀리더라도 선택하며 사는 삶이 의미 있는 것 아닌가. 당신은 스스로 선택을 하면서 살아왔소, 르네?」

「그렇다고 할 수 있죠. 특히 최근에는 더더욱.」

「그렇다니 내가 편안히 눈을 감을 수 있겠소.」

「이제 당신은 남자로 태어날지 여자로 태어날지도 선택할 수 있어요. 말이 나온 김에 인도에서 여자로 한번 태어나 보는 게 어때요? 재밌을 것 같은데.」

「그게 무슨 뜻이오?」

젠장! 내가 방금 무슨 짓을 한 거야? 정해진 운명을 따르도록 내가 그의 선택에 영향을 미치려고 했어.

「미안해요, 괜한 말을 했어요. 그건 그렇고, 당신한테 〈개인적으로〉 급히 부탁할 일이 있어요. 물론 거절해도 좋아요, 이해할 수 있어요.」

「미래에서 온 선생, 무슨 부탁을 하려고 그러시오?」

「내 몸으로 들어와서 나와 내 친구들의 탈옥을 도와주면 좋겠어요. 지금 내가 갇힌 감옥은 경비원도 많고 무기도 엄청나게 많아요. 한마디로 상대할 적이 무척 많은 곳이에요…….」

「지금 나한테 도전 과제를 던지는 거요?」

「쉽지 않을 거예요. 내 전생들 중에 이런 일을 할 능력이 있는 사람은 당신밖에 없다고 생각해요. 당신은 최고의…….」

살인자?

「……무사니까.」

잠시 말이 없던 르네가 말끝을 단다.

「내 몸속에 들어와 당신의 무술과 반사 신경을 날 위해 써주겠어요?」

「적의 숫자가 어떻게 되오?」

「족히 수십 명은 넘을 거예요. 장거리 발사용 화기도 가지고 있죠.」

「나는 어려운 일일수록 더 끌리는 사람이오. 내 용맹함을 보여 줄 기회니까.」

「그럼 수락하는 거예요?」

「그렇소.」

「자, 어서 움직여요. 혹시 사람을 죽이더라도 코를 벨 필요는 없어요. 나는 사람들 앞에서 당신처럼 그런 목걸이를 하고 다닐 자신이 없으니까요.」

「그 장식이 싫단 말이오?」

「미래에는 코를 베어 만든 목걸이를 걸고 다니는 게 그다지 좋게 보이지 않는다는 뜻이에요. 그리고 솔직히, 코가 썩는 냄새가 어지간히 심해야죠……. 단도직입적으로 말하죠, 당신이 웬만하면 사람을 죽이지 않았으면 좋겠어요.」

「죽이지 말라니? 그게 무슨 기괴한 소린가! 아니 왜?」

「더 이상의 업을 짓고 싶지 않아서 그래요.」

113

르네-야마모토의 탈옥 전략은 적어도 초반까지는 정신 병원 탈출 때와 비슷하다. 식판을 들고 온 간수를 기습해 엄지손가락 두 개로 턱을 쳐 기절시킨 뒤, 복도로 나가 몸을 숨기고 있다가 소리를 듣고 달려오는 경비원들을 때려눕힌다.

하지만 여기서부터 야마모토의 공격법은 이폴리트와는 사뭇 다르다. 그는 손날 대신 검지와 중지를 단단한 침처럼 뻗어 상대 신체의 특정 부위, 주로 목의 임파선 부근을 재빨리 세게 가격한다. 전광석화처럼 상대의 목으로 날아가는 손가락 두 개는 검은 전갈의 꼬리 독침을 연상시킨다.

교도소 도면도 없고 동료들의 수감 장소도 모르다 보니 감방 문구멍으로 일일이 안을 들여다보면서 확인하는 수밖에 없다.

그는 한참 만에 니콜라를 제일 먼저 발견하고 문을 부

수고 안으로 들어간다. 그들은 니콜라와 함께 다른 동료들을 찾기 시작한다. 잠시 후 고티에가 눈을 휘둥그렇게 뜨고 그들을 맞이한다.

「당신들 미쳤어! 이러다 저들 손에 잡혀 죽을 거야!」

「마음대로 해요. 원한다면 당신은 여기 있어도 좋아요.」

결국 따라나서면서도 그가 연신 〈이러다 죽을 거야, 이러다 죽는다고〉를 외쳐 댄다.

일행은 여성 수감동을 찾아내 드디어 세리즈와 엘로디, 오팔을 구한다. 눈앞의 르네를 보고도 믿기지 않는 듯 오팔이 비명에 가까운 소리를 지른다.

「르네!」

「어서, 여길 빠져나가야 해요.」

벼락같이 상대의 급소를 가격하는 손가락 말고도 야마모토는 어떤 물건이든 무기로 전환하는 특별한 재능을 보여 준다. 그는 복도에 세워진 빗자루를 집어 들어 술을 뗀 다음 전투용 봉처럼 휘두르기 시작한다.

그는 그동안 갈고 닦은 봉술 솜씨를 유감없이 발휘하며 상대를 제압한다. 날이 없는 즉석 무기의 단점은 민첩한 동작으로 보완한다. 상대와 맞붙을 때마다 그는 〈적이 공격을 결심한 순간과 타격이 이루어지는 순간 사이에 무한대의 시간이 존재한다〉라는 생각을 현실로 구현한다.

봉술 전문가 야마모토의 손에 쥐어진 빗자루 막대기가 빙글빙글 돌며 상대의 급소를 정확히 타격한다. 사무라이는 신들린 듯 유연한 동작으로 막대기를 휘두르며 공중에서 8자를 그리는 여유까지 보인다. 그는 가격을 마치고 나면 짧고 낮은, 아주 가느다란 한숨을 내뱉어 긴장을 배출한다. 심각한 상황인 줄 알면서도 르네는 엉뚱한 상상을 한다.

봉을 저렇게 자유자재로 돌릴 줄 알면 취주악단 단장도 어울리겠는데…….

르네는 절대 유머를 구사해서는 안 되는 때가 있다면 바로 지금이라는 생각을 하면서 마음을 진지하게 다잡는다. 무사 야마모토의 능력은 유머의 부재에서 기인한 것이기도 하니까.

야마모토에게 웃음이란 무소가취한 것이다. 그는 모름지기 인격자는 대의를 위해 스스로를 희생할 줄 아는 진지한 사람, 무사도를 따르는 사람이어야 한다고 믿는다. 그런 그에게 농담이나 장난질에 내어 줄 정신의 여유가 있을 리 만무하다. 스스로의 약점을 드러내지 않으려면 웃음조차 경계의 대상으로 삼아야 한다.

멋져요, 야마모토. 파이팅!

그의 막대기 끝이 관자놀이, 흉골 끄트머리, 목젖, 목의 임파선 부위, 간, 생식기를 조준 타격하는 순간 상대는 정신을 잃고 바닥에 쓰러진다.

르네-야마모토가 곤봉과 테이저건으로 무장한 경비원들을 간단히 제압하면서 길을 트면 동료들이 경이로운 눈으로 그를 쳐다보면서 뒤따라 뛴다.

비명도 총성도 들리지 않았지만 벌써 비상벨이 요란하게 울리기 시작한다.

「이제 죽는구나.」 뒤처져 따라오는 고티에가 연신 혼잣말을 해댄다.

뒤를 돌아보고 추격자의 수가 많아진 것을 확인한 르네-야마모토는 정신 병원 탈출 경험에서 얻은 노하우를 활용하기로 결정한다. 그는 쓰러진 경비원의 호주머니를 뒤져 라이터를 꺼낸 뒤 감방 침대 시트에 불을 붙인다.

교도소 복도에 연기가 자욱이 깔리자 뒤쫓던 교도관들이 우왕좌왕하기 시작한다.

교도소가 공격을 받았다는 사실을 알게 된 재소자들이 감방 안에서 환호성을 지른다. 르네-야마모토는 혼란을 가중할 목적으로 통제실을 찾아 들어가 개폐 장치 버튼을 누른다.

예상대로 교도소의 감방 문이 일제히 열리며 재소자들이 복도로 쏟아져 나온다. 탈옥은 순식간에 대규모 폭동으로 비화된다.

이중 혼돈 전략.

소음과 비명, 함성, 비상벨 소리가 뒤섞이고 연기로 한 걸음 앞도 보이지 않는 상황을 이용해 그들은 복도를 빠져나가기 시작한다. 갑자기 콩을 뒤볶는 듯한 요란한 소총 소리가 들려온다.

드디어 선을 넘었군.

상황 통제가 불가능하다고 판단한 경비원들이 재소자들에게 집단 폭행을 당하느니 총기를 사용해 사태를 진압하는 쪽을 택한 것이다. 르네-야마모토는 시간이 많지 않다고 판단해 급히 교도소 정문을 찾아 이동하기 시작한다. 그들이 가는 길목을 육탄전을 벌이는 1백여 명의 죄수들과 공포에 휩싸인 20여 명의 경비원들이 가로막고 있다.

르네-야마모토는 뒤로 물러나 상황을 관찰한다. 붉은색 수감복을 입은 죄수들이 소총과 권총으로 무장한 경비원들의 저지선을 뚫고 나가지 못하고 있다. 이제는 경비원들이 서슴지 않고 총을 난사한다. 총소리와 동시에 비명이 들리고 죄수들이 바닥에 쓰러진다. 하지만 일부 죄수들은 경비원들의 총을 빼앗아 무장에 성공한다. 결국 양측의 힘의 균형이 이루어진다.

「이제 죽는구나, 이제 죽는구나, 이제 죽는구나.」 고티에가 주문을 외듯 혼잣말을 중얼거린다.

「이제 어쩌죠?」 세리즈가 숨을 헐떡이며 묻는다.

「잠깐만 기다려 봐요.」 르네가 차분한 목소리로 동료들에게 말한다.

침착하자. 관찰한 다음 심사숙고하자. 절대 당황하면 안 돼.

그의 능력에 감탄한 동료들은 그를 믿고 결정을 기다린다.

시간은 아직 충분해. 급한 마음에 실수를 저질러선 안 돼.

오팔이 도망치다 주운 곤봉 하나를 힘주어 잡는다. 엘로디는 친구가 필요할 때 건네주기 위해 빗자루 하나를 손에 들고 있다. 니콜라는 주먹을 꽉 쥐며 전투태세를 취한다. 벽에 몸을 딱 붙인 세리즈에게서는 결연한 의지가 느껴진다. 고티에만 눈을 감고 여전히 〈이제 죽는구나〉 하면서 기도인지 혼잣말인지 알 수 없는 말을 중얼거린다.

침착하자. 관찰한 다음 심사숙고하자. 보안 체계의 허점을 찾아내야 해.

복도에 찬 연기가 그들이 있는 곳까지 퍼지자 르네-야마모토는 답답한 시야와 혼란을 활용한 작전을 수립한다. 그가 먼저 쓰러진 교도관의 옷을 벗겨 입고 나서 동료들에게 따라 하라고 지시한다. 여자들은 긴 머리를 최대한 모자 밑으로 밀어 넣는다. 변장을 마친 도망자들은 본격적인 도주를 시작한다.

6인의 도망자는 몸을 복도 벽으로 바짝 붙인 채 바닥을 기어 죄수들과 경비원들이 뒤엉켜 싸우는 곳을 지나간다. 그들을 교도관으로 착각한 재소자 하나가 세리즈에게 주먹을 휘두르려는 순간 르네-야마모토가 재빨리 손가락 두 개로 목을 찔러 제압한다.

오팔이 얼른 들고 있던 곤봉을 그에게 건넨다. 곤봉을 받아 든 르네-야마모토가 죄수 여럿을 벼락같이 처치하는 모습을 본 경비원들은 그들이 같은 편이라고 생각해 더 이상 신경을 쓰지 않는다.

저들은 우리가 누군지 확인할 생각도 하지 않고 있어. 공포가 저들의 눈을 가리고 있는 거야.

하지만 르네-야마모토는 침착함을 잃지 않고 출입문을 주시한다.

몇 미터밖에 안 남았어. 조금만 더 가면 위험 지대에서 벗어날 수 있어.

도망자들은 계속 벽에 붙어 앞으로 나간다. 드디어 출입구 앞에 다다랐을 때, 지원군이 안으로 쏟아져 들어온다. 다행히 임무 수행에 정신이 없는 그들은 난리 통을 빠져나가는 제복 차림의 여섯 사람에게 신경을 쓰지 않는다.

일행은 드디어 출입문을 넘어 사각형 모양의 교도소 중앙 운동장으로 나간다. 비상벨이 울리는 가운데 무장한 군인들이 폭동을 진압하기 위해 속속 도착한다. 총소리가 교도소 건물을 뒤흔든다.

침착하자.

운동장에 주차된 여러 대의 차들 중에 그들은 계기판에 열쇠가 놓여 있는 소방차를 골라 재빨리 올라탄다. 니콜라가 핸들을 잡는다. 일행은 지원 병력의 통행을 위해 활짝 열려 있는 교도소 정문을 무사히 통과해 밖으로 나온다.

「우리 다 죽게 생겼어.」 고티에가 뒷좌석에 앉아 발을 동동 구른다.

「그 입 좀 닥쳐!」

엘로디가 소리를 지르자 그가 깜짝 놀라 의자에 몸을 깊숙이 파묻는다. 능숙한 운전자인 니콜라가 사이렌을 켜는 재치까지 발휘하더니 속도를 높인다. 소방차는 전갈 감옥이 위치한 샤말 토라 대로로 모여들기 시작한 군중을 뚫고 질주하기 시작한다.

「우릴 여기서 구해 줘, 니콜라!」 세리즈가 동료를 향해 소리친다.

전갈 감옥에서 꽤 멀어지자 슬슬 교통 체증이 시작된다. 탈옥자들은 속도가 떨어진 차 안에서 불안한 표정으로 앉아 있다.

「이제 어디로 가죠?」 니콜라가 르네를 쳐다보며 묻는다.

「일단 감옥에서 더 멀어질 때까지 앞으로 쭉 달려요. 사이렌은 이제 꺼도 좋아요.」

일행은 이 시간대 교통 혼잡이 심한 엘 나스르 도로로 진입한다. 르네는 차가 서 있다시피 하는 틈을 타서 눈을 감고 정신을 모은다.

「이제 우리가 헤어질 때가 된 것 같아요, 야마모토. 당신 덕분에 극적으로 탈출할 수 있었어요. 고마워요.」

「적들이 용맹함과는 거리가 먼 자들이라 적잖이 실망스러웠소. 하지만 당신한테 도움이 됐다니 그것으로 만족이오, 〈미래에서 온 선생〉.」

「당신 손에 피 한 방울 묻히지 않았어요. 그런 상황에서, 정말 대단해요.」

「당신이 나한테 요구하지 않았소. 난 그것을 따랐을 뿐이요, 르네 씨.」

야마모토의 깍듯한 말투에, 르네는 전생의 자신에게 존중받는다는 사실이 여간 뿌듯하지 않다.

「혼자 해결하기 힘든 상황이 또 닥치면 다시 당신한테 부탁하러 찾아가도 될까요?」

「미래의 나에게 도움이 되는 일이라면 언제든 기꺼이 나서겠소.」

두 영혼은 정중히 인사를 나누고 헤어진다. 르네는 흐뭇한 상상에 빠진다.

당신은 곧 여자로 태어날 거예요, 야마모토. 죽음을 주는 삶을 살았으니 앞으로는 사랑을 주는 삶을 살아요. 당신은 행운아예요. 피비린내 나는 전장을 떠돌다가, 이제 바라나시 궁궐의 진한 향수 냄새를 맡게 되겠군요.

르네가 다시 눈을 뜨자 엘로디가 바로 앞에서 그를 쳐다보고 있다.

「괜찮아?」

「미안, 방금…….」

「미안해할 필요 없어. 오팔한테 설명을 들어 다 알고 있으니까.」

「결과가 증명하는 거죠.」 세리즈가 한마디 거든다. 「슈퍼맨 같아요. 게다가 당신은 문제가 생기면 111명의 후보군 중에서 전문가를 찾아 불러낼 수 있는 능력까지 있잖아요. 내 말이 맞죠?」

「음…… 그렇죠. 그런 셈이에요. 한 가지 단점이 있다면 그게 자동으로 되는 게 아니고 약간의 절차를 거쳐야 한다는 건데, 시간을 줄일 방법을 나름대로 찾고 있어요. 그런데 지금 여기가 어디죠?」

「전갈 감옥에서는 충분히 멀어진 것 같아요. 이제 확실한 목적지를 정해야죠.」

「혹시 카이로에 잠시 묵을 만한 곳을 알고 있는 사람 있어요?」

세리즈의 질문에 대답하는 일행이 아무도 없다.

「교도관 복장에 여권도 돈도 없이 소방차를 모는 지금 상태로는 오래 돌아다니지 못할 것 같아요.」

오팔이 걱정스러운 얼굴로 말한다.

그녀를 쳐다보는 순간 르네는 갑자기 조용한 곳을 찾아 단둘이 있고 싶어진다. 그가 생각을 굴리다 금방 동료들에게 해결책을 제시한다.

「갈 데가 생각났어요.」

114
므네모스: 미(美)의 변천사

미인의 기준은 시대에 따라 달라진다.

옛날에는 출산이 쉬운 큰 엉덩이와 젖이 잘 나오는 큰 가슴이 미인의 첫 번째 기준이었다. 유명한 조각상인 레스퓌그의 비너스에서 그 사실을 확인할 수 있는데, 이 구석기 시대의 비너스는 엉덩이가 유난히 크고 가슴이 풍만한 여성의 모습을 하고 있다.

큰 엉덩이가 미의 기준이었다는 사실은 고대 미인을 그린 대부분의 그림에서 확인된다. 시대는 다르지만 17세기 화가 페테르 파울 루벤스도 비슷한 기준을 가지고 있었던 모양이다. 그의 화폭에 담긴 주인공은 주로 뱃살이 늘어진 알몸의 여성들이었다.

라틴 민족은 북유럽 야만인들의 특징이라고 여겨 금발과 파란 눈을 아둔함의 상징이라고 생각했다.

19세기까지만 해도 서양에서는 소위 우윳빛 피부를 순수함과 부의 상징으로 여겼다. 흰 피부는, 피부를 태우며 들에서 일하지 않아도 되는 윤택함을 의미했기 때문이다.

중국에서는 20세기 초까지만 해도 발이 작은 여성을 미인으로 여겼다.

페루에서는 다리에 털이 난 여성이 인기가 많았는데, 원주민 혈통이 아닌 스페인 혈통의 증거라고 생각했기 때문이다.

역사적인 미인을 말할 때 빼놓을 수 없는 인물이 바로 1900년대 테헤란에 살았던 이란 공주 타지 살타네 카자르다. 그녀는 키가 작고 발목이 굵었으며 허벅지까지 올라오는 양말을 신었다. 또 엉덩이 위로 치마 밑단이 꽃부리처럼 활짝 펼쳐지는 (프로방스 식탁보와 무늬가 비슷한) 발레 치마를 즐겨 입었다. 얼굴에는 콧수염이 거뭇했고 눈썹은 막대기처럼 짙었던 그녀는 동시대 남성들에게 엄청난 인기를 끌었다. 페르시아 귀족 남성 46명이 그녀에게 청혼했는데, 그중 13명은 거절당하자 스스로 목숨을 끊었다. 그녀는 재능 있는 시인이자 앞선 생각을 하는 신여성이었다.

115

장샤를 드 빌랑브리즈가 파란색 교도관 제복 차림으로 나타난 여섯 명의 프랑스인을 보고 깜짝 놀라 자신의 사무실로 들인다. 창밖으로 드골 대로가 내려다보인다.

「재소자들을 풀어 준 것은 정말 영리했어요. 지금 언론에서 당신들 얘기는 쏙 빼고 교도소 폭동만 언급하거든요.」

「난 고티에 카를송이라고 하네.」 기자가 다짜고짜 반말로 말한다. 「날 TV에서 봤을 거야. 우릴 구해 주게. 여기서 나가게 도와주면 외교부 장관에게 자네 얘길 꼭 해주지.」

「저, 카를송 씨, 물론 당신이 누군지 알아요. 하지만 제 이름은 가급적 입에 담지 말아 주세요. 당신들을 도왔다는 게 알려지면 이 자리가 위태로워지거든요. 무엇보다 외교 마찰이 생길 가능성이 있어요. 한 가지 더, 그런 말투는 삼가세요. 당신 얼굴은 TV에서 자주 봤지만 우리가 개인적으로 아는 사이는 아니니까요.」

상대의 말투가 워낙 뻣뻣해 유명 기자도 더 이상 채근하지 못한다.

「미안해요.」 르네가 즉시 나서서 상황을 수습한다.

「조심해 달라는 말씀을 드리는 것뿐이에요. 관광객처럼 보이게 옷은 몇 벌 준비할 수 있는데, 여권은 만들어 드릴 시간이 없네요. 한시가 급해요.」

「마르사 마트루흐에 요트가 정박하고 있어요.」 오팔이 말한다.

「그래요? 잘됐네요. 외교관 번호판이 붙은 차를 한 대 빌려 드릴 테니 카이로 밖으로 나가는 곳에 바리케이드가 쳐지기 전에 얼른 출발하세요. 경찰에 체포되면 즉시 연락하세요.」

그가 휴대폰을 한 대 건넨다.

「너무 신세를 많이 지네요.」 르네가 그에게 말한다.

「참 이상하죠, 제가 왜 이러는지 저도 모르겠어요. 제 안의 어떤 본능이 꼭 해야 한다고 말하는 느낌이 들어요. 특히 톨레다노 씨, 당신한테는 오랜 지인처럼 일종의 기시감 같은 게 있어요.」

정말 마음에 드는 친구야.

「때로는 아주 사소한 것, 가령 어떤 직관이나 당신이 말하는 그 기시감 같은 게 죽느냐 사느냐를 결정하기도 하죠.」 르네가 말한다.

장샤를 드 빌랑브뢰즈가 책상 서랍에서 차 열쇠를 꺼내 그에게 건넨다.

「아래층에 세워져 있는 푸조 509예요. 부지런한 오토바이 순찰 대원한테 과속으로 걸리지 않게 조심해서 운전하세요.」

르네가 열쇠를 받아 드는 순간 희망이 되살아난다. 오팔이 그의 상황 해결 능력에 감탄하며 애정 어린 제스처를 해 보인다.

「당신 정말 멋졌어요. 이번에는 〈안에 있는〉 누구한테 도움을 받았어요?」

「전갈한테요.」 르네가 웃으며 대답한다.

116

소인들이 두루마리를 만들고 있다. 백여 명이 모여 앉아 앙증맞은 손가락을 놀리며 정교한 동작으로 작업에 열중한다.

「저들에게 숭배를 가르치고 나서부터 모든 일이 잘 풀리고 있어요. 종교야말로 만능 해결책인 것 같아요. 저들이 얼마나 열성적으로 우리에게 복종하는지 봤죠?」 누트가 게브를 쳐다보며 말한다.

「사실이에요. 우리를 섬기는 데서 행복을 찾는 것 같아요.」

「두루마리뿐이 아니에요. 식량을 준비하고 집을 짓고, 뭐든지 척척 해내고 있어요. 작은 신체의 약점을 숫자로 보완하면서 말이죠.」

게브가 벽에 뚫린 개구부를 통해 튜닉과 치마를 걸친 소인들로 가득한 도로를 내다본다. 널찍한 길에서 작은 인간들이 당나귀와 낙타, 코끼리에게 수레를 끌게 하고 있다.

「네에한테 들은 얘긴데, 저들이 나중에 수백만, 수천만, 아니 수십억으로 불어난대요.」

「난 아무 걱정 안 해요. 종교가 있는 한 우리가 원하는 때에 원하는 일을 얼마든지 시킬 수 있을 테니까. 저들은 생각하지 않고 시키는 대로 할 거예요.」

「하지만 번식 속도가 너무 빨라 걱정이에요! 저들은 자기 통제의 개념이나 자연과의 조화를 알지 못해요. 좋아하지도 않고 교육도 시키지 않으면서 아이를 낳죠.」 게브가 안타까운 듯이 말한다.

「차라리 잘됐어요. 종교를 통해 교육시키면 되니까. 충실한 종복이 더 많이 생기게 되는 셈이니까 우리로선 나쁠 게 없어요.」

누트가 그에게 과일을 갖다준다.

「결국에는 우리한테 위험으로 돌아올 수도 있어요.」

「그래서 당신 생각은 뭐예요? 출산을 제한시키자고요?」

그녀가 음료를 홀짝거리면서 자기 질문에 대한 대답을 스스로 내놓는다.

「내 생각엔, 할 일을 만들어 줘야 해요.」

「어떤 일을 생각하는 거예요, 누트?」

「우리를 둘러싼 미개척지를 발견하고 일구게 하는 거죠.」

「이미 충분한데 땅을 넓힐 필요가 있어요?」

소인들이 두루마리 하나를 완성시키더니 또 하나를 다시 꿰매기 시작한다.

「현재 가진 것에 만족하자는 건 하멤프타 같은 섬에나 어울리는 개념이에요. 애초부터 고립된 땅이니까 거긴 그 개념이 맞아요. 하지만 지금 우리가 와 있는 곳은 원대한 야망이 요구되는 대륙이에요. 새로운 환경에 맞춰 우리 문명도 변화해야 해요. 유체 이탈로 다녀온 땅들에 우리의 가치가 전파되는 상상을 해봤어요?」

게브가 이제 아틀란티스인들과 똑같이 옷을 입고 치장한 소인 원주민들이 바삐 움직이는 모습을 발코니에서 내려다본다.

「새로운 것에 대한 두려움을 없애요. 정신의 힘으로 세계가 얼마나 거대하고 복잡한지 아는 우리들이 행동은 여전히 편협하게 할 이유가 없잖아요?」 누트가 덧붙인다.

「작은 인간들의 세상에서는 항상 어떤 일에 대가가 따른다는 걸, 좋은 일과 나쁜 일이 항상 같이 일어난다는 걸 잘 알기 때문이에요. 그들은 안정적이고 조화로운 세상을 상상하지 못해요. 항상 문제가 생길 때까지 더 가지려고 하죠. 천성이 그래요.」

「이제 우리한테는 그들의 문제와 우리의 문제를 해결할 수 있는 도구가 있잖아요. 배도 있고, 바퀴 달린 수레도 있고, 아틀란티스의 텃밭에 비해 수확이 일정한 넓은 들판에서 농사도 짓고 있어요. 몇십 년 만에 우리가 이뤄 낸 성과들이에요.」

「저들이 반란을 일으키진 않을까요?」 게브가 가까이 있는 시종들이 듣지 못하게 목소리를 낮춰 말한다.

「우린 저들의 신이에요.」

「저들한테만 그렇지 먼 곳에 사는 소인들한테는 다르잖아요?」

「문명화된 우리 소인들이 다른 곳에 사는 미개한 소인들의 공격으로부터 우리를 지켜 주기 위해 스스로 군대를 만들었잖아요.」 누트가 게브를 안심시킨다.

「난 〈우리〉 소인들을 못 믿겠어요. 그래서 얼마 전에 경찰 제도를 만들게 했어요.」

「경찰이라고요?」

「이것 역시 네에한테 배운 개념인데, 일종의 상호 감시 체계예요. 그릇된 행동을 하는 자가 있으면 감옥이라는 이름의 방에 가두는 거죠. 그래도 여전히 행동을 고치지 않으면 매를 때려요.」

게브가 책상으로 쓰는 커다란 나무 테이블 앞으로 가서 다시 기록을 시작한다. 그가 무슨 생각이 떠오른 듯 누트 쪽으로 몸을 돌린다.

「저들이 우리를 잘 알게 됐으니 앞으로 약점을 찾아낼지 몰라요. 자식이 부모한테 그렇듯 말이죠.」

「우리가 저들에게 가지는 자연스러운 권위와, 저들이 우리한테 느끼는 고마움을 근거로 우리가 저들을 지배하는 거라고 당신이 말했잖아요. 게다가 우리가 저들을 통제하는 도구인 종교의 위력은 당신도 잘 알죠. 종교가 지닌 속박의 힘을 과소평가하지 말아요. 저들의 무한한 상상력이 결국 부메랑이 되어 저들에게 돌아간다는 사실도요.」

「당신은 지능의 위력을 간과하지 말아요, 누트.」

생각에 잠긴 누트가 말이 없자 게브가 한마디 덧붙인다.

「아직은 딱히 염려할 일이 없으니 우리 계획에 집중하면 돼요. 우리 문명의 기록을 담은 두루마리를 만들어 항아리에 넣는 게 지금 우리에게 주어진 가장 중요한 사명이에요. 그래야 미래의 인간들이 우리가 누구였는지 기억하게 될 테니까.」

117

거대 수도 카이로를 무사히 벗어난 6인의 프랑스 도망자는 푸조 509를 타고 마르사 마트루흐를 향해 달린다. 끝없이 펼쳐진 사막을 가로질러 밤늦게 이집트 북부의 작은 휴양 도시에 도착한다.

일행은 날치호에 오르는 즉시 닻줄을 풀어 배 안으로 던진다. 그들은 휘발유 엔진을 켜고 바람기 한 점 없는 바다로 나간다. 마르사 마트루흐 항구가 시야에서 멀어지기 시작한다.

아듀, 이집트.

해안이 눈에 보이지 않게 되자 르네가 자동 항법 장치를 작동시킨다. 여섯 프랑스인은 그제야 조타실에 있는 테이블에 모여 앉는다. 그들은 서로를 물끄러미 쳐다볼 뿐 말이 없다.

마지막 식사가 언제였는지 떠올리는 순간 갑자기 허기가 밀려온다. 니콜라가 지난 항해에서 남은 재료를 가지고 간단한 저녁을 준비해 보겠다고 나선다. 건조채소에 드레싱을 끼얹어 뚝딱 샐러드를 만들어 내온 그는 알고 보니 재료의 오묘한 조합으로 맛을 낼 줄 아는 훌륭한 요리사였다.

전갈 감옥에서 받았던 식판을 떠올리며 그들은 소박한 요리의 맛을 천천히 음미한다.

「내가 어쩌다 여기 왔을까? 너한테 전화를 받았을 때 차라리 다리를 부러뜨릴 걸 그랬어.」 고티에가 한숨을 푹푹 내쉰다.

「그렇게 자꾸 남 탓을 해봐야 소용없어.」 엘로디가 짜증을 낸다.

「어쨌든 너랑 네 친구가 우리를 곤경에 빠뜨렸어……. 그리고 꺼내 줬지. 뭐, 그건 인정할게. 어쨌든 내 커리어는 이제 끝났어. 좋아, 내 생각만 할 순 없지, 그랬다간 또 나한테 이기주의자라고 할 테니까.」

그가 마음을 진정시키는 것 같더니 갑자기 포도주 잔을 내던진다.

「빌어먹을! 내가 어쩌다 여기 왔을까!」

「우리 탈옥 장면을 화면에 담지 못해서 아쉬워요. 정말 멋졌는데.」 옆에 있던 세리즈가 말한다. 「지금 와서 하는 이야기지만 난 그 짜릿한 모험의 순간을 무척 즐겼어요.」

말끝에 세리즈가 풋 하고 웃음을 터뜨리자 니콜라가

큰 소리로 웃기 시작한다. 웃음에 전염된 듯 오팔과 르네도 따라 웃는다. 웃음의 물결이 번지자 부루퉁해 있던 고티에의 얼굴도 환하게 펴진다. 쌓였던 긴장감이 한순간에 폭발하듯 터져 나온다. 르네가 다시 진지한 얼굴로 묻는다.

「아직 우리가 답하지 않은 질문이 하나 남았어요. 앞으로 뭘 할까요?」

「당연히 프랑스로 돌아가야지.」 고티에가 기다렸다는 듯이 대답한다.

「프랑스로? 방금 말했듯이 당신 경력은 이제 끝났잖아요. 〈실업자인 전직 유명 기자〉가 가서 뭘 하게요?」

「그런 자네는, 〈빈 동굴 전문가인 역사 선생〉은 무슨 좋은 아이디어라도 있나?」

「그 동굴 얘긴데요. 우리를 여기 모이게 한 목적, 그러니까 우리의 기원에 관한 진실을 바로잡는 일을 계속하면 어떨까요?」

엘로디가 끼어든다.

「난 너한테 설득됐어. 앞으로 너랑 같이 움직일 거야, 르네.」

「파리의 직장은 그만둘 생각이야?」

「어차피 가족이나 자식이 있는 것도, 그렇다고 애인이 있는 것도 아니야. 더군다나 최근 들어 내 일에 권태를 느끼고 있었어. 너도 말했듯이 배울 마음이 없는 사람을 가르치는 직업에서 보람을 찾긴 어렵잖아. 이번에 모험을 하면서 비록 위험은 따르지만 충만한 삶을 살고 있다고 느꼈어. 네 주장대로 아틀란티스 얘기가 사실이라면, 내가 헌신할 가치가 있는 멋진 대의라고 생각해. 내가 이 작은 공동체에 나름대로 도움이 될 수 있을 거야. 응급 구조대원 자격증도 있으니까 간호사 역할을 맡을게.」

「오팔, 당신은요?」

빨간 머리 최면사가 가느다란 한숨을 내뱉는다.

「이 두 눈으로 직접 거인들의 해골과, 돌고래가 그려진 파피루스 항아리를 봤는데, 설득 같은 게 필요하겠어요? 당연히 모험에 동참할 거예요. 난 요트를 조종할 줄 알아요. 르네한테 확인해 보면 알겠지만 이래 봬도 능력 있는 선장이에요. 정신과 의사 면허증도 있으니까 당신들의 심리적 안정도 도울 수 있어요.」

「물어보기 전에 나는 미리 대답할게요.」 니콜라가 환한 얼굴로 입장을 밝힌다. 「나 역시 프랑스에 돌아갈 마음이 없어요. 녹음 기사로 일하기 전에 어뢰정에서 취사병으로 군 복무했던 경험을 살려 여러분의 식사를 책임질게요. 낚시를 해서 근사한 생선 요리를 대접해 드리죠.」

「난 대학에서 컴퓨터와 전기 공학을 공부했어요.」 세리즈가 끼어든다. 「고장 난 기계는 내가 책임지고 고칠게요. 기계와 전기 설비는 내 전공이니까.」

「좋아요. 난 오팔과 함께 교대로 키를 잡을게요.」 르네가 말한다. 「그리고 요트 정비와 수선을 맡을게요.」

사람들의 시선이 일제히 고티에 카를송에게 쏠린다.

「내 차례일 줄 알았어! 다 제정신이 아니야! 프랑스로 돌아가지 않으면 대체 어디로 가겠다는 거야?」

「며칠 항해하는 동안 편안한 마음으로 고민해 보기로 하죠.」 르네가 대충 얼버무린다.

「우리 각자 해결책을 찾아봐요. 증거가 파괴된 상태에서 어떻게 진실을 널리 알릴 수 있는지. 분명히 무슨 방법이 있을 거예요.」

「다들 어떤지 모르겠지만 난 지금 탈진 직전이에요. 가서 자야겠어요. 내 선실이 어딘지 알려 주겠어요, 르네?」 세리즈가 피곤한 얼굴로 묻는다.

「잠깐만요. 우리 모두 이 요트 공동체에 기여할 부분을 말했어요, 고티에만 빼고. 너도 네 역할을 찾아야지.」 엘로디가 한마디 한다.

「나는…… 어…… 그 말을 하는 네 의도가 뭔지, 글쎄, 난 키를 잡을 수도 없고 다친 사람을 치료해 주지도 못하고, 그렇다고 요리사도 아니고, 기계를 고치는 재주도 없어, 네가 이걸 물은 거라면 말이지……. 난 과학과 저널리즘을 전공한 사람이야. 다른 건 몰라.」

「그럼 설거지와 청소를 맡아요.」 오팔이 툭 던진다. 「갑판을 닦고 청소할 사람은 늘 필요하잖아요, 안 그래요?」

요트에 선실이 세 개뿐이다 보니 두 사람이 짝을 이뤄 한방을 쓰게 된다. 르네와 오팔, 고티에와 엘로디, 그리고 세리즈와 니콜라.

오팔은 베개에 머리를 대자마자 곯아떨어진다. 흥분이 가시지 않아 쉬 잠을 이루지 못하던 르네는 조용히 밖으로 나와 갑판에 몸을 뻗고 눕는다.

그는 혼자서 별이 박힌 하늘 천장을 올려다본다. 공기가 후덥지근하다. 바람이 자고 파도도 고요하다. 그들을 이집트에서 멀리 데려가기 위해 갸릉갸릉거리는 엔진 소리만이 규칙적으로 귓전에 들려온다.

그는 오랜만에 편안한 마음으로 전생의 기억들로 내려간다. 이번에는 한 번도 해보지 않은 과감한 도전에 나설 생각이다.

분명히 가능하리라 확신해. 그게…… 정말로 이루어진다면 얼마나 좋을까.

계단이 나온다. 그가 열 개의 계단을 서둘러 내려간다. 무의식의 문을 조심스럽게 연다. 111개의 문이 있는 복도.

정말로 가능한 일인지 곧 알게 될 거야. 전생의 모든 문을 동시에 열어 내 지난 환생들을 한자리에 불러 모을 수 있는지.

르네는 정신과 의지의 힘으로 기다란 복도를 둥글게 구부려 111개의 문이 서로를 볼 수 있는 원형을 만든다.

118

밤이 늦어도 더위가 가실 줄을 모른다. 게브는 잠을 이루지 못하고 발코니에 나와 멤피스를 내려다본다.

이 낯선 땅의 도시는 그에게 여전히 정체를 알 수 없는 불편한 느낌을 준다. 생명의 에너지인 루아흐가 소인들과 거인들 사이를 조화롭게 물 흐르듯 흐르지 못하고 툭툭 끊어지는 기분이 든다.

그는 집 밖으로 나와 목조 주택이 가지런히 늘어서 있는 도시를 산책하다 소인들의 주거 구역에 이른다.

아직 불이 밝혀진 몇몇 집에서 말소리가 새어 나온다. 이 늦은 시간까지 소인들이 대체 무슨 얘기를 나누고 있을까.

존재하지도 않는 위험을 떠올리는 자신을 탓하며 그는 집으로 발길을 돌린다. 누트의 옆에 누워 오지 않는 잠을 청한다.

119

르네가 원형 경기장 모양의 무의식에 들어와 있다. 그는 피룬이 있는 111번 문부터 열기 시작한다.

캄보디아 승려는 여전히 감옥에 갇혀 선잠이 들어 있다. 르네가 그를 깨워 무의식의 무대 중앙으로 불러낸다. 피룬은 무슨 일인지 궁금해하는 표정이지만 르네가 시키는 대로 한다.

르네는 큰 숫자부터 시작해 나머지 110개의 문을 차례로 모두 연다. 레옹틴, 샨티, 제노, 야마모토를 제외한 나머지 전생들이 하나같이 어리둥절한 얼굴로 르네를 바라본다.

다행히 환생 개념에 익숙한 샨티가 능숙한 사회자 노릇을 맡아 아직 환생 개념이 낯선 사람들에게 이것이 얼마나 〈자연스러운〉 상황인지 알아들을 수 있게 설명해준다.

끝까지 회의적인 사람들은 르네가 만병통치약인 〈당

신은 지금 꿈을 꾸고 있어요〉라는 말로 설득해 낸다.

복도의 맨 끝에서 게브가 마지막으로 모습을 드러낸다. 그가 인사를 하고 나서 즉석 회합 중인 환생들 사이에 자리를 잡는다.

「여러분, 안녕하세요.」 르네가 말문을 연다. 「내 영혼의 환생들이 처음 모인 이 총회에 오신 걸 환영합니다. 가부좌를 틀고 편안히 앉으세요. 내 얼굴이 보이고 말소리가 들려야 소통이 원활하게 이루어진다는 걸 명심하세요.」

그는 자신에게로 모여드는 에너지를 느낀다. 그는 침착하고 절제된 모습을 보이기 위해 원칙을 하나 정한다. 절대 미소를 잃지 않을 것.

「나를 믿고 이 특별한 순간에, 특별한 상상력의 장소에 와주신 여러분께 감사의 말씀을 드립니다. 다 아시겠지만, 지금 우리가 모여 있는 곳은 우리 공동의 무의식 속이에요. 문 뒤에서 차례로 나타나 여기 함께 앉아 있는 분들은 내 영혼, 아니 여러분의 영혼, 결국 〈우리의〉 영혼이 거쳐 간 환생들이에요.」

좌중이 르네의 말에 귀를 기울이기 시작한다.

「우리 역사에서 최초의 영혼은, 1번 문 뒤에 사는 영혼은 여기 있는 게브예요. 게브, 다른 분들이 볼 수 있게 자리에서 일어나 주겠어요?」

아틀란티스인이 몸을 일으킨다. 여기에서 보는 그의

영혼의 키는 다른 전생들과 크게 다르지 않다.

다행이야, 거인의 모습으로 나타났더라면 다들 얼마나 무서워했을까.

「반가워요. 나와, 우리 중 가장 마지막인 르네를 연결해 주는 〈미래의 나〉인 여러분을 이렇게 만날 수 있어 무척 기뻐요.」

「여러분은 서로 다른 시공간을 거쳐 진화한 영혼의 현현들이잖아요. 그래서 말인데, 게브부터 한 사람씩 이름과 태어난 장소, 날짜를 포함한 자기소개를 하는 게 어떨까요.」

전생들이 차례로 자리에서 일어나 좌중에게 인사한 뒤 자기소개를 한다. 이름과 시대를 알게 될 때마다 사람들이 흥미진진한 표정으로 주인공을 쳐다본다.

이런 일이 가능할 줄 몰랐어. 이 카르마들은 계속 존재하고 있었는데 그들을 소환할 생각을 내가 못 했던 것뿐이야. 정말 감격스러운 순간이야.

한눈에 봐도 특색 넘치는 전생들이 자신을 소개한다. 세네갈의 그리오, 젊은 한국 여성, 옛날 중국 관리, 피그미족, 시베리아의 노파 샤먼, 수족 인디언, 아마존 밀림의 사냥꾼, 말을 타는 몽골인, 파푸아뉴기니 원주민, 발리 출신의 무용수, 오스트레일리아 원주민, 베두인족, 로마 병사, 그리스 무역상, 바이킹 항해사, 에스키모 사냥꾼, 마야 여인, 터키의 수피 교도, 아르메니아 사제, 쿠르

드족 여자 병사, 폴란드 출신 하시딤 교인, 중세 독일 왕, 앉은뱅이 핀란드인, 넝마에 얼굴이 가려 나라와 시대를 짐작하기 힘든 걸인 두 사람…….

다들 놀랍고 신기한 눈으로 서로를 쳐다본다.

「지금 여기 있는 모든 사람이 합쳐져 우리 각자 각자가 되는 거예요.」

르네는 이 말을 쉽게 설명하기 위해 커다란 거울의 이미지를 불러낸다. 그가 거울에 충격을 가하자 여러 조각으로 금이 간다. 깨지지 않고 붙어 있는 거울 조각들 속에는 똑같은 이미지라도 조금씩 다르게 비친다.

「나는 우리의 영혼이 서로 다른 풍경과 서로 다른 상황을 모두 거쳐 온 데는 한 가지 이유가 있다고 믿어요. 새로운 감정들을 경험하기 위해서죠.」

르네가 모든 사람이 자신을 볼 수 있게 제자리에서 한 바퀴 빙 돈다.

「여러분은 다 태어나기 전에 각자의 삶을 선택했어요. 당신의 재능, 당신의 부모를.」

좌중이 술렁이기 시작한다.

서로 다른 시공간에서 왔지만 저들은 모두 내 말을 이해하는 눈치야. 심지어 피그미족과 에스키모까지. 정신이라는 보편적 언어를 통해 소통하기 때문이야.

「우리 중 누군가는 편안한 삶을, 누군가는 고된 삶을 살았을 거예요. 우리 영혼이 그 모든 경험을 바랐기 때문이죠. 쇠붙이가 담금질을 통해 더 단단해지듯 그 모든 경험이 우리에게 필요했던 거예요.」

「개인적으로 난 출발부터 불리한 삶을 살았어요.」 핀란드인 앉은뱅이가 아쉬움을 토로한다. 「걷지도 못하는 사람이 무슨 일을 할 수 있겠어요?」

「나도 그래요.」 팔다리가 없는 또 다른 사내가 목소리를 높인다.

「천민으로 태어난 난 어떻고요!」

「우리 엄마는 알코올 중독자였는걸요.」

「자식을 팔아먹는 부모가 있다는 거 알아요?」

「태어나자마자 쓰레기 더미에 버려진 나 같은 사람도 있어요! 사내아이를 바랐던 아버지는 내가 필요 없다고 생각했어요.」

「일곱 살에 암에 걸린 나에 비하면 여러분은 행운아예요!」

이 모임이 자칫 불만 접수창구로 변할 것 같아 보이자 르네가 손을 뻗어 좌중을 진정시킨다. 그는 장내가 다시 조용해지기를 기다리며 분위기를 잡는다.

「나는 우리 각자가 삶의 마지막에서 만든 일종의 인생 대차 대조표에 근거해 다음 생을 결정했다는 결론에 이르렀어요. 그때까지의 인생 결산에 따라 내생의 내용을 결정한다는 거죠. 여러분 중 왕으로 살았던 사람은 가난한 자의 생을 살아 보고 싶은 마음을 가졌을 수도 있어요.

여자로 살았으면 다음에는 남자의 삶을, 자연에서 살았으면 대도시의 삶을 꿈꿨을 수 있죠. 노예로 살았으니 다음 생은 주인으로 태어나 보고 싶고, 살인자로 살았으면 희생자의 생이 궁금해지는 법이고, 윤택한 삶을 산 사람은 고단한 삶에 호기심을 느낄 수도 있죠.」

「어떻게 그렇다고 확신할 수 있소?」 독일 왕이 못 믿겠다는 표정으로 르네에게 묻는다.

「일단 내 말을 끝까지 들어 보세요. 그러면 내가 이런 결론을 내린 이유가 이해될 거예요. 나는 우리 각자가 다양한 생을 경험하고 싶어 여러 가지 환생 가능성을 시험해 봤다고 생각해요. 가령 우리 시대 사람들이 즐기는 마스터 마인드 게임과 똑같은 원리죠. 이건 상대가 가진 색 구슬의 색깔과 배치를 맞추는 게임인데, 뭐가 맞고 뭐가 틀린지 확인하면서 새로운 색 구슬 조합을 계속 시험하는 거예요. 정답을 찾을 때까지.」

야마모토가 손을 든다.

「그의 말이 맞아요. 난 평생 다이묘에게 복종만 했지 한 번도 어떤 선택을 해보지 않았어요. 그런데 마지막 순간에 내가 선택하고 내가 책임지는 삶을 살아 보고 싶다는 생각이 들었죠.」

그가 샨티를 손으로 가리킨다.

「내가 저 여인의 모습으로 태어났다는 걸 여기 와서 알게 됐어요.」

「네, 나는 야마모토 뒤에 태어난, 그러니까 72번 문 뒤의 전생이에요. 세련되고 윤택한 삶을 살았지만 웃음이 늘 그리웠죠. 농담 잘하는 유쾌한 삶을 살아 보고 싶었는지, 여기 있는 내 내생은…….」

루이 15세처럼 가발을 쓰고 옷을 입은 사내가 73번 문 앞에 서서 삼각모를 들고 멋들어지게 허리를 굽혀 인사한다.

「바로 나예요. 여러분이 불러 주시면 달려가는 베네치아의 악사, 조반니라고 해요. 나는 평생 안 가본 데가 없고, 사람을 죽인 적도 없고, 누구의 소유물로 살지도 않았어요. 실컷 웃었고, 재치로 여자들을 꾀면서 재미있게 살았죠. 그런데 말년에 오니 남자보다 섬세하고 감각적인 여자로 살아 보지 못한 게 후회가 되는군요. 그래서 다음 생에는 해가 쨍쨍한 나라에 여자로 태어나 보고 싶어요.」

「내가 바로 그 주인공이에요.」 모로코인 여성이 바통을 이어받는다. 「내 이름은 파티마예요. 좋은 옷을 입고 화려한 방에서 풍요롭게 살고 있죠. 하지만 이 왕궁 안은 자연이라곤 느낄 수 없는 황금빛 새장 같은 곳이에요. 다음 생에는 유목 부족으로 태어나 숲속을 누비며 자유롭게 살고 싶어요. 가정도 이뤄 끈끈한 가족애를 느껴 보고 싶어요. 하렘에서는 남편의 얼굴을 보기가 힘들죠. 난 자식도 없어요.」

피그미족 사내가 바통을 이어받는다.

「그녀의 바람이 나를 태어나게 했죠. 내 이름은 응고초, 사냥과 채집으로 살아가죠. 그런데 막상 이렇게 자연 속에서 살면 걷는 게 정말 힘들다 못해 고통스러워요. 얼마 전에 말을 타고 숲을 지나가는 사내를 봤는데, 힘과 위세가 느껴지더군요. 나도 다음 삶에는 말을 타고 초원을 달려 보고 싶어요.」

「그래서 나로 환생했군요.」 몽골인이 나선다. 「까막눈이인 나는 글을 읽고 쓰는 게 소원이에요. 그래서 다음 생에 내가 바라는 건…….」

「……바로 나예요.」 신부복을 입은 남자가 즉시 말을 받는다. 「난 글을 읽고 쓸 줄 알지만 육체의 쾌락이 그리웠어요. 그래서 내 소원은…….」

「……내가 그 소원으로 태어난 사람이죠.」 매춘부가 사제를 쳐다본다.

자신들의 바람이 내생에서 그대로 실현됐음을 알게 된 사람들이 고개를 끄덕이며 서로 대화를 나눈다. 르네가 그들의 말을 끊으며 끼어든다.

「이제 내가 그 결론에 도달한 이유를 아시게 됐을 거예요. 우리 각자는 다시 태어나기 전에 어떤 곳에서, 어떤 모습으로 태어나고 싶다는 바람을 가지고 있어요. 물론 우리에게는 자유 의지가 있지만, 어느 정도 전생이 원한 삶의 경로를 따라갈 수밖에 없죠. 내 앞에 살았던 피룬이 나를 르네라는 이름으로 부르는 가족에 태어나게 한 것은, 내가 〈환생〉에 관심을 갖기를 바란 그의 소망이 반영된 거죠.」[14]

이런 간단한 진리가 숨어 있었다는 사실에 모두가 깜짝 놀란다. 피룬이 고개를 끄덕이며 좌중에게 말한다.

「각자의 이름을 잘 살펴보면 여러분에게 주어진 소명이 어떤 것인지 알 수 있는 실마리가 들어 있을 거예요.」

벌써 여럿이 자신의 인생 전체가 이름 속에 들어 있다는 것을 발견하고 신기해한다.

「정말 그러네요……. 내 이름은 멜로디인데, 직업이 가수예요.」 이폴리트 바로 직전에 태어난, 제정 시대의 옷차림을 한 여성이 말한다.

「피에르, 난 보석상이죠.」

「마르그리트, 난 원예가예요.」

「에디트, 난 출판사에서 일해요.」

「로망, 난 소설가죠.」

사람들은 태어난 순간부터 이름이 자신의 인생을 규정하고 있었다는 사실을 깨닫고 신기하게 여긴다.

「내 이름은 안이에요……. 무슨 의미가 있는지 잘 모르겠군요.」

젊은 여성이 실망한 표정을 짓자 르네가 한 발 물러선다.

14 주인공의 이름 〈르네René〉는 다시 태어난다는 뜻의 프랑스어 동사 *renaître*의 변화형 *rené*에서 왔다.

「반드시 그렇다는 법칙을 말한 건 아니에요. 하나의 실마리가 될 수 있다는 뜻이지. 태어나기 전에 우리 모두는 전생을 살았던 전임자로부터 일종의 유산을 물려받았어요. 어떤 재능을 갖고 싶은지, 누구를 만나고 싶은지에 대한 그들의 소망이 바로 그거죠. 그래서 삶을 거듭하는 동안 우리는 서로 돕는 하나의 가족이 돼요. 〈영혼의 가족〉인 거죠. 이 영혼의 가족의 일원으로서 우리는 서로의 재능을 발견하게 도와주고, 응원해 줘요. 그리고 각자의 삶의 마지막에 가서는 이런 질문에 맞닥뜨리게 돼요. 〈너는 너의 재능을 어떻게 썼느냐?〉」

이번에는 샨티가 손을 들어 질문한다.

「그런데 내가 이해할 수 없는 게 하나 있어요. 이미 모든 재능을 다 가졌고, 우리보다 현명하고 행복해 보이는 게브가 왜 자신보다 못한 내생들을 거쳤을까요?」

「좋은 질문이에요. 게브, 샨티의 궁금증에 당신을 어떤 대답을 줄 건가요?」

줄곧 침묵을 지키던 아틀란티스인이 좌중을 바라보며 입을 연다.

「물론 나의 세계는 조화와 평화로운 삶의 방식이 구현된 곳이었어요. 우리 하멤프타 사람들은 자연과 상호 작용하는 삶을 살았죠. 그로 인한 생명과의 일체감이 아틀란티스인들의 인간관계에도 당연히 스며들었어요. 그런데…….」

그가 적확한 표현을 고르기 위해 고심한다.

「……행복 속에 너무 머무르기만 하다 보니 발전의 동력을 상실했어요. 불안감도 두려움도 소명도 없이 살다 보니 의식마저 잠들어 버렸죠. 우리가 이룬 정신의 위업들은 시간이 갈수록 희미해졌어요. 르네를 만나기 전까지는 우리 존재의 기록을 글로 남기겠다는 생각조차 못 했죠. 아틀란티스 문명의 기억을 활자로 남겨 줄 역사가도 한 명 없는데, 우리가 지혜를 가진들 무슨 소용이 있겠어요?」

게브가 르네를 가리키며 말한다.

「나 역시 1만 2천 년 뒤에 짧은 생을 살다 갈 저런 예민한 역사 교사가 된다는 사실이 처음엔 놀라웠어요.」

조반니가 쿡 웃는다.

「왜 웃는 거죠?」

베네치아 악사가 겸연쩍은 얼굴로 대답한다.

「르네 생긴 걸 보니 딱 예민하게 생겨서요. 미안해요, 계속해요, 게브.」

「나는 지금 내 눈앞의 이 얼굴, 이 몸을 가지고 그의 시대, 프랑스에서 태어난 르네 톨레다노가 내 영혼의 진화의 완성이라는 걸 깨달았어요. 중언부언 같지만 그가 날 만나러 왔다는 사실이 바로 그 궁극적인 증거죠.」

「여기 있는 〈우리〉 모두를 만나러 온 거죠.」 샨티가 그의 말을 바로잡는다.

「맞아요. 지금 이 순간은 우리가 각자의 시대에서 했던 노력과 시도의 종착점이에요. 이것을 통해 우리가 누구였는지 기억되게 될 거예요.」 피룬이 자신의 견해를 덧붙인다.

모두가 이 말의 함의를 가슴에 새기고 있을 때 야마모토가 한마디 던진다.

「결국 르네의 생은 우리 중 가장 완성된 삶이에요. 르네만이 과거의 조각을 맞출 수 있는 충분한 정보를 가지고 있으니까.」

「그건 그래요. 나는 아메리카 대륙이나 중국에 사람이 사는 줄도 몰랐어요. 지금에야 그걸 알게 됐어요!」 제노가 들뜬 목소리로 말한다.

다시 게브가 말을 이어 간다.

「르네는 특유의 호기심으로 세상에서 어떤 역사적 사건이 벌어졌는지 다 알고 있어요. 장군들과 그들의 승리가 역사의 전부가 아니라는 사실도 알고 있죠.」

전쟁의 역사야말로 역사의 줄기이자 핵심이라고 믿는 독일 왕이 무슨 말을 하려는 듯 입술을 달싹이다 그냥 다물어 버린다.

「나도 세상이 이렇게 넓고 이렇게 많은 사람들이 살고 있는지 몰랐어요. 조금 전 오스트레일리아 원주민과 얘기를 나누기 전까지 그 대륙의 존재조차 몰랐으니까.」 샨티가 말한다.

「오스트레일리아와 중국, 아메리카가 있는 줄은 알았지만 거기서 무슨 일이 벌어지는지는 나도 몰랐어요.」레옹틴이 거든다.「동양에서 전쟁이 나도 프랑스 사람은 알리가 없죠.」

「내 시대, 일본에서도 서쪽에서 무슨 일이 벌어지는지 모르긴 마찬가지였어요. 그저 미개인들이거니 하고 생각했을 뿐이지.」야마모토가 살짝 비아냥거리며 말한다.

게브가 다시 말을 이어 간다.

「우리 중엔 남극과 북극의 존재를 모르는 사람도 많잖아요. 책을 통해 여러 대륙의 문화를 두루 알고 있는 사람은 르네뿐이에요. 여러 나라의 음식을 먹어 보고 음악을 듣고, 그리스 철학과 동양 철학의 차이를 이해하고, 5대륙을 여행해 본 사람은 르네밖에 없어요.」

「그건 맞아요.」당사자가 말을 받는다.「난 여태까지 내가 얼마나 특권을 누리며 살았는지 몰랐어요. 기차와 비행기를 타는 게 당연한 줄 알았죠. 책을 읽고 컴퓨터를 사용하고, 여러분 대부분은 알지도 못하는 도구를 쓰면서 그게 특권인 줄 몰랐어요.」

「그렇군요. 그런데 비행기가 뭐죠?」제노가 눈을 동그랗게 뜨고 묻는다.

「컴퓨터는 무슨 용도로 쓰는 물건인가?」독일 왕이 궁금증을 참지 못하고 묻는다.

「르네는 우리가 바란 지식과 경험을 모두 갖췄어요.

우리 중에는 글을 읽거나 쓰지 못하는 사람도, 수영을 못하는 사람도 있죠……. 하지만 그는 이 모든 것을, 아니 이보다 더 많은 것을 할 줄 알아요.」

「비행기는 하늘을 날아다니는 차예요.」 이폴리트가 전문가인 양 설명해 준다.

「아, 그게 정말로 가능한 거였군. 우리 시대에 그 얘길 하는 사람이 더러 있어 나도 알기는 알았지만, 믿지는 않았죠.」 조반니가 고개를 끄덕인다.

전생들의 표정에서 거듭 놀라움이 읽힌다.

「오늘에야 내가 얼마나 운이 좋은지 깨닫게 됐어요.」

르네가 감격한 얼굴로 므네모스 파일의 〈노스탤지어의 오류〉 항목을 다시 떠올리며 말한다.

「현재 내가 살고 있는 나라, 다시 말해 여러분이 미래에 살게 되는 나라에는 벌써 70년이 넘게 전쟁이 없어요. 기근으로 죽는 사람도 없고, 병을 이겨 내기 위한 백신과 항생제도 많이 개발됐어요. 유리 외벽으로 30층도 넘는 고층 건물을 짓죠. 수도꼭지만 틀면 찬물과 더운물이 흘러나와요. 사람들이 자동차, 그러니까 말이 끌지 않아도 움직이는 수레를 타고 다니죠.」

다들 놀라서 어쩔 줄 모르는 눈치다.

「그런 게 미래의 세상이란 말이오? 르네의 세상? 대단하군.」 독일 왕이 흥분을 감추지 못한다.

「그때도 사람들이 여전히 공장에서 일해요?」 이폴리

트가 묻는다.

「아주 힘든 일은 로봇이라고 부르는 기계들이 해요. 내가 방금 전에 얘기한 컴퓨터는 사람 대신 계산을 해주고 정보도 찾아 주죠.」

「생각도 기계의 도움을 받아요? 그럼 기계가 음악도 만들어 줄 수 있어요?」 조반니가 놀란 표정으로 묻는다.

「네…… 우린 당신들만큼 오래 일하지 않아요. 소위 〈소비와 여가 사회〉를 살고 있죠. 휴식도 많이 하고 여행도 자주 해요. 물론 모두가 다 그렇게 살고 있는 건 아니에요. 어쨌든 프랑스인 대다수는 그래요.」

게브가 다시 말을 이어받는다.

「르네의 시대에는 달에 로켓을 쏘아 올렸다고 하더군요.」

순간 원형 경기장이 흥분에 휩싸여 술렁거린다.

「이건 르네가 가진 수많은 정보의 일례일 뿐이에요. 우리들은 상상조차 못 하는 일이었죠. 여러분 앞에서 솔직히 말하자면, 난 유체 이탈 외에 달에 가는 방법이 있을 줄 몰랐어요.」

르네가 겸양의 태도를 보인다.

「너무 자신을 낮출 필요 없어요, 게브. 당신의 세계는 완벽한걸요. 기근도 전염병도 전쟁도 없는, 대신 이타주의와 조화가 핵심 가치인 곳이잖아요. 그런 가치들은 비행기나 백신, 달에 쏴 올리는 로켓만큼 중요해요. 당신들은 행복했잖아요.」

「무지한 자들의 행복이었지. 물론 욕망과 두려움을 느끼지 않는다는 건 만족감을 주지만 그건 정신적 마비를 부르기도 하네. 자넨 소심하고 늘 불안과 두려움에 떨지만, 그래서 매사를 궁금해하고 질문을 던질 수 있는 거야. 그게 바로 자네 진화의 원동력이 되는 거고. 위험을 마다하지 않고 훌륭한 선택을 한 자네에게 박수를 보내고 싶네. 자네가 〈우리 영혼〉의 마지막 대표자라는 사실을 여기 있는 우리 모두가 자랑스러워한다는 걸 알아 두게.」

「당신은 정말 놀라운 사람이에요!」 레옹틴이 칭찬을 아끼지 않는다.

「그렇소, 당신은 정말 멋진 사람이오.」 야마모토도 인정한다.

「게다가 용기도 있고요.」 이폴리트가 덧붙인다.

111명의 영혼으로부터 박수가 쏟아지자 르네는 감격해 말을 잇지 못한다.

내가 지난 환생들 앞에서 이렇게 박수를 받는 날이 올 줄이야.

「난 여전히 궁금한 게 하나 있어요. 왜 우리를 지금 여기로 불러 모은 거죠?」 시베리아 샤먼 노파가 정색을 하고 묻는다. 「당신은 모든 것을 이해한 완벽한 사람인데, 우리한테 뭘 기대하는 거죠, 르네?」

르네 톨레다노가 생각에 잠긴 얼굴을 하자 영혼들이

하나둘 다시 자리에 앉아 가부좌를 튼다.

「음, 그러니까 내가 기대하는 건…… 아이디어예요.」

「무슨 아이디어 말이죠?」

「당신들 모두 세상에 존재했지만…… 잊혔어요. 지금 여기로 당신들을 불러 모으지 않았더라면, 나는 당신들이 한때 존재했었다는 사실조차 몰랐을 거예요. 〈유명하지 않은〉 평범한 생은 4세대 이후에는 기억에 남지 않아요. 그 정도만 해도 오래 기억되는 거죠. 피륜을 통해 나는 우리가 한 인간의 기억을 의도적으로 지울 수도 있다는 걸 알게 됐어요. 게브와의 만남은 한 도시, 한 나라, 나아가 한 문명이 통째로 잊힐 수 있다는 걸 깨닫게 해줬죠.」

두 사람이 고개를 끄덕인다.

「그걸 알게 된 내가 아틀란티스 문명의 존재를 증명할 증거를 발견하게 됐던 거예요. 그 증거를 구체적인 물증으로 만들 방법까지 찾아냈는데, 그만 돌발 상황이 생기는 바람에…….」

그가 감정의 덩어리가 치솟아 오르자 침을 삼킨다.

「막판에 실패하고 말았죠. 안타깝게도 이제 우리 세계, 우리 시대 사람들에게 아틀란티스는 신화로만 남게 됐어요.」

좌중이 웅성거리기 시작한다.

「이제 물증이 남아 있지 않은 상태에서 어떻게 하면

게브와 아틀란티스 문명의 잊힌 기억을 복원시킬 수 있을지 고민하고 있는 거예요.」

무거운 침묵이 흐른다. 모두가 자신들의 기억을 지키기 위한 방법을 찾기 위해 고심한다.

샨티가 그를 똑바로 쳐다보면서 말한다.

「당신이 누구이며 어떤 사람인지, 당신이 어떤 조건을 가지고 있는지 잘 살펴봐요.」

「그게 무슨 말이죠?」

「당신은 역사 교사예요. 피룬이 당신으로 환생하기로 한 건 방금 당신도 말했듯이 역사의 기억이 중요한 문제라는 걸 그가 느꼈기 때문이에요. 당신이 생각을 전파할 수 있는 시대와 나라에 살고 있는 건 우연이 아니에요.」

「무슨 말을 하려는 거죠, 샨티?」

레옹틴이 대신 대답한다.

「당신이 쥔 패를 가지고 게임을 하라는 뜻이지. 지금까지 들은 내용으로 내가 이해한 바로는, 여기 있는 우리 모두는 불완전한 패를 손에 들고 있어요. 하지만 당신은 달라요. 에이스 넉 장을 다 손에 쥐고 있다고! 어느 때보다 게임이 쉬울 테니 걱정하지 말고 시작해요!」

게브도 나서 생각을 보탠다.

「맞는 얘기네. 파피루스 항아리와 해골을 지키진 못했지만 자넨 현대적인 전파의 도구를 가지고 있지 않나. 그걸 이용하면 인류 전체의 도움을 받아 새로운 증거를 찾을 수 있을 거야.」

르네가 무언가를 곰곰이 생각하는 얼굴이다.

「우리는 당신이 그 일을 해주리라 믿어요.」 아르메니아인이 말한다.

「진실을 회복해 줘요. 과거의 일들이 진실로 인정받을 수 있는 반박 불가능한 방법을 찾아내야 해요.」 폴란드 출신의 하시딤 교인이 덧붙인다.

듣고만 있던 피룬이 선언 같은 한마디를 던진다.

「이제 당신 손에 쥔 카드를 가지고 게임을 시작할 시간이 왔어요. 레옹틴이 말했듯 당신의 에이스 카드를 활용할 방법을 찾아요!」

「당신한테는 우리 모두의 역사적 진실을 회복시킬 의무가 있어요. 우리 모두는 당신이 가진 지식을 채워 주면서 당신을 도울 거예요.」 쿠르드족 여인이 비장한 얼굴로 말한다.

「우린 당신이 사실을 입증할 수 있게 상세하고 충분한 정보를 제공할 거예요.」 오스트레일리아 원주민도 덧붙인다.

「자네가 우리한테 와서 물으면 우리는 무슨 일이 일어났었는지 다 얘기해 줄 걸세. 누구한테 들은 얘기가 아니라, 공식 프로파간다가 아니라, 우리 두 눈으로 직접 보고 경험한 것을 말이야. 인류는 기억을 되찾지 않으면 안 되네.」 마침내 르네에게 말을 놓은 캄보디아 승려의 얼굴에 결연한 의지가 서린다.

르네는 111명의 전생들에게 조반니가 했던 것처럼 허리를 숙여 감사의 인사를 전한다.

「여러분, 고마워요. 여러분 덕에 내 고민이 해결됐어요.」

원형 경기장에 모인 영혼들에게서 만족의 진동이 느껴진다. 뜻밖의 만남으로 가슴이 부푼 그들은 운명의 여정을 계속하기 위해 문을 넘어 각자의 시공간으로 돌아간다. 주문 같은 한마디가 그들의 머릿속에 떠오른다.

〈나는 우연히 세상에 태어난 게 아니다.〉

120
므네모스: 알랑 카르데크의 무덤

프랑스 심령 철학의 창시자인 알랑 카르데크의 본명은 이폴리트 리바이다. 그는 자신의 전생이라고 믿었던 켈트족 드루이드의 이름을 따서 예명을 지었다.

1804년 리옹에서 태어난 그는 미국 심령술 운동의 스타였던 폭스 자매를 통해 1855년 테이블 터닝을 처음 접하고 나서 심령 회합을 주도했다. 그의 심령회에는 빅토르 위고, 테오필 고티에, 카미유 플라마리옹 등의 프랑스인뿐만 아니라 아서 코넌 도일 같은 영국인도 참여했다고 알려져 있다.

그가 1857년에 출간한 『영혼의 서』는 당대에 베스트셀러가 되었다. 그는 책에서 이렇게 적고 있다.

〈인간은 단순히 물질로만 구성된 존재가 아니다. 인간에게는 육체의 몸과 연결된 어떤 생각의 근원이 있는데, 이것은 우리가 낡은 옷을 벗어 던지는 것과 마찬가지로 현생이 끝나는 순간 육신을 떠나게 된다. 육신을 빠져나

온 죽은 자들은 산 자들과 직접, 또는 눈에 보이거나 보이지 않는 영매를 통해 소통한다.〉

그는 1869년 사망해 파리 페르 라셰즈 공동묘지에 묻혔다. 그의 무덤에 세워진 흉상 밑에는 이런 글귀가 새겨져 있다.

〈모든 결과에는 원인이 존재하고, 모든 현명한 결과에는 현명한 원인이 존재한다. 원인의 힘이 결과의 위대함을 결정한다.〉

카미유 플라마리옹은 장례식 추도사에서 이렇게 말했다. 〈심령술은 종교가 아니라 과학이다.〉

알랑 카르데크의 비석에는 그가 주창한 철학의 정수라고 할 수 있는 이런 글귀가 새겨져 있다. 〈태어나서, 죽고, 다시 태어나, 끝없이 나아가는 것, 이것이 법칙이다.〉

121

게브가 천천히 눈을 뜬다.

「그래, 이번엔 어땠어요?」 누트가 다가와 앉으며 묻는다.

게브는 자신의 세계로 돌아오는 데 한참 시간이 걸린다.

「르네는 정말 대단한 친구예요. 소심해 보여도 과감한 시도를 할 줄 알아요. 오늘은 자신의 전생을 모두 불러 모았더군요.」

「전생 모두라면, 첫 번째 육신에서 마지막 육신 사이에 존재했던 전생 전부가 모였단 말이에요?」

「모두 112명의 존재가 만난 자리였어요.」

게브가 몸을 일으켜 멤피스를 내다볼 수 있는 창문 쪽으로 걸어간다. 거인들이 사는 중앙 광장은 고요한 반면 소인들의 주거지가 있는 외곽 시장은 아침을 여는 소리들로 시끌벅적하다. 소인들이 먹을 것과 집에서 만들어온 물건들을 교환하고 있다.

「그 회합 덕분에 르네가 우리의 기억을 살릴 방법을 찾았어요.」

「항아리 말인가요?」

게브가 아랫입술을 깨문다.

「아니, 항아리는 실패해요.」

「막 기록을 다 마쳤는데, 아쉽네요.」

「하지만 난 우리에게 주어진 임무를 끝까지 수행해 볼 생각이에요. 우리의 미래가 르네가 얘기한 것과 아주 조금이라도 달라질 가능성이 있다면 그걸 붙잡고 싶어요. 우리 항아리가 파괴되지 않아 사람들이 파피루스를 읽게 될, 다른 버전의 미래가 가능할지도 모르니까.」

「그 말은, 르네가 우리의 미래를 안다는 걸 당신이 믿지 않는다는 뜻이에요?」

「맞을 가능성이 아주 크지만 절대적으로 확신할 순 없으니까요. 사소한 것들이 미래를 결정적으로 바꿔 놓을 가능성도 얼마든지 있으니까.」

네 명의 아이들이 다가와 그들에게 입맞춤을 한 뒤 식탁에 둘러앉아 아침을 먹는다.

「당신 마음대로 해요. 난 식사가 끝나면 오시리스와 세트, 이시스, 네프티스에게 유체 이탈 기술을 가르쳐 주려고요.」

게브가 파피루스 두루마리 두 개를 준비된 항아리 두

개에 나눠 담고 나서 뚜껑을 덮은 다음 밀랍으로 밀봉한다.

「이게 우리의 기억이야.」 그가 항아리 바깥에 돌고래를 그린다.「이 기억이 부디 오래 살아남기를.」

122

오팔이 코를 골며 곤한 잠에 빠져 있다. 르네는 그녀가 깨지 않게 옆에 누우려고 옷을 벗고 조심스럽게 침상으로 올라간다.

갑자기 코 고는 소리가 멈춘다.

이런. 다 틀렸네.

「기다렸어요.」 그녀가 눈을 감은 채 속삭인다.

「미안해요, 내가 깨웠죠?」

「당신이 언제 들어오나 궁금해하고 있었어요.

「당신이 피곤해서 자는 줄 알았죠.」

오팔이 침대 시트를 걷어 알몸을 드러낸다. 그녀가 한 손으로 르네의 손을 잡아 자신의 심장에 갖다 대고 다른 손은 르네의 가슴에 올려놓는다.

달음박질치는 그녀의 심장 소리가 그의 손바닥에 전해져 온다.

그녀의 심장이, 그녀의 생명 에너지가 느껴져.

우리 둘의 루아흐가 손을 매개로 심장에서 접속하고 있어.

「지난번에는 당신의 아틀란티스인 친구 때문에, 그러고 나서는 〈교육적 놀이 활동〉으로 인한 우여곡절 때문에 번번이 중단됐죠.」 그녀가 윙크를 날린다.

거인들의 해골을 발견하고 감옥에 수감됐던 걸 놀이라고 부르는 거예요?

「멈춘 지점에서 다시 시작하는 거예요, 안 그래요?」

그가 다소 위축된 표정으로 다가가 자신이 세상에서 가장 원하는 여자를 껴안는다.

그들의 입술이 포개지는 순간 영혼의 융합이 일어난다. 두 존재를 뛰어넘는 에너지가 생성된다.

이 순간은, 절대 잊고 싶지 않아.

123
므네모스: 소멸된 민족

드물지만 한 민족의 존재에 대한 기억이 통째로 잊히는 경우도 더러 있다. 지금으로부터 1만 년도 더 전에, 독자적인 언어와 문화를 가진 원주민들이 오스트레일리아의 태즈메이니아에 살고 있었다.

1642년, 네덜란드인 아벨 타스만이 유럽인으로서는 최초로 오스트레일리아 남쪽에 위치한 이 섬에 발을 디뎠다. 뒤이어 1772년에는 프랑스인 마리옹 뒤프렌이, 1773년에는 영국인 제임스 쿡이 이곳에 상륙했다.

1803년 태즈메이니아 남쪽 해안에 영국에서 온 죄수들을 수용하는 감옥이 세워졌고, 그들을 관리하기 위해 온 간수들이 도착했다. 한때 범죄자였던 사람들이 농사꾼으로 변신해 땅을 일구자 섬 경제가 발달하기 시작했다. 영국 본토에서 이곳으로 보내 처리하는 죄인들의 숫자가 늘어날수록 태즈메이니아 원주민들은 경작 가능한 땅에서 쫓겨나 점점 사막으로 밀려났다. 게다가 1803년부터 1833년 사이에 알코올 중독과 매독이 유행하자 5천 명이었던 원주민 인구는 3백 명으로 줄어들었다. 영국 본토에서는 이들이 지은 죄가 있어 이런 가혹한 운명이 찾아오는 것이라고 생각해 생존자들을 개종시키기 위한 선교사들을 파견했다. 하지만 급격한 인구 감소를 막을 수는 없었다.

우리가 이름조차 기억하지 못하는 마지막 태즈메이니아인들은 삶의 의욕을 잃고 아이도 더 이상 낳지 않게 되었다. 1876년, 최후의 태즈메이니아인으로 여겨지는 한 여성이 인류학자들의 손에 이끌려 주도인 호바트에 도착한다. 트루가니니라는 이름의 이 여성은 64세의 나이로 세상을 떠나면서 자신을 돌보던 의사에게 이런 유언을 남겼다. 〈저들이 나를 토막 내지 못하게 해요.〉 이후 태즈메이니아 박물관에 전시됐던 그녀의 시신은 1976년에 와서야 박물관 측의 반대에도 불구하고 화장되었다. 오스트레일리아 록 그룹인 미드나이트 오일은 「트루가니니」라는 제목의 노래를 그녀에게 헌정했다.

태즈메이니아 원주민 문명에 대해 남아 있는 기억은 록 음악 한 곡이 전부인 셈이다.

124

비발디의 「사계」 중 〈가을〉이 흐른다.

이집트를 떠난 르네와 오팔, 고티에, 엘로디, 세리즈, 니콜라는 요트를 타고 모험을 계속한다. 그들은 각자 주변 사람들과 회사에 근황을 전하고 시간을 벌 방법을 찾는다. 해안이 가까워지자 엘로디가 제일 먼저 빌랑브뢰즈가 준 휴대폰으로 피넬 교장에게 전화를 걸어 병가를 연장하겠다고 말한다. 고티에는 방송국 편집국에 극비리에 준비 중인 르포가 있다고 알리고 나서, 자세한 내용은 말해 줄 수 없지만 세리즈와 니콜라가 함께 촬영 진행 중이라고 전한다. 오팔은 여행이 예상보다 길어질 것 같으니 유람선 공연장의 문을 대신 열어 달라고 아버지에게 부탁한다. 르네 역시 아버지와의 짧은 대화를 시도하고 나서 라지엘 경위에게 전화를 걸어 쇼브 박사의 심리 조작과 고문 사실을 입증할 증언을 해준다. 사건 조사에 상당한 시간이 걸릴 것이라는 대답이 돌아온다.

요트에 탄 일행은 비로소 전보다 편안한 마음으로 항해를 즐기게 된다.

날치호는 쾌청한 날씨 속에 잔잔한 바다를 항진해 서쪽으로 향한다. 바다와 하늘이 맞닿은 수평선과, 도시에서는 보지 못한 별이 박힌 밤하늘이 잠시 대도시의 삶을 잊고 싶은 그들에게 자연의 편안함과 경이로움을 선사한다.

실패로 끝난 이집트에서의 모험 뒤 찾아온 패배감을 떨쳐 내고, 그들은 르네가 구상하고 있는 야심 찬 계획을 실현하기 위해 하나가 된다. 각자 맡은 역할을 해나가는 동안 관계에도 변화가 생겨 자연스럽게 세 쌍의 커플이 탄생한다. 르네와 오팔, 세리즈와 니콜라, 엘로디와 고티에.

요트 위 공동체는 각자의 재능을 발견하면서 상호 보완적인 관계를 형성해 나간다.

잠시 들른 항구에서 니콜라가 신선한 식자재를 사와 마침내 요리다운 요리를 식탁에 올린다. 함께 맛있는 음식을 나누며 술잔을 기울이는 사이 긴장이 풀린 그들은 공동체의 결속을 느낀다.

심리 전문가인 오팔이 한 사람씩 혹은 다 같이 몸과 마음의 긴장을 푸는 시간을 만들어 심리적 안정을 돕는다.

뛰어난 이야기꾼인 고티에는 자신이 만든 르포들의 흥미진진한 뒷이야기를 들려준다. 그는 동료들에게 밤하늘에서 별자리를 찾는 방법을 가르쳐 주고, 행성과 항성의 위치도 알려 준다.

엘로디는 마사지를 해주고 크고 작은 건강 문제를 상담해 준다.

르네는 저녁마다 갑판에서 퇴행 최면으로 다녀온 아틀란티스 이야기를 들려준다. 옛날에 모닥불 앞에서 사람들의 귀를 사로잡았던 이야기꾼처럼 그는 날치호 승객들만의 신화를 만들어 낸다.

르네와 오팔이 번갈아 가며 키를 잡는 날치호는 평균 6노트, 즉 시간당 약 10킬로미터의 속도로 바다를 항해한다.

뱃머리에서 혼자 바닷바람을 맞으며 르네는 게브를 떠올린다. 하루의 의식 같던 퇴행 최면을 하지 않은 지 벌써 여러 날이 흘렀다. 111명과 함께한 전생의 회합에서 고민을 해결했다고 느껴서일까. 파피루스 항아리로 진실을 증명하려던 계획이 실패로 끝난 이상, 게브와 누트가 이집트 땅에서 소인들에게 신으로 숭배받으며 멤피스를 통치하도록 놔두는 게 낫다는 생각이 들어서인지도 모른다.

아니, 어쩌면 그를 다시 찾아갔을 때 오랜만에 왔다고 자신을 타박하던 할머니 앞에 섰을 때와 비슷한 기분이 들 것 같아 망설이는지도 모른다.

어쨌든 그는 다시 게브를 만나러 가지 않기로 한다.

125

나팔 소리가 새벽을 가른다. 게브와 누트는 날카로운 소리만 듣고도 위험이 임박했음을 직감해 잠에서 깬다. 그들은 황급히 몸을 일으켜 창가로 가서 선다. 상황이 한눈에 들어온다.

갑옷을 입은 소인 수천 명이 쇠붙이 무기를 흔들어 대며 함성을 지르고 있다. 말에 올라탄 이들도 간혹 눈에 띈다. 소인들이 아틀란티스인들의 집에 불을 지르고, 저지하려는 거인들을 쓰러뜨린다. 어느새 규석에서 강철로 바뀐 화살촉이 거인들의 살에 푹푹 와서 박힌다. 소인들이 칼과 도끼와 창을 무자비하게 휘둘러 댄다.

소인들의 정교한 신무기의 위력 앞에서 아틀란티스인들의 전략 요충지가 하나둘 무너지기 시작한다.

「어서 가서 오시리스와 세트, 이시스, 네프티스를 데려와요. 당장 여기에서 도망쳐야겠어요.」 게브가 파피루스 항아리 두 개를 집어 들며 말한다.

여섯 명의 가족은 전투가 벌어지는 곳과 반대 방향으로 달아나기 시작한다. 전쟁의 광경이 눈 아래 펼쳐지는 언덕에 도착하고 나서야 그들은 잠시 숨을 고른다.

「우린 그들의 신이었잖아요. 그래서 난 그들이 우리를 정말로 좋아하는 줄 알았어요.」 누트가 자책하며 안타까워한다.

「그들이 숭배하던 대상들을 죽이고 무너뜨리고 있는 거예요.」

「우린 자상한 부모가 하듯 그들을 교육했잖아요.」

「배은망덕한 자식들인 거죠. 아니면 부모의 간섭에서 벗어나고 싶었거나.」 게브가 덤덤한 목소리로 대답한다.

「이 사태를 촉발한 게 뭐였을까요? 그들의 파괴적인 충동을 억누르는 데 종교만으로는 부족했던 걸까요?」

「우리가 주입한 종교를 그들이 재해석해서, 우리가 하라는 것과 정반대로 했기 때문이에요.」

「우리 의도는 분명히 전달했다고 생각해요.」

「그들은 우리가 자신들에게 해준 모든 것을 잊어버리고 우리를 상상 속의 신들로 만들 거예요. 지금의 우리를 기억에서 지워 버리고, 순전히 자신들의 정치적 필요에 따라 새로운 게브와 새로운 누트를 만들어 숭배하게 될 거예요. 그들이 우리가 하지 않은 말을 했다고 하고, 우리의 진짜 모습과 다른 얘기를 해도 아무도 반박할 사람이 없겠죠.」

「네에와 접속해 이 일을 상의해 봐야 하지 않을까요?」

게브가 작은 한숨을 내쉰다.

「괜히 번거롭게 할 필요 없어요. 서로 만나지 않은 지 오래돼 그가 아직 우릴 신경 쓸지조차 의문이에요. 어차피 그가 우리한테 할 얘기는 이미 다 해줬어요.」

소인 침략자들의 공격을 받고 불타는 아틀란티스인들의 집들에서 연기가 치솟아 오른다.

「어서 가요.」 그가 내려놨던 항아리를 다시 집어 든다.

「어디로요?」 누트가 묻는다.

「우리의 성역이 될 동굴로 가요.」

「아이들과는 여기서 헤어지는 게 좋겠어요. 오시리스, 세트, 이시스, 네프티스는 우리의 마지막 희망이에요. 우리는 삶의 종착점에 와 있지만 아이들은 출발점에 서 있으니까요.」

그들은 아이들에게 동남쪽으로 떠나 강을 거슬러 올라가 적당한 땅을 찾은 뒤 문명을 세우라고 말한다.

「지금부터 내가 하는 충고를 깊이 새기거라. 절대 원주민들을 호락호락하게 여겨선 안 된다. 규칙을 어기는 자는 즉시 벌을 내려야 상황이 악화되지 않을 거야. 그들을 통치할 사제 계급을 만들거라, 그래야 미신을 통한 통제가 가능해. 원주민들에게 너무 많은 것을 너무 빨리 다 가르쳐 주지 말거라.」

아이들은 새로운 멤피스를 다시 건설해 사라진 하멤

프타의 지혜가 이 땅에 빛나게 하겠다고 약속한다.

그들은 뜨거운 포옹을 나눈 뒤 서로 다른 길을 떠난다.

126

날치호가 아프리카 북부 해안을 따라 항진한다. 리비아와 튀니지, 알제리, 모로코를 지난 배는 지브롤터해협을 거쳐 대서양으로 나간다.

육지의 그림자조차 보이지 않는 망망대해를 오랫동안 항해한 끝에 대서양 한가운데 있는 아조레스제도에 도착해 피쿠섬에 기항한다.

처음에 아조레스제도에 머물 계획을 세웠던 르네 일행은, 거친 자연환경과 한때 범고래와 돌고래를 사냥했던 원주민들의 적대적인 태도를 보고 마음을 바꾼다.

그들은 다시 바다로 나가 서쪽으로 항해한다. 파란 도화지 같은 풍경 속에서 다시 낮과 밤이 여러 번 바뀐다.

그들의 눈앞에 물밑으로 가라앉은 대륙의 잔재일지도 모르는, 대서양의 또 다른 제도 버뮤다가 모습을 드러낸다.

멀리 해안 풍경이 눈에 잡힌다.

「우리 계획을 위해 이상적인 장소를 찾은 것 같아요.」 엘로디가 말한다.

「온화한 기후에 고운 모래사장, 투명한 바다. 정말 멀리 떠나온 느낌이 드는군.」 옆에 서 있던 고티에가 말한다.

「휴가 분위기가 나겠는걸요.」 세리즈가 한마디 덧붙인다.

이집트를 떠나 8천8백 킬로미터를 항해하고 드디어 버뮤다제도에 도착한 날치호는 섬 남쪽을 빙 돌아 엘리만(灣)에 닻을 내린다. 그들은 항구에 발을 디딘 즉시 부동산 중개업자부터 찾아 나선다. 서머싯 빌리지의 큰길에 있는 여러 중개업체 중 한 곳에 들어가 국제공항이 위치한 세인트데이비드섬에서 멀리 떨어진 제도 서쪽이 조용히 머물기에 좋다고 추천을 받는다.

그들은 한나절 동안 몇 채의 집을 보고 나서 북서쪽 롱베이 해안과 바로 연결되는 서머싯 빌리지의 아담한 빌라를 임대하기로 한다. 이번에도 레옹틴 드 빌랑브뢰즈의 유산이 중요한 역할을 한다.

일행은 홈 오토메이션 시스템을 갖춘 현대적인 빌라에 짐을 풀고 육지에서의 첫 밤을 맞는다.

다음 날 그들은 당분간 먹을 음식부터 사 놓고 나서 차를 빌려 수도인 해밀턴으로 향한다. 인형의 집을 연상시키는 화려한 색깔의 집들은 영국 식민지풍 건축의 정수를 보여 준다. 경찰도 런던 경찰과 똑같은 모자를 쓰고 있다. 반팔 셔츠와 헐렁한 반바지 차림에 목이 높은 양말을 신은 남자들과, 한눈에 봐도 성형 흔적이 뚜렷한 여자들이 느릿느릿 거리를 활보한다. 대로마다 식당만큼 많은 은행의 숫자가 이곳이 유명한 조세 피난처임을 말해 주고 있다.

세리즈와 니콜라가 전자 설비 가게에 들어가 최신 송수신기를 사서 들고 나온다.

르네 일행은 당분간 입을 옷가지와 소소한 일상용품을 차 트렁크에 가득 싣고 빌라로 돌아온다.

그들은 르네의 제안에 따라 공식 역사와는 다른 역사의 진실을 알릴 인터넷 방송 채널을 만든다. 세리즈와 고티에가 빌라 지붕에 올라가 꽃 모양의 대형 위성 안테나를 설치한다.

여섯 명의 모험가들은 비로소 삶의 의미를 찾았다는 뿌듯한 마음으로 섬에서의 첫 저녁을 맞는다.

127

게브와 누트가 낙타 털빛을 닮은 연한 갈색의 모래언덕 위를 걷고 있다. 머리 위에서 태양이 하얗게 이글거린다. 아틀란티스인들의 역사가 담긴 항아리 두 개가 밧줄로 그들의 등에 묶여 있다.

「이 길이 확실해요?」 누트가 이따금 똑같은 질문을 게브에게 던진다.

「네에가 유체 이탈로 동굴을 보여 줘서 위치를 정확히 알고 있어요. 남쪽으로 계속 내려가면 돼요.」

「목이 말라요.」

「얼마 남지 않았으니까 조금만 참아요. 어떻게든 이 사막을 지나가야 해요. 우리 문명의 기억을 남기느냐 마느냐 하는 중차대한 일이에요.」

128

그들의 목소리를 낼 시간이 왔다.

채널 이름은 〈므네모스〉, 로고는 사해 문서의 이미지를 활용해 만들었다.

고티에가 자신의 채널 구독자들에게 미리 방송 내용을 알리는 메시지를 보내 놓았다. 세리즈가 타이틀 화면으로 쓰기 위해 옛날 그림과 요즘 사진을 섞어 합성 이미지를 만들었고, 니콜라는 해밀턴의 골동품 가게에서 사 온 물건들로 촬영 무대를 제작했다. 엘로디는 진행자 앞에 놓을 책상과 피타고라스 흉상, 크레타의 돌고래와 이집트 고양이 조각상, 로마 시대의 둥근 기둥을 구해 왔다.

그들은 저녁에 당장 첫 번째 촬영에 들어간다. 세리즈의 카메라 앞에 선 르네가 프랑스의 루이 14세와 16세에 대해 알려진 잘못된 역사적 사실들을 바로잡는 것으로 방송을 시작한다.

129
므네모스: 루이 14세와 루이 16세

사람들의 기억에 베르사유 궁전을 만들고 스스로를 〈태양왕〉이라고 칭했으며 숱한 여인들과 염문을 뿌렸던 루이 14세는 위대한 왕으로, 반면 아내에게 배신당하고 군중의 야유를 들으며 단두대에서 최후를 맞았던 루이 16세는 한심하고 무능한 왕으로 각인돼 있다.

하지만 사실은 이와 다르다.

이러한 평가를 뒷받침할 수 있는 두 왕의 내력을 살펴보자.

과대망상증이 심했던 루이 14세는 여기저기에서 수시로 전쟁을 일으켰고, 숱한 전쟁에서 패해 엄청난 대가를 치렀다.

그는 오로지 질투심 때문에 재무 대신이던 니콜라 푸케를 감옥에 가두고 그의 친구들을 자신의 곁으로 불러들였다. 배우인 몰리에르와 우화 작가 장 드 라퐁텐, 극작가 피에르 코르네유, 요리사 바텔, 음악가 륄리, 화가 푸생이 왕의 총애를 받은 대표적인 푸케의 지인들이었다. 이들 중 라퐁텐만이 루이 14세가 신하인 푸케를 배신했다고 공개적인 비난을 했다.

그는 평민들의 세금을 올리면서도 귀족들의 세금은 면제해 줬으며, 푸케의 보르비콩트 성을 흉내 내 베르사유 궁전을 화려하게 꾸미느라 상당한 비용을 썼다.

태양왕은 1693년에서 1694년 사이에 무려 280만 명의 목숨을 앗아간 대기근에 속수무책이었고, 신교도의 반란 등 민중 봉기가 일어나면 무조건 무력으로 진압했다.

그가 청교도 교인들을 박해하는 바람에 당시 나라의 경제적·문화적 융성에 기여하고 있었던 (뒷날 록펠러라는 이름으로 알려지게 되는 로크푀유 후작 가문을 위시한) 청교도들 일부는 해외로 도망칠 수밖에 없었다.

일꾼 수백 명의 목숨을 앗아간 베르사유 궁전이 완공되자 태양왕은 카드놀이와 연회로 시간을 보냈다. 그는 다리에 생긴 괴저에서 나는 악취를 향수로 덮으면서도 수많은 여자와 방탕한 생활을 멈추지 않았다. 특혜를 바라는 간신배들이 왕궁에 들끓었다.

하지만 그는 자신을 명군으로 묘사해 줄 전기 작가들을 곁에 두고 있었다. 우리에게 가장 잘 알려진 루이 14세의 초상화를 그리기 위해 화가 이아생트 리고가 운동선수의 몸에다 왕의 얼굴만 그려 넣었다는 사실은 거의 알려지지 않았다.

루이 16세는 왕위에 오르자마자 증조부의 잘못을 바로잡기 시작했다. 그는 유능한 경제학자인 튀르고를 발탁해 나라의 재정 상황을 파악하게 했고, 그 유명한 〈삼부회 진정서〉를 통해 백성들의 애환을 들었다. 그동안 푸대접과 무시 속에 목소리를 낼 수 없었던 평민들이 위정자에게 고통을 호소할 수 있는 통로를 만들어 준 것이다.

또 베르사유 궁전에서의 방탕한 연회를 줄였으며, 궁에 기생하던 수많은 귀족 한량을 내쫓았다. 그는 귀족들의 반대를 무릅쓰고, 그때까지 면세 특권을 누렸던 귀족들에게 세금을 걷으려 했다. 파르망티에가 소개한 덩이줄기 식물인 감자를 널리 보급해 기근의 위험을 줄이기도 했다. 농노제와 종교 박해를 금지하고 경찰에 의한 고문도 원천적으로 금지했다.

루이 16세는 산업화 시대로의 이행에 필요한 각종 개혁을 추진했으며 미국 독립 전쟁에 참전해 영국의 식민지 확장을 저지하는 공을 세운 라파예트 후작을 지원하기도 했다. 파리에 봉기의 기운이 감돌기 시작했을 때, 그는 군중을 향해 총을 쏘지 말라고 명령했다. 〈군인은 절대 동포의 피를 손에 묻혀서는 안 된다〉라던 그의 존경스러운 고집이 결국 그의 마지막을 앞당기고 말았다.

끝까지 우아함과 위엄을 잃지 않았던 그는 단두대에 올라가서도 〈라페루즈에게서는 아직 아무 소식이 없느냐?〉라며 몇 주째 소식이 끊긴 탐험가 라페루즈의 안부를 물었다. 그리고 마지막까지 의식을 잃지 않은 채 기요틴의 칼날을 맞았다.

130

탈진 직전인 두 아틀란티스인은 남쪽으로 향하는 걸음을 멈추지 않는다.

멤피스를 떠나 온 이후 샘물 한 곳, 나무 그늘 하나 찾지 못하고 옷으로 해를 가리며 걷고 있다. 기온이 치솟으면 잠시 멈춰 해가 기울기를 기다린다. 더 이상 말할 힘조차 남아 있지 않다.

믿음이 사라지는 순간, 말없이 주고받는 눈길과 상대의 미소에서 힘을 얻는다.

기온이 견딜 만해지면 다시 무거운 걸음을 뗀다.

밤이 오면 사막에서 잠을 청한다. 추위에 몸이 떨려도 하루 중 유일하게 물기를 느낄 수 있는 시간. 아침에 잠이 깨면 옷섶에 묻은 이슬을 핥아 갈증을 달랜다.

그들은 항아리를 등에 지고 다시 끈질긴 여정에 오른다.

131

대실패.

루이 14세와 루이 16세를 비교한 방송은 무척 실망스러운 조회수를 기록했다.

여섯 모험가가 해변이 바라보이는 파티오의 둥근 테이블에 둘러앉았다. 분위기가 무겁게 가라앉아 있다.

「유럽 사람들만 관심이 있는 소재인 걸 모르고 잘못 고른 게 아닌가 싶네. 영어로 방송이 나갔지만 사실 미국인 대다수는 프랑스 역사에 무지하거든.」 고티에가 객관적인 평가를 내린다.

「그럼 〈환상 벗기기〉 시리즈의 다음 편은 루이 14세에 이어 존 F. 케네디를 다뤄 보면 어때요?」

르네가 말을 받는다.

「그 사람은 미국 최고의 대통령 아니었나?」

「과연 그럴까요? 그의 아버지인 조지프 케네디는 캐나다 국경에서 주류를 밀매하며 재산을 모았어요. 1938년에 영국 주재 미국 대사가 되었는데, 히틀러에 대한 유화 정책을 지지하고 미국의 참전을 막으려고 로비를 벌인 사람이에요. 존 F. 케네디는 백악관에서 수시로 퇴폐적인 파티를 벌였다고 하죠. 그뿐만이 아니에요. 케네디는 핵무기 개발에 열을 올리고 소련과의 긴장을 높였어요. 자칫하면 제3차 세계 대전이 벌어질 수도 있었죠. 여론을 의식해 피그스만 침공 사건을 일으키기도 했어요. 베트남 전쟁에도 참여했고요.」 르네가 다소 상기된 얼굴로 말한다.

「난 지금까지 케네디가 정직하고 용감한 미남 대통령이라고만 생각해 왔어요! 그의 멋진 아내 재키의 이미지 때문이었나 봐요.」 니콜라가 겸연쩍은 표정으로 말한다.

「순전히 홍보 전문가들의 손에 의해 만들어진 유명인들의 가면을 벗기는 일이 흥미롭긴 하지.」 기자 출신답게 고티에가 한마디 한다.

「다른 예가 더 있어요?」 니콜라가 묻는다.

「공산주의의 상징으로 여겨지는 스탈린은 사실 차르의 스파이였다고 하죠. 소비에트 혁명을 차르 체제보다 훨씬 폭압적이고 전제적인 독재로 만든 장본인이 바로 그였어요.」

「난 그건 몰랐네. 그것 말고 또 누가 있나?」

「마오쩌둥은 어떨까요. 민중의 해방자를 자처한 그는 〈문화〉 혁명이라는 명목으로 지식인을 숙청하고 수천 년의 역사를 지닌 중국의 문화와 전통을 말살했어요.」

「체 게바라와 생쥐스트도 가면 벗기기의 대상이 될 만해요. 낭만적인 혁명가를 상징하는 두 인물의 이미지 뒤에는 사실 수많은 이들의 죽음이 있기 때문이죠.」

「그런 사람들이 젊은이들의 티셔츠 가슴팍에 새겨져 있다니, 아이러니군요.」 니콜라가 끼어든다.

「이웃 국가들을 침공해 가족과 친구를 허수아비 왕으로 앉혔던 나폴레옹과, 자신의 정치적 야망을 위해 전쟁을 일으켜 사람들을 비탄에 빠뜨렸던 카이사르도 빼놓을 수 없죠. 그런데 문제는 이렇게 인류의 비극을 부른 자들이 역사가들에 의해 카리스마 넘치는 위대한 지도자로 그려졌다는 사실이에요.」

「사람 한 명을 죽이는 건 범죄지만, 수백만 명을 죽이는 건 원대한 정치적 계획이라고 우리의 집단 무의식이 믿게 됐는지도 몰라요.」 르네의 이야기에 갈수록 흥미를 느끼는 니콜라가 냉소적으로 말한다.

모두가 〈므네모스〉 첫 방송의 실패 원인을 찾기 위해 애쓴다.

엘로디가 적포도주를 한 잔 따라 마시더니 긴장이 풀린 얼굴로 말한다.

「독재자들을 비난하는 것만으론 부족해. 차라리 잘 알려지지 않은 진정한 영웅들에 대한 얘기를 해보는 게 어때? 자신들을 제대로 알리지 못한, 가령 한니발이나 피타고라스, 라마르크, 제멜바이스 같은 이들 말이야. 네가 학교 식당에서 나한테 들려준 그 수많은 영웅들. 우리에겐 그런 존경의 대상이 필요해.」

르네가 이번에도 역시 정확한 분석을 내리는 친구의 말을 인정한다.

「그럼 다음에는 파라오 아크나톤에 대한 영상을 올려 볼까? 그는 이집트의 발전에 크게 기여했지만 아몬 신을 숭배하는 사제들의 음모에 의해 살해됐지. 사제들은 그의 명성을 짓밟고 아예 모두의 기억에서 지워 버리려고 했어.」

「실패할 거예요.」

단언하듯 말하는 세리즈에게 모두의 시선이 쏠린다.

「진실을 말하려는 우리가 지금 취하는 방식은 거짓말쟁이들과 다를 게 없어요. 오늘날 인터넷에는 진실을 말한다고 주장하지만 실은 더 큰 거짓말을 퍼뜨리는 음모론 사이트들이 넘쳐 나요.」

……바로 우리 아버지를 열광시키는 것들이지.

「낡은 체제를 비난하는 우리의 어조와 방식이 너무 시대에 뒤떨어졌다는 생각이 들어요.」

「세리즈 말이 맞아요. 우리는 누구나 자신의 생각이 진실일 뿐 다른 사람들은 다 거짓말쟁이라고 생각하죠.」 니콜라가 세리즈의 생각을 지지하고 나선다. 「우리 역시 진실을 내세워 잘난 척하는 사람들과 크게 다르지 않은 것 같아요. 그러니 대중은 우리 방송이 수많은 주관적 견해 중 하나를 내보낼 뿐이라고 느낄 거예요. 우리만이 진실을 가지고 있다는 절대적 증거가 없으니 어쩔 수 없죠.」

다들 그의 지적에 공감하며 고개를 끄덕인다.

「그래서 어쩌자는 거예요? 우리가 가진 역사에 대한 비전을 공유하는 일을 포기하자는 거예요?」 르네가 짜증을 낸다.

「시청자들은 모르는, 우리만이 가장 잘 알고 있는 진실에 대해 말하자는 거예요.」

세리즈가 알쏭달쏭한 대답을 내놓자 르네가 되묻는다.

「무슨 진실 말이죠?」

「바로 우리에 대한 진실 말이에요. 시청자들에게 우리가 가진 역사적 정보가 퇴행 최면에서 왔다고 알리는 게 우선이에요.」 갈색 머리 카메라우먼이 덧붙인다.

「당신 뜻은 이해하고도 남지만, 그랬다간 신비주의자 취급을 당하고 말 거예요.」 오팔이 끼어든다.

「난 세리즈 생각에 동의해요. 그렇게 되면 우리의 학자적 이미지는 사라지겠지만, 대신 새로운 도구를 이용해 역사의 숨겨진 진실을 탐구하는 열정적인 사람들로 대중에게 각인될 거예요.」 엘로디도 세리즈의 입장에 동조한다.

안뜰 나무에 앉아 있던 원숭이 두 마리가 인간들을 내

려다보며 고개를 끄덕인다.

「퇴행 최면 얘기를 밝히자고?」 고티에가 회의적인 반응을 보인다.

「그러면 최소한 독창적인 느낌은 줄 수 있어. 사실 네가 루이 14세와 루이 16세에 대해 말한 므네모스의 내용은 기존의 역사 자료를 참고해 만든 거잖아. 네 나름의 취사선택의 결과라는 뜻이야. 다른 역사가는 다른 자료를 모아 얼마든지 너와 반대되는 이야기를 할 수도 있어. 언제든지 편파성이 제기될 수 있다는 얘기지. 하지만 만약에 말이야…….」

엘로디가 잠시 뜸을 들이며 긴장감을 조성한다.

「만약에 뭐?」

「만약에 르네가 베르사유 궁전의 일상을 어떤 역사책에도 나오지 않은 새롭고 흥미진진한 묘사를 곁들여 사람들에게 말해 준다고 생각해 봐.」

열린 창문으로 원숭이 한 마리가 잽싸게 방으로 들어가 서랍장 위 바구니에 들어 있는 바나나 하나를 훔쳐 나오지만 아무도 신경 쓰지 않는다.

「가령, 르네 네가 루이 16세의 처형 현장에 있었던 사람이 되어 그 사건을 들려주는 거야. 마치 타임머신 같은 너의 새로운 도구를 이용해 일종의 다큐멘터리를 만드는 거지. 레옹틴 백작 부인의 시대에 살았던, 그녀의 성에 살았던 사람들 얘기도 해주고. 퇴행 최면을 통해 너만 얻을 수 있는 독점적인 정보 말이야.」

미디어 전문가인 고티에는 이야기의 흐름을 놓치지 않는다는 인상을 주고 싶지만 아직 확신이 없어 대화에 끼어들지 않는다.

오팔이 즉각 말을 받는다.

「엘로디 의견에 공감해요. 우리가 가진 특수성을 백분 활용해야 해요. 일반 역사가들은 하지 못하는 상세한 묘사들을 덧붙이면, 사람들이 우리 얘기가 황당한 거짓말이라고는 생각하지 않을 거예요. 그때야 비로소 〈므네모스〉가 인류의 집단 무의식 속에 중요한 의미를 갖게 되는 거죠. 묘사의 정확성이 우리에게 힘과 권위를 부여해 줄 거예요.」

「다 같이 퇴행 최면을 하자는 거예요?」

르네가 물끄러미 서로를 쳐다보고 있는 동료들에게 묻는다.

「왜, 하면 안 돼? 네 말대로 우리 각자가 다른 시대, 다른 나라에서 백여 번의 전생을 거쳐 진화한 존재라는 사실을 생각해 보면, 우린 엄청난 잠재력을 가지고 있잖아.」 엘로디가 포문을 연다.

「한때 오팔을 심리 조작이나 일삼는 사람으로 취급하던 네 입에서 그런 소리가 나올 줄은 몰랐어.」

「멍청이들만 생각을 바꾸지 않을 뿐이야. 세상은 진화하고, 나 역시 진화해. 그리고, 예전엔 지금만큼 오팔을 몰랐잖아. 모르는 사람에 대한 성급한 판단은 우위를 점하고 싶은 조바심에서 나오는 거야.」

엘로디가 잠시 생각을 숙성하고 나더니 다시 말끝을 잇는다.

「서로 퍼즐이 맞춰지는 상세한 정보를 많이 소개할수록 우리 얘기가 신빙성을 얻게 될 거야. 그걸 통해 결국 우린 인류의 역사적 진실의 회복에 기여하는 거지.」

마지막 말에 사람들이 흥분을 감추지 못한다.

「전 지구적 차원의 집단 정신 분석이 이루어지는 셈이네요. 내가 바스크 지방 마녀들이 학살당한 일을 알게 된 것처럼, 사람들이 자신들의 숨겨진 진실을 찾게 될 거예요.」 오팔이 들뜬 목소리로 말한다.

「그런 방법을 받아들이게 하는 게 쉽진 않을 거야.」 고티에가 다소 부정적인 의견을 내놓는다.

「미리 포기할 필요는 없어. 사람들은 누구나 감춰지거나 잊힌 진실과 마주하는 데 소극적이게 마련이야. 시간이 해결해 줄 거야. 〈전 지구적 차원의 집단 정신 분석〉, 정말 독창적인 계획 아니야?」 엘로디가 그의 말을 자르고 나서 덧붙인다.

「지나간 일에 대한 진실을 말하는 것, 이건 우리 모두에게 주어진 역사적 과업이 될 거야.」

고티에가 남아 있는 부정적인 의견을 털어 내려는 듯 포도주를 목으로 넘긴다.

「〈인류 가족사의 비밀〉을 밝힌다…….」

「그래, 우리 각자의 지하실에서 썩어 가며 온 집안에 악취를 뿜어내는 그 오래된 치즈, 그 기억을 밝히는 거야.」

「이왕 하는 김에 조금 더 과감한 시도를 해보면 어떨까?」

「고티에, 무슨 소리야?」

「모든 사람이 우리처럼 할 수 있게 방법을 가르쳐 주는 거야. 그들에게도 우리와 똑같은 도구를 쥐여 주는 거지.」

먹을 게 많은 집이라고 순식간에 소문이 났는지 어디서 나타났는지 알 수 없는 원숭이들이 창문턱에 걸터앉아 있다.

「그래서?」

「오팔이 인터넷 생중계로 퇴행 최면 시범을 보이는 거야. 르네한테 했던 것과 똑같이 말이야.」

니콜라가 고개를 끄덕인다.

「그러면 수천만 명의 시청자가 르네가 했던 경험을 직접 생중계로 볼 수 있는 거네요. 르네와 똑같이 자신들의 심층 기억에 접근할 수 있게 되겠네요.」

「우리도 그 체험을 함께하면 어떨까요?」 세리즈가 제안한다.

여섯 모험가는 즉시 다음 방송을 위한 준비에 들어간

다. 오팔이 시연을 펼치기 전에, 자신이 카메라 앞에서 읽을 퇴행 최면에 관한 므네모스의 한 꼭지를 르네에게 받아 적게 한다.

132
므네모스: 퇴행 최면

아무런 방해도 받지 않는 조용한 곳을 찾으세요.

휴대폰을 끄고, 등을 끄고, 불빛을 모두 차단하세요.

허리띠를 풀고, 몸을 조일 수 있는 모든 물건을 내려놓으세요. 시계, 목걸이, 반지, 팔찌, 안경도…….

그런 상태에서 눈을 감고, 폐에서 부드러운 물결이 이는 느낌이 들 때까지 천천히 호흡하세요.

계단을 시각화하세요. 당신의 무의식에 이르는 계단이에요. 한 계단 내려갈 때마다 당신 무의식에 가까워지는 거예요. 잠들지는 마세요, 당신의 머릿속을 채운 고민들을 다 잊을 만큼 편안한 상태가 된다고 생각하세요. 그래야 가장 내밀한 당신 존재의 정수에 도달할 수 있어요.

10, 9, 8…… 한 계단 한 계단 내려갈 때마다 무의식이 문이 가까워져요.

……7, 6, 5…….

이제 무의식의 문을 만날 준비가 끝났어요. 기억하세

요, 그 문 뒤에서 당신의 전생들이 기다리고 있다는 걸.

……4, 3, 2, 1…… 0!

자, 이제 됐어요. 잘 보세요, 무의식의 문이 눈앞에 있죠. 다가가 손잡이를 잡으세요. 손잡이를 돌려 문을 여세요.

문 뒤에 번호가 붙은 문들이 늘어선 복도가 나타나요.

각각의 문은 당신의 전생으로 들어가는 통로예요.

그 문을 열기 전에 소원을 비세요. 어떤 전생에, 어떤 순간에 가보고 싶은지 말하세요.

당신이 소원을 분명히 말하는 순간, 당신의 선택에 해당하는 문에 불이 들어올 거예요. 다가가 그 문을 여세요.

그러면…….

그러면 아시게 될 거예요.

133

「〈그러면 아시게 될 거예요〉? 이건 무슨 뜻이에요?」 컴퓨터로 오팔의 말을 받아 적던 르네가 묻는다.

「초안을 잡아 본 것뿐이에요. 어쨌든 내가 하고 싶었던 얘기는 사람에 따라 경험이 달라진다는 거예요. 아무것도 발견하지 못하는 사람도 있고, 당신처럼 자신이 주인공인 작은 영화들을 발견하는 사람도 있을 거라는 의미예요.」

「〈당신의 운명을 깨닫게 될 것이다〉 내지는 〈하늘의 뜻을 발견하게 될 것이다〉, 이런 식으로 말해야 하는 거 아니에요?」

그녀가 그의 어깨를 주물러 준다. 시선이 닿는 곳에 바다가 펼쳐져 있다.

「당신은 여전히 〈의지와 무관하게〉 마술처럼 모든 것이 이미 쓰여 있다고 믿어요?」

그녀가 커다란 초록색 눈으로 르네와 눈을 맞추며 말

한다. 「나는 우리의 선택과 무관하게 어떤 방향으로 향하는 삶의 흐름이 있다고 생각해요. 당신과 나는 만날 수밖에 없었고, 우리는 퇴행 최면을 할 수밖에 없었고, 우리는 다시 만날 수밖에 없었어요. 당신은 144명의 아틀란티스인들을 구할 수밖에 없었고, 우리는 이집트에 갈 수밖에 없었어요.」

「파피루스 항아리와 해골 역시 파괴될 수밖에 없었다?」

「그랬을지도 모르죠. 우리 여섯 명은 버뮤다제도에 올 수밖에 없었어요.」

그녀가 그의 입술에 입을 맞춘다.

「방금은 내가 당신한테 키스를 할 수밖에 없었던 거예요. 이건 어딘가에, 어떤 소설, 어떤 영화 시나리오, 어떤 위대한 운명의 책에 이미 써져 있었던 거죠.」

「언젠가 당신의 〈의지와 무관하게〉 마술의 비밀을 나한테 알려 줄 거예요?」[15]

그녀가 그에게 묘한 윙크를 날린다.

「약간의 신비는 남겨 두는 게 좋지 않을까요? 공연에서 본 마술의 비밀을 알게 되는 순간 싱거워지잖아요. 얼마나 단순한 원리인지 깨닫게 되는 순간 실망하게 되죠. 게브를 생각해 봐요. 당신이 그에게 벌어질 일을 모두 말

15 〈의지와 무관하게〉 마술의 비밀이 궁금하다면 www.bernardwerber.com/pandore/malgre-moi/에서 확인할 수 있다 — 원주.

해 줬다면 게브는 어땠을까요? 당신은요? 책의 마지막 페이지에서 당신 인생의 뒷이야기를 확인하고 나면, 당신은 어떨까요?」

「나는 모든 것이 미리 쓰여 있다고 믿지 않아요. 자유의지의 힘을 믿죠. 아직 113번 문 뒤에는 아무도 없어요. 그리고 어쩌면 이 순간에도 게브에게 예기치 못한 일이 벌어질 가능성이 남아 있을지도 몰라요. 그걸 누가 알겠어요?」

134

두 아틀란티스인은 몸을 가눌 수도 없을 만큼 기력이 쇠해 있다. 그들은 바닥을 기다 결국에는 엎드린 채 몸을 끌어 시와 오아시스에 도착한다.

게브와 누트는 겨우 도착한 청록빛 호수에서 물을 떠 목을 축인다.

바닥에 앉아 나무 열매로 허기를 채운 뒤 금방 몸을 일으켜 백산으로 향한다.

그들은 어렵지 않게 르네가 말한 바위 동굴을 찾아내 안으로 들어간다. 지하 통로로 내려가려는 누트를 게브가 멈춰 세우더니, 커다란 바위 하나를 입구로 굴려 동굴을 안에서 밖으로 막는다. 그들은 횃불을 들고 한참을 내려간 끝에 둥그런 모양의 지하 동굴 내부에 이른다.

「다 왔어요.」 게브가 가는 한숨을 내뱉는다.

두 아틀란티스인은 등에 진 항아리를 납작한 바위에 내려놓는다.

「이제 우리가 해야 할 일은 다 했어요. 언젠가 이걸 누가 읽게 될 날이 올까요. 가능성은 희박하지만 그래도 가능성은 가능성이죠.」

누트가 품에서 푸른색 액체가 든 병을 두 개 꺼내 하나를 게브에게 건넨다. 그들은 병을 기울여 액체를 목으로 넘긴다.

그들은 바닥에 누워 종유석들이 매달린 천장을 바라본다. 누트가 말없이 게브의 손을 잡는다.

「잘 살았어요, 응?」 그녀가 먼저 말문을 연다.

「자신에게 주어진 삶을 있는 그대로 받아들여 최대한 누리면 삶이 수월해지죠.」

「나는 삶의 매 순간을 즐겼어요.」

「나도요, 당신 덕분에.」

그들이 숨을 크게 들이쉰다.

「훗날 당신을 또 만나고 싶어요.」

누트가 게브를 쳐다본다.

「당신을 어떻게 알아보면 되죠?」

한 몸처럼 뛰던 그들의 심장 박동이 서서히 느려진다.

「내가 파란 돌고래가 달린 목걸이를 하고 있을게요. 그거면 인식표로 충분할 거예요, 안 그래요?」

그들이 몸을 틀어 서로를 꼭 껴안으며 눈을 감는다. 얼굴에 미소가 번진다.

「잘 가요, 누트.」

「우리 영혼의 여정을 알게 됐으니 난 다른 인사를 할 게요. 〈다시 만나요〉…….」

감사의 말

도움을 주신 분들께 고마움을 전합니다.

이 책을 쓰는 동안 나를 깨우쳐 주고 응원과 지지를 보내 준 아멜리 앙드리외.

28년째 내 곁을 지켜 주고 있는 편집자 리샤르 뒤쿠세.

또 한 권의 소설을 세상에 내놓을 수 있게 도와 준 새 편집자 카롤린 리폴.

마술사 친구들:

〈의지와 무관하게〉 마술과 공연 최면을 가르쳐 준 파스칼 르게른.

이 마술의 다양한 변주 방법을 개발해 보여 준 얀 프리슈와 에리크 앙투안.

최면사 친구들:

내 생애 최초의 퇴행 최면을 도와준, 조니 알리데 밴드의 드러머였던 티에리 르루. 최면 동안 우연처럼 아틀란티스에 다녀온 기분을 맛볼 수 있었습니다.

상상 세계로의 투사 최면과 타로 카드 읽는 법을 가르쳐 준 알레한드로 호도로프스키.

에릭슨 최면에 눈뜨게 해준 사빈 뮐코.

전생으로 떠나는 환상적인 최면을 이끌어 준 다비드 피카르. 덕분에 1200년 영국에서 궁수로 살았던 인상적인 내 삶을 만났습니다. 전쟁이 터져야 일이 생기는 이 직업은 일거리를 기다리는 요즘의 문화 예술 노동자와 비슷한 면이 있었어요.

역사학자 친구들:

프랑크 페랑.

역사 교사이자 〈개자식〉이라는 이름으로 활동하는 블로거 쥘리앙 에르비외.

마술사 후디니와 마술의 역사에 특히 일가견이 있는 역사학자 비비안 페레.

그리고 이 소설이 최종 완성되기까지 (11번이나 등장인물과 줄거리가 바뀌는 동안) 인내심을 가지고 모든 버전을 읽어 준 최초의 독자들:

조나탕 베르베르, 조에 앙드리외, 실뱅 팀시트, 멜라니 라주아니, 세바스티앵 테스케, 아가트 메르, 이자벨 돌, 샤를로트 가누나코엔, 로랑스 말랑송, 로랑 베르탱, 스테판 푸요, 엘렌 포, 질 말랑송, 베릴 위세르, 스티븐 르 보제크, 다비드 갈레, 질 멜랑.

이 소설을 쓰는 동안 들었던 음악

—비발디의 「사계」, 클래식 버전과 하드 록 버전

—슈퍼트램프의 「바보의 서곡Fool's Overture」

—피터 가브리엘의 「당신 눈 속에In Your Eyes」

—르네 오브리의 「스텝Steppe」

—핑크 플로이드의 「샤인 온 유 크레이지 다이아몬드 Shine On You Crazy Diamond」

옮긴이의 말

주제와 변주. 베르나르 베르베르의 새 소설을 읽을 때마다 드는 생각이다. 첫 작품 『개미』부터 신작 『기억』에 이르기까지 확장과 진화를 거쳐 온 그의 작품들을 관통하는 주제 의식은 한결같다. 순환적 세계관과 타자적 관점, 그리고 인간에 대한 낙관과 유머. 『개미』와 『고양이』, 『타나토노트』와 『죽음』을 나란히 펼쳐 놓고 보면 어느덧 이순을 앞둔 작가가 영성을 향해 조금 더 기울었을 뿐, 초기작부터 독자를 사로잡았던 자신만의 색깔은 고스란히 간직하고 있음이 발견된다. 하지만 그의 작가적 고민은 과학적 지식, 기발한 소재와 결합하면서 소설마다 늘 새로운 방식으로 변주된다.

『기억』은 역사 교사인 르네가 퇴행 최면을 통해 최초 전생인 아틀란티스인 게브를 만나면서 일어나는 모험을 다루고 있다. 1만 2천 년의 시간을 뛰어넘어 르네와 게브의 이야기가 평행으로 펼쳐지는 가운데 무대는 프랑스 파리에서 아틀란티스, 이집트로 옮겨 간다. 모험 소설인 데다 항해 장면이 많아서일까, 영화화에 대한 애독자의 바람 때문일까, 책을 읽으면서 나는 엉뚱하게도 내가 좋아하는 영화 『캐리비안의 해적』을 떠올렸다. 『기억』의 스케일과 영상미, 전작들과의 연결성, 후속작에 대한 기대가 이 영화를 닮았다는 생각을 하면서.

『기억』은 사랑 이야기이기도 하다. 주인공들의 로맨스야 베르베르의 소설에 늘 양념처럼 등장해 왔지만, 이번에는 그야말로 독자의 가슴을 찌릿하게 하며 서사의 완결성에 결정적인 역할을 하고 있다. 이야기의 끝이자 시작이기도 한 결말에서 어느 때보다 작가가 쏟았을 정성이 느껴진다. 〈애벌레한테는 끝인 것이 사실 나비한테는 시작〉이라던, 르네의 전생 피룬의 말이 떠오른다. 감동적인 마지막 장면이 독자를 기다리고 있다.

최면과 전생, 아틀란티스라는 소재를 빌려 거침없이 뻗어 나가는 『기억』의 상상력은 베르나르 베르베르가 여전히 젊은 작가임을 확인시켜 주면서 우리에게 또 한 번 소설 읽는 재미를 선사한다. 그가 들려줄 다음 변주곡이 기다려진다.

2020년 5월

전미연

옮긴이 **전미연** 서울대학교 불어불문학과와 한국외국어대학교 통번역대학원 한불과를 졸업했다. 파리 제3대학 통번역대학원(ESIT) 번역 과정과 오타와 통번역대학원(STI) 번역학 박사 과정을 마쳤다. 현재 전문 번역가로 활동하며 한국외국어대학교 통번역대학원 겸임 교수로 재직 중이다. 옮긴 책으로는 베르나르 베르베르의 『죽음』, 『고양이』, 『잠』, 『파피용』, 『제3인류』(공역), 『만화 타나토노트』, 엠마뉘엘 카레르의 『리모노프』, 『나 아닌 다른 삶』, 『콧수염』, 『겨울 아이』, 카롤 마르티네즈의 『꿰맨 심장』, 아멜리 노통브의 『두려움과 떨림』, 『배고픔의 자서전』, 『이토록 아름다운 세 살』, 기욤 뮈소의 『당신, 거기 있어 줄래요?』, 『사랑하기 때문에』, 『그 후에』, 『천사의 부름』, 『종이 여자』, 발렝탕 뮈소의 『완벽한 계획』, 다비드 카라의 『새벽의 흔적』, 로맹 사르두의 『최후의 알리바이』, 『크리스마스 1초 전』, 『크리스마스를 구해 줘』, 알렉시 제니 외의 『22세기 세계』(공역) 등이 있다. 〈작은 철학자 시리즈〉를 비롯한 어린이책도 여러 권 번역했다.

기억 2

발행일 **2020년 5월 30일 초판 1쇄**
2023년 4월 20일 초판 22쇄

지은이 **베르나르 베르베르**
옮긴이 **전미연**
발행인 **홍지웅 · 홍예빈**
발행처 **주식회사 열린책들**

경기도 파주시 문발로 253 파주출판도시
전화 **031-955-4000** 팩스 **031-955-4004**
www.openbooks.co.kr

ISBN 978-89-329-2034-4 04860
ISBN 978-89-329-2032-0 (세트)

이 도서의 국립중앙도서관 출판예정도서목록(CIP)은 서지정보유통지원시스템 홈페이지(http://seoji.nl.go.kr)와 국가자료공동목록시스템(http://www.nl.go.kr/kolisnet)에서 이용하실 수 있습니다.(CIP제어번호 : CIP2020014141)